TRAIÇÃO

OBRAS DA AUTORA PUBLICADAS PELA RECORD

A procurada
Traição

Karin **ALVTEGEN**

TRAIÇÃO

Tradução de
Marisol Santos Moreira

EDITORA RECORD
RIO DE JANEIRO • SÃO PAULO
2010

CIP-Brasil. Catalogação-na-fonte
Sindicato Nacional dos Editores de Livros, RJ

A485t Alvtegen, Karin, 1965 -
Traição / Karin Alvtegen ; tradução Marisol Santos Moreira. – Rio de Janeiro : Record, 2010.

Tradução de: Svek
ISBN 978-85-01-08238-1

1. Romance sueco. I. Moreira, Marisol Santos. II. Título.

09-5784   CDD: 839.73
                                     CDU: 821.113.6-3

Título original em sueco:
Svek

Copyright © 2003 by Karin Alvtegen

Editoração eletrônica: Abreu's System

Texto revisado segundo o novo Acordo Ortográfico da Língua Portuguesa

Todos os direitos reservados. Proibida a reprodução, no todo ou em parte, através de quaisquer meios.

Direitos exclusivos de publicação em língua portuguesa somente para o Brasil adquiridos pela
EDITORA RECORD LTDA.
Rua Argentina 171 – Rio de Janeiro, RJ – 20921-380 – Tel.: 2585-2000
que se reserva a propriedade literária desta tradução

Impresso no Brasil

ISBN 978-85-01-08238-1

PEDIDOS PELO REEMBOLSO POSTAL
Caixa Postal 23.052 – Rio de Janeiro, RJ – 20922-970

EDITORA AFILIADA

Para evitar todo tipo de mal-entendido gostaria de dizer que nenhum dos personagens deste livro existe na realidade. No entanto, é fato que para uma mesma consequência pode existir mais de uma verdade.

Para Micke,
Porque com seu amor e sua sabedoria você conseguiu
fazer com que tudo finalmente valesse a pena.

O amor é paciente, é benigno; o amor não arde em ciúmes, não se ufana, não se ensoberbece, não se conduz incovenientemente, não procura os seus interesses, não se exaspera, não se ressente do mal. Não se alegra com a injustiça, mas regozija-se com a verdade. Tudo sofre, tudo crê, tudo espera, tudo suporta.

I Coríntios 13:4-7

Não existem castigos nem recompensas, tudo o que existe são consequências.

— Não sei

Duas palavras.

Separadas ou em outro contexto, elas eram totalmente inofensivas. Não tinham nenhum peso sozinhas. Eram somente uma constatação de que ele não tinha certeza e que, por esse motivo, tinha escolhido não responder.

Não sei.

Duas palavras.

Como resposta à pergunta que ela acabava de fazer, elas eram uma ameaça a toda a sua existência. Um abismo súbito que se abriu no chão de sinteco novo da sala.

Na verdade, ela não fez nenhuma pergunta, somente pronunciou essa frase para ele entender o quanto estava preocupada. Se ela perguntasse o impensável, só poderia ficar melhor depois. Uma reviravolta para ambos. O ano que passou foi uma luta sem fim, e a pergunta dela foi uma forma de dizer que não aguentava mais ser forte nem carregar todo o peso nas costas. Uma forma de dizer que ela precisava da ajuda dele.

Ele respondeu errado.

Usou duas palavras que ela não tinha, de forma alguma, pensado como alternativa.

— Você está dizendo que simplesmente duvida do nosso futuro juntos?

Não sei. Não tinha outra pergunta a fazer em seguida, a resposta dele apagou em apenas um segundo todas as palavras que ela aprendeu em toda a sua vida. O cérebro via-se obrigado a girar 360 graus e a repensar tudo aquilo que até agora estava acima de qualquer dúvida.

Que os dois não passariam suas vidas um ao lado do outro. Estava fora de cogitação.

Axel, a casa, ser avó e avô juntos um dia.

Que palavras ela poderia encontrar para tirá-los desse instante?

Ele estava sentado no sofá com o olhar vidrado numa comédia americana e os dedos passeando pelo controle remoto. Desde o momento em que ela entrou na sala, ele não a olhou nem uma vezinha sequer, nem mesmo para responder à pergunta dela. De qualquer forma, a distância entre os dois era tão grande que, caso ele dissesse mais alguma coisa, ela não teria ouvido.

No entanto, ela ouviu. Em alto e bom som.

— Você comprou leite no caminho de casa?

Ele continuou não olhando para ela. Só estava perguntando se ela comprou leite pelo caminho.

Um aperto no peito. E depois aquelas pontadas por todo o braço esquerdo. Ela tinha isso às vezes, quando não dava tempo de fazer as coisas.

— Você pode desligar a TV?

Ele olhou para o controle remoto e mudou de canal. Um programa sobre carros.

De repente, ela se deu conta de que um estranho estava sentado no sofá. Ele tinha feições familiares, mas ela não o conhecia. Ele lembrava muito o homem que era pai do seu filho e para quem ela uma vez, havia mais de onze anos, jurou perante Deus ser fiel na alegria e na tristeza, na saúde e na doença, até que a morte os separasse. O homem com quem nesse ano ela vinha pagando as prestações daquele mesmo sofá da sala.

Era o futuro deles e o do Axel que ele punha em dúvida, e ele não tinha nem ao menos a capacidade de mostrar o devido respeito desligando a TV e olhando para ela. Ficou enjoada. O enjoo vinha do medo da pergunta que ela precisava fazer para poder respirar.

Engoliu em seco. Será que ela teria coragem de ficar sabendo?

— Você tem outra mulher?

Finalmente ele olhou para ela. O olhar era cheio de acusação, mas pelo menos ele a olhava.

— Não.

Ela fechou os olhos. Pelo menos não havia outra mulher. Robótica, tentou relaxar com a resposta tranquilizadora dele. Não entendia mais nada. A sala parecia ser a mesma de antes, mas num piscar de olhos tudo ficou diferente. Olhou para o porta-retrato com a foto que tinha tirado no Natal. Henrik com um gorro de Papai Noel e Axel cheio de expectativa em meio a uma montanha de presentes. Os parentes reunidos na casa dos pais dela. Fazia três meses.

— Desde quando você se sente desse jeito?

Ele olhou novamente para a TV.

— Não sei.

— Tá, diz mais ou menos. Faz duas semanas ou dois anos?

Demorou uma eternidade antes de responder.

— Acho que mais ou menos um ano.

Um ano. Durante um ano ele vinha duvidando do futuro dos dois. E sem dizer nada. Durante as férias do verão passado quando eles fizeram uma viagem de carro pela Itália. Durante todos os jantares juntos com os amigos. Quando ele a acompanhou para Londres numa viagem a trabalho e fizeram amor. Durante todo esse tempo, ele estava pensando se continuaria ou não a viver com ela.

Olhou novamente para a fotografia. O olhar sorridente dele ia ao encontro dos olhos dela através da lente. Eu não sei mais se quero ficar com você, se quero continuar vivendo com você.

Por que é que ele não disse nada?

— Mas por quê? E como é que você achou que a gente ia resolver isso?

Ele encolheu de leve os ombros e suspirou.

— A gente não se curte mais.

Ela deu meia-volta e foi para o quarto: não suportava ouvir mais nada.

Ficou de pé com as costas apoiadas na porta fechada. A respiração tranquila e branda do Axel. Deitado sempre no meio da cama, como um elo entre os dois, noite após noite. Uma garantia e uma responsabilidade que fazia com que os dois sempre estivessem ligados um ao outro.

Mãe, pai, filho.

Não havia outra alternativa.

A gente não se curte mais.

Ele estava sentado ali no sofá com a vida dela nas mãos. Que canal ele iria escolher? Ele tinha acabado de tirar dela o controle remoto da sua própria vida, o que ela queria não tinha a menor importância. Tudo dependia dele.

Sem tirar a roupa, engatinhou para dentro do lençol e deitou-se perto daquele corpinho, sentindo o pânico crescer dentro de si.

Como ela ia sair dessa situação?

E o cansaço entorpecedor. Estava farta de sempre ser aquela que assumia a responsabilidade, de ser a empreendedora, aquela que fazia com que as coisas andassem e com que o necessário fosse feito. Já no começo da relação, cada um assumiu o seu papel. Naquele tempo, eles até riam da situação, fazendo piada das suas diferenças. Com o passar dos anos, o rastro na estrada tinha ficado tão profundo que era impossível mudar de direção, estavam tão afundados nele que mal dava para ver a beira da estrada. Ela sempre fazia primeiro o que devia ser feito, e aquilo que ela realmente queria fazer ficava para depois, caso sobrasse tempo. Com ele, era o contrário. E quando ele tinha feito aquilo que queria, o que precisava ser feito já estava pronto. Tinha inveja dele. Era desse jeito que ela mesma queria ser. Mas nesse caso tudo ficaria caótico. Só sabia que sentia uma vontade indescritível de que ele tomasse os remos do barco de vez em quando. Uma vontade de se sentar um instante para descansar. De poder se apoiar *nele* por um instante.

Em vez disso, ele estava sentado no sofá que os dois tinham acabado de pagar, assistindo a um programa sobre carros e questionando o futuro dos dois, já que ele não curtia mais a relação. Como se ela vivesse dando pulos de alegria. Mas pelo menos ela tentava. Poxa, eles tinham um filho juntos!

Como é que as coisas ficaram desse jeito? Em que momento? Por que ele não disse o que estava sentindo? Houve um tempo em que gostavam de estar juntos, ela tinha que fazê-lo entender que tudo voltaria a ser como antes, era só não desistirem.

Mas como é que ela ia ter forças?

A TV ficou muda. Ansiosa, ela ouviu os passos dele se aproximando do quarto. Em seguida, a decepção quando eles, sem desacelerar, tomaram um rumo diferente do quarto de dormir.

Ela só queria uma coisa.

Somente uma coisa.

Que ele fosse até o quarto, desse um abraço nela e dissesse que tudo voltaria ao normal. E que eles iriam superar aquilo juntos e que valia a pena se esforçar em nome de tudo o que conseguiram construir naqueles anos. E que ela não precisava se preocupar.

Mas ele não veio. Nunca.

Ele sabia o que estava por vir no exato instante em que ela entrou na sala. Ela o andava perseguindo pela casa nos últimos meses, tentando iniciar uma conversa, mas, de uma forma ou de outra, ele sempre acabava conseguindo escapar. Seria tão simples somente continuar calado, continuar se escondendo atrás daquele dia a dia insosso e deixar de dar o passo que ultrapassava o abismo.

Agora era tarde demais. Agora ela estava ali bloqueando de pé o caminho do seu refúgio — o escritório — e, desta vez, ele não tinha nenhuma chance.

Será que ele algum dia ia dizer a verdade? Que palavras usaria para contar? E aquele medo paralisante! Do que ele sentia e em que tudo isso iria acarretar, assim como da reação dela. Ficou pensando se ela podia ouvir como o coração dele batia forte tentando sair pela boca e fugir, para não ter que revelar o que se escondia lá dentro.

E a pergunta que provocou a avalanche.

— Você está dizendo que simplesmente duvida do nosso futuro juntos?

Sim! Sim! Sim!

— Não sei.

Detestava sentir medo e odiava sentir medo dela. Não conseguia nem sequer olhar para ela. Percebeu de repente que estava com nojo. Nojo dela por ter ficado de braços cruzados ao lado dele nos últimos anos, apenas olhando enquanto ele ia se afundando cada vez mais na melancolia. Ela fazia as coisas seguirem o seu curso normal, como se não fosse importante o fato de ele não participar mais delas. Tudo o que ela conseguiu foi fazer com que ele se sentisse como um menino irresponsável.

Sempre muito rápida. Tudo já estava pronto antes que ele pelo menos pudesse perceber o que precisava ser feito. Sempre disposta a resolver todos os problemas, até mesmo aqueles que não eram da conta dela, antes mesmo que ele tivesse a chance de pensar no assunto. Como um trem-bala impaciente, ela abria caminho tentando ajeitar as coisas. Mas *não* dava para ajeitar tudo. Quanto mais ele tentava marcar o seu distanciamento, mais ela fazia para que ele não fosse notado. E a cada dia que passava, ele ficava cada vez mais consciente de que o que ele fazia, na verdade, não tinha a menor importância. Ela não precisava mais dele.

Talvez nunca tenha precisado.

Ele era apenas um objeto sugado pelo trem no percurso da viagem.

Nem por um segundo ela podia entender como ele realmente se sentia. Que o tédio e a monotonia o estavam sufocando pouco a pouco. Metade da vida já tinha se passado e o resto dela seria do mesmo jeito. Mais do que isso, nem pensar. Tinha chegado a hora, não dava mais para ficar adiando tudo o que ele queria fazer. Aquilo que sempre deixou para fazer depois. O depois era aqui e agora. Todos os sonhos que ele obedientemente guardou na gaveta começavam a bater na porta impacientes, perguntando cada vez mais sobre o seu destino. Será que eles iam deixá-lo em paz ou será que ele queria que ficassem e, nesse caso, por quê?

Por que ficariam, já que de qualquer forma eles não seriam concretizados?

Lembrou-se dos pais. Estavam lá em Katrineholm na casa própria já quitada. Tudo pronto e resolvido. Noite após noite, lado a lado, cada um bem acomodado na sua respectiva poltrona em frente à TV. Todas as conversas já tinham silenciado havia muito tempo, toda a consideração, toda a esperança, todo o respeito, tudo — fazia muitos anos — tinha morrido pouco a pouco por falta de alimento e de condições mínimas necessárias para mantê-los com vida. O que restou foram acusações mútuas de tudo o que deixaram de fazer, de tudo o que perderam na vida. Não foram capazes de dar mais um ao outro, e já fazia muito tempo que era tarde demais. Os trilhos do trem estavam a 20 metros das poltronas, e a cada hora, a cada ano, passava o trem que poderia tirá-los dali. Agora já viviam conformados com o fato de que justo o trem deles tinha passado havia muito tempo, embora outros trens continuassem a ricochetear pelo caminho, fazendo estremecer o vidro limpíssimo da janela da sala. Nem sequer uma casa de veraneio eles se animaram para comprar, embora o dinheiro da venda da firma do pai tivesse sido mais do que o suficiente para esta aquisição. Nunca uma viagem sequer. Como se o mero deslocamento físico fosse uma ameaça com as possíveis mudanças que poderia causar na vida deles. Havia muito tempo não tinham forças para se levantar da cadeira e dirigir os 100 quilômetros até Estocolmo. Nem mesmo no aniversário de seis anos do Axel eles tinham vindo, só enviaram um cartão assinado embaixo com uma nota de cem coroas dentro. Em vez de estarem presentes nas reuniões de família, eles ficavam em casa e se entregavam ao complexo de inferioridade que os pais de Eva — bem-sucedidos financeiramente, formados na universidade e com amigos intelectuais — causavam neles. Prisioneiros das suas próprias vidas, eles ficavam lá mesmo onde já estavam, amargurados e ranzinzas.

Sempre reféns um do outro no grande medo da solidão.

Do canto do olho, ele viu que ela permanecia imóvel de pé na sala. O som da televisão vinha de forma intermitente, como um pulso no mesmo compasso das batidas do coração.

Ele sentia uma necessidade desesperada de ganhar tempo, de se agarrar em algo que ainda fizesse parte daquela vidinha cotidiana.

— Você comprou leite no caminho de casa?

Ela não respondeu. O medo golpeava a boca do estômago. Por que é que ele não ficou calado?

— Você pode desligar a TV?

O dedo indicador reagiu automaticamente, mas apertou o botão errado. Um segundo de hesitação e o cérebro reptiliano escolheu não tentar mais uma vez. De repente, a sensação de desobedecer colocou o medo de lado. Agora era ele quem tinha o controle.

— Você tem outra mulher?

— Não.

Os lábios formaram a resposta por si só. Como uma saliência na rocha onde pudesse se apoiar antes de cair no abismo. O que é que ele estava fazendo ali? Estava descansando num degrau a meio caminho do nada.

— Desde quando você se sente desse jeito?

— Não sei.

— Tá, diz mais ou menos. Faz duas semanas ou dois anos?

Faz tanto tempo que já até perdi a conta.

— Acho que mais ou menos um ano.

Será que algum dia ele teria coragem de explicar tudo? Será que em algum momento ele deixaria que as palavras saíssem da sua boca? O que iria acontecer se contasse que fazia sete meses que a cada segundo do dia a sua cabeça estava noutro lugar?

Junto dela.

Ela, que de uma forma totalmente inesperada invadiu o seu coração e lhe deu um motivo para se levantar da cama de manhã. Que fez ter vontade de novo. Ela que abriu todas as portas já lacradas dentro dele havia muito tempo e que, além disso, conseguiu achar chaves de portas que ele nem sabia que existiam. Que enxergou como ele era de verdade, que o fez rir de novo e querer continuar vivendo. Que fez com que ele se sentisse atraente, inteligente e decidido.

Digno de ser amado.

— Mas por quê? E como é que você achou que a gente ia resolver isso?

Ele não sabia, nem mesmo precisava mentir. Lá dentro do quarto dormia o seu filho de seis anos. Será que ele algum dia iria fazer o que no fundo tinha vontade e, mesmo assim, conseguir olhar nos olhos de Axel?

E será que algum dia ele conseguiria se olhar no espelho se dissesse não ao imenso amor que encontrou e permanecesse naquela situação?

Durante um breve instante, o ódio o varreu por dentro. Se não fosse por ela que estava ali de pé na sala a alguns metros dele, ele iria...

Cheia de acusações, ela conseguiria transformar toda a felicidade que ele sentia em culpa e vergonha. Ela a mancharia. Faria a sua felicidade parecer feia e fútil.

Tudo o que ele queria era poder se sentir vivo de novo.

— A gente não se curte mais.

Até ele mesmo pôde ouvir o quanto a frase era imbecil. Puta que o pariu. Ela sempre fazia com que ele se sentisse inferior, um idiota.

O olhar dela era como uma acusação física. Ele não conseguia se mover.

Uma eternidade tinha se passado quando ela finalmente desistiu e foi para o quarto.

Ele reclinou-se no sofá e fechou os olhos.

Ele só queria uma coisa.

Somente uma coisa.

Que ela estivesse aqui, desse um abraço nele e dissesse que tudo iria ficar bem.

No momento ele estava a salvo, mas isso era temporário.

A partir de agora, a casa deles viraria um campo minado.

— Você precisa de mais alguma coisa para passar a noite?
Era a enfermeira do turno da noite de pé na beirada da porta. Com uma das mãos segurava uma bandeja com frascos de remédio, com a outra agarrava firme a maçaneta da porta. Parecia estressada.

— Não, obrigado. Agora a gente se arranja. Não é, Anna?

As últimas gotas da papa deslizavam na sonda caindo diretamente no estômago dela. Ele a acariciou suavemente na testa. A enfermeira de plantão hesitou por um instante e deu um sorriso rápido.

— Então, boa noite. E não esqueça que o doutor Sahlstedt quer falar com você antes de você ir embora amanhã de manhã.

Como ele seria capaz de esquecer? Estava mais do que claro que ela não sabia quem ele era.

— Tá, eu não esqueci.

Ela sorriu outra vez e bateu a porta. Era nova naquele departamento e ele não sabia o nome dela. Era um troca-troca de pessoal que ele já tinha deixado de gastar suas energias na tentativa de lembrar o nome de todo mundo. Em silêncio, dava graças a Deus pela falta constante de funcionários. No começo era comum a presença dele causar irritação na equipe do hospital, porém, nesse ano, eles estavam mais agradecidos. Às vezes até mesmo contavam com ele, e uma vez — quando ele ficou preso no engarrafamento e chegou mais tarde — a enfermeira havia esquecido de trocar a bolsa do cateter que ficou a ponto de explodir. Depois disso, ele ficou ainda mais consciente de que sem ele ela jamais teria a reabilitação necessária. Se eles nem ao menos se lembravam de trocar a bolsa do cateter...

Puxou para mais perto a mesa de rodinhas e ligou o rádio. Estava na estação do *Mix Megapol*. Tinha certeza de que ela, em algum canto lá dentro, atrás dos olhos fechados, podia ouvir a música que ele colocava. E ele queria que ela aproveitasse tudo. Assim, no dia de despertar, ela reconheceria as músicas novas. Aquelas lançadas depois do acidente.

Pegou o pote de creme na gaveta da cama, desenhou uma linha branca ao longo da perna esquerda dela e começou a massageá-la. Com movimentos compassados, as mãos se moviam da panturrilha para cima, passando pelo joelho e indo até a virilha.

— Hoje o dia lá fora estava bonito. Eu dei um passeio até a enseada de Årsta e me sentei lá perto da marina para pegar sol, lá no nosso cantinho do cais.

Com cuidado, levantou a perna dela, colocou uma das mãos atrás do joelho, dobrando-o lentamente algumas vezes.

— É isso aí, Anna. Imagina quando você estiver de pé e a gente der o nosso passeio pela marina juntos. A gente leva um lanchinho, uma toalha, e fica ali sentado pegando sol.

Esticou a perna e a colocou de volta na posição horizontal.

— As suas plantas vão bem, obrigado. O seu hibisco até deu flores outra vez.

Mudou o soro de lugar para poder alcançar a mão direita dela. Os dedos da mão esquerda estavam tão enrijecidos que pareciam garras. Todo dia ele controlava minuciosamente a mão direita para ter certeza de que tudo estava como devia. Assim, ela poderia continuar pintando quadros depois de despertar.

Desligou o rádio e começou a tirar a roupa.

A calma tão desejada espalhou-se nele. Uma noite inteira de sono pela frente.

Somente ali do lado de Anna a obsessão desaparecia totalmente, deixando em paz os pensamentos dele. Aqui era o seu refúgio, aqui ele podia finalmente descansar.

Somente Anna era forte o suficiente para fazê-lo resistir. Ao lado dela, sentia-se protegido.

Sozinho não seria capaz.

Ele tinha permissão para dormir no hospital somente um dia por semana e, mesmo assim, porque tinha insistido muito. Às vezes temia que esse privilégio fosse tirado dele, embora não acarretasse nenhum trabalho extra para os enfermeiros. Especialmente os novos, como aquela de hoje à noite, achavam estranho. Isso o irritava um pouco: era tão estranho assim o fato de eles quererem dormir juntos? Meu Deus do céu, mas se eles se amavam!

De qualquer forma, não se preocupava mais com o que os outros pensavam.

Lembrou-se da conversa que teria com o Dr. Sahlstedt na manhã seguinte e esperava que não fosse sobre os seus pernoites no hospital. Se tirassem isso dele, seria o seu fim.

Dobrou o jeans e o casaco, fazendo com capricho um montinho na cadeira destinada aos visitantes. Em seguida, apagou o abajur. O som do respirador ficou ainda mais nítido. Uma respiração calma e rítmica, um amigo fiel no escuro.

Deitou-se cuidadosamente, estendeu o lençol sobre os dois e colocou a mão em cima de um dos seios dela.

— Boa noite, meu amor.

Devagarinho pressionava seu sexo contra a coxa esquerda dela e sentiu aquela excitação fora do comum.

Ele só queria uma coisa.

Somente uma coisa.

Que ela acordasse e tocasse nele. Que o puxasse para perto dela. E depois ela lhe daria um abraço e diria que nunca mais o deixaria sozinho e que ele não precisava mais ter medo.

Ele nunca iria abandoná-la.

Jamais, em toda a sua vida.

Era como se Axel soubesse que algo estava errado. Como se as palavras da noite anterior tivessem poluído o ar. Elas pairavam como uma ameaça malcheirosa, impregnando as paredes e fazendo com que ela perdesse a paciência apenas porque o filho se negara a vestir o pulôver listrado. Ela tinha que se acalmar. Não podia perder o controle. Além do mais, ele não disse que queria se separar. Isso, ele não disse. Só disse que eles não se curtiam mais.

Não conseguiu dormir. Deitada sem pregar os olhos a noite inteira, ouvia o som dos dedos no escritório que batiam ora hesitantes, ora decididos nas teclas do computador. Como é que ele conseguia ficar trabalhando? Ela se perguntou qual artigo ele estava escrevendo e concluiu que não tinha a mínima ideia. Fazia tempo que tinham conversado sobre o trabalho dele. Contanto que ele cobrasse dos clientes e o dinheiro entrasse para pagar as contas, ela achava que não havia motivos para tocar no assunto.

Sempre a tal falta de tempo.

Por um instante, pensou em ir até ele e perguntar com o que ele trabalhava, mas se arrependeu logo em seguida. Era ele quem devia procurá-la.

Somente por volta das 3 horas da madrugada ela ouviu a porta do quarto ser aberta cuidadosamente e ele se acomodar no lado que lhe cabia da cama de casal.

Axel era como uma muralha de defesa entre os dois.

Faltavam apenas alguns minutos para a reunião matinal das crianças quando ela estacionou o carro na frente da escolinha. Axel ainda estava de mau humor, embora ela tentasse distraí-lo durante a viagem de carro. A hora do adeus seria terrível hoje. A cara de choro de Axel na porta de vidro. Como aguentaria isso logo hoje?

Esbarrou com o pai do Daniel na entrada.

— Oi, Eva. Que bom que te encontrei. Eu ia te telefonar hoje. Está confirmada a presença de vocês naquele jantar do dia 27? Vocês vêm, não vêm?

— É, acho que sim.

Ele deu uma olhada rápida no relógio de pulso e continuou a falar, andando de costas na direção do carro.

— A gente também queria convidar aqueles dois que acabaram de se mudar para a casa lá no fim da nossa rua, você sabe, aquela onde morava um casal de velhinhos. Não me lembro mais do nome deles.

— Eu sei de quem você está falando. Então alguém acabou de se mudar para lá?

— Isso. E eles têm filhos da idade dos nossos. Então a gente achou que seria uma boa ideia fazê-los se integrar na vizinhança de uma vez. É sempre bom estar perto de casa depois de beber umas e outras num jantar.

Ele riu da própria piadinha e olhou de novo para o relógio.

— Droga... Eu tenho uma reunião em Kungsholmen daqui a 15 minutos. Por que a gente não se levanta meia hora mais cedo?

Suspirou fundo.

— É isso aí. Um abraço para o seu marido.

Ele entrou no carro e ela abriu a porta para Axel passar.

Sempre essa correria. Crianças ainda tontas de sono e pais estressados que, mesmo antes de chegar no trabalho, já se preocupavam com o que não teriam tempo de fazer antes de correrem para buscar os filhos na hora. Todos sempre correndo, arfando e tendo o relógio como o pior inimigo. Será que as coisas tinham que ser assim?

Já dentro da escola, Kerstin saiu da salinha dos brinquedos para recebê-los.

— Olá, Axel. Oi, Eva.

— Oi.

Axel não respondeu, deu as costas e ficou de pé com a testa espremida no armário. Ela estava aliviada por ser justamente Kerstin quem hoje cuidava da recepção das crianças. Dos funcionários do jardim de infância, Kerstin era quem ela conhecia melhor. Trabalhava na escolinha desde o primeiro dia de Axel havia cinco anos, atuando como professora e diretora, e sempre entusiástica sobre o seu trabalho. Movida por uma força e uma dedicação fora do comum, como se fosse mudar o mundo ao ensinar constantemente às crianças a importância de ser empático e de diferenciar o certo do errado. Eva nutria uma grande admiração por ela e muitas vezes se surpreendia com a sua energia, especialmente quando pensava no cansaço que ela mesma sentia. Mas por outro lado, os filhos de Kerstin já tinham por volta dos 20 anos. Talvez fosse essa a diferença.

O relógio era o pior inimigo.

Lembrou-se do seu engajamento no conselho de alunos no ginásio, no Greenpeace, na Anistia Internacional, da vontade grande de mudar o mundo. E ficou lembrando como se sentia quando ainda tinha a convicção de que dava para corrigir o que estava errado e de que era possível acabar com as injustiças. Era só dedicar tempo e energia suficientes, e o mundo poderia ser mudado. Naquele tempo, a revolta de ver alguém preso injustamente do outro lado do globo fazia com que ela organizasse abaixo-assinados e passeatas. Agora que era adulta e podia fazer algo de verdade, levantava as mãos para o céu se tivesse tempo de ir às reuniões de pais da classe do filho. A vontade de mudar o mundo abruptamente se transformou no desejo de fazer com que as 24 horas do dia fossem suficientes. A revolta virou um suspiro profundo e umas moedinhas cheias de culpa na sacolinha do Exército da Salvação. Tudo para aliviar a consciência pesada. Sempre tendo que tomar decisões. Que empresa de telefone iriam escolher, que empresa hidroelétrica era mais em conta, como aplicar o dinheiro da aposentadoria, qual era a melhor escola, o melhor médico, os juros mais baixos para o empréstimo da casa... E tudo isso tinha a ver com o seu mundinho, o que era melhor e mais vantajoso só para ela mesma e para a sua família. As decisões não acabavam mais e, mesmo assim, não se sabia se a escolha era correta. Quando todas as decisões obrigatórias estavam tomadas, não havia mais forças para aquelas que realmente deviam ser tomadas, para as decisões que iam influenciar aquilo que realmente devia ser mudado. Lembrou-se do adesivo irônico que tinha no quarto de solteira: "Mas é claro que eu me importo com as injustiças desse mundo. E não é que vivo dizendo que isso tudo é um horror?" Jamais ela seria desse jeito. Era o que achava naquele tempo.

— Você tá zangado hoje, Axel?

Axel não respondeu a Kerstin. Eva aproximou-se dele e ficou de cócoras.

— Foi uma manhã enjoada. Não foi, Axel?

Filippa e a mãe tinham acabado de entrar e a atenção de Kerstin desviou-se para elas.

Eva puxou Axel para mais perto e deu um abraço longo no filho.

Tudo vai ficar bem. Você não precisa ter medo. Prometo que vou dar um jeito nisso.

— Axel, a aula já vai começar e os seus amiguinhos já estão lá dentro. Vem, vamos entrando. Hoje é a sua vez de buscar as frutas na cozinha.

Kerstin estendeu a mão e finalmente ele se deixou levar, indo até o cabide para pendurar o casaco. Eva colocou-se de pé.

— Henrik vem buscar Axel às 4 horas.

Kerstin sorriu e balançou a cabeça, pegou Axel pela mão e desapareceu a caminho da sala. Eva foi atrás. Na verdade, talvez fosse ela quem tinha mais dificuldade de se despedir hoje. Axel soltou-se da mão de Kerstin e correu para Linda, uma das professoras da escolinha, e se enroscou nas pernas dela.

Aliviada, sentiu que a aflição diminuía. Era o dia a dia do filho diante dela e, até que resolvesse todos os problemas, pelo menos aqui tudo ia bem para ele. Linda fez um carinho nos cabelos de Axel e sorriu rapidamente para ela. Ela sorriu de volta.

Aqui ele estava protegido.

Jonas chegou adiantado. Já esperava por mais de 15 minutos quando o Dr. Sahlstedt apareceu andando apressado pelo corredor e abriu a sala.

— Desculpe fazer você esperar, precisei olhar um paciente na emergência. Vamos entrando.

Fechou a porta e foi se sentar atrás da escrivaninha. Jonas ficou de pé. A calma de Anna havia desaparecido em um segundo. Os pensamentos obsessivos sabiam muito bem que ele agora estava desprotegido e, logo logo, eles ficariam fortes o suficiente. Agora ia pagar pela paz da noite. Já sentia as vibrações quando estava esperando no corredor. Uma inquietação que vinha devagarinho e já tinha começado durante a ronda da manhã no hospital. O olhar das enfermeiras na direção do corpo adormecido de Anna. Não foi nenhuma palavra em especial, mas sim, um tom de voz diferente, uma insinuação no ar.

— Sente-se, por favor.

Sentia a pressão crescer tomando conta dele pouco a pouco.

Quatro passos até a cadeira. Nem três, nem cinco. Do contrário, seria obrigado a voltar até a porta e recomeçar. Os números três e cinco tinham que ser evitados de qualquer jeito.

Sem tocar nos braços da cadeira, ele se sentou e acompanhou com os olhos a mão do Dr. Sahlstedt. Viu como ele puxou uma pasta marrom para depois ficar em repouso em cima do relatório fechado.

O médico olhava-o em silêncio.

Será que ele tinha dado quatro passos? Já não tinha mais certeza. Ah, não... De Alingsås até Arjeplog: 1.179 quilômetros;* de Arboga até Arlanda: 144 quilômetros; de Arvidsjaur até Borlänge: 787 quilômetros.

— Como você está?

A pergunta inesperada o pegou de surpresa. Ele sabia que a obsessão não podia ser vista por fora. Em todos esses anos, ele tinha desenvolvido uma capacidade extraordinária de ocultar o seu inferno interior.

E a vergonha da fraqueza de não poder controlá-la.

— Bem, obrigado.

Silêncio. Se por acaso o médico à sua frente estivesse interessado no estado de saúde dele, a resposta não seria satisfatória. Havia uma seriedade nos olhos dele. Uma seriedade carregada de maus presságios, deixando claro que aquela conversa seria algo mais do que apenas um relatório rotineiro.

Jonas remexeu-se na cadeira. Não tocou nos braços dela.

— Quantos anos você tem, Jonas?

Engoliu em seco. O cinco não. Nem mesmo com o dois na frente.

— Vou fazer 26 no ano que vem. Por quê? Achei que íamos falar sobre Anna.

---

* Alingsås, Arjeplog, Arboga, Arlanda, Arvidsjaur e Borlänge são cidades e municípios da Suécia. (N. da T.)

O Dr. Sahlstedt ficou olhando para Jonas e em seguida desviou os olhos para a mesa.

— Não se trata mais de Anna. O assunto hoje é você. De Borlänge até Boden: 848 quilômetros; de Borås até Båstad: 177 quilômetros.

— Como assim? Não estou entendendo o que o senhor quer dizer.

O Dr. Sahlstedt levantou os olhos.

— Você trabalha com o quê? Eu quero dizer, antes de isso tudo acontecer...

— Eu era carteiro.

O médico balançou a cabeça, interessado.

— E... você não sente falta dos seus colegas de trabalho?

Será que ele estava gozando com a cara dele? Ou será que achava que os carteiros trabalhavam em bando percorrendo bairros chiques, do tipo onde ele imaginava que o Dr. Sahlstedt morava?

O médico suspirou de leve e, não recebendo nenhuma resposta, abriu a pasta marrom.

E se tivesse tocado o braço da cadeira quando se sentou? Não tinha mais certeza. Se tivesse encostado nele, tinha que tocá-lo de novo para neutralizar o primeiro toque. Mas... e se não tivesse encostado? Droga! Ele tinha que cortar o efeito de alguma maneira.

— Você está de licença médica há quase dois anos e meio. O mesmo tempo de internação de Anna.

— É.

— Por quê, hein?

— O que é que o senhor acha? Para poder ficar aqui do lado dela, é claro.

— Anna não precisa de você aqui. Os funcionários do hospital já cuidam dela.

— Eu e o senhor sabemos que eles não têm tempo de cuidar dela tanto quanto ela precisa.

O Dr. Sahlstedt assumiu de repente uma expressão triste, ficou calado e olhou para as próprias mãos. O silêncio levava Jonas à loucura. Com todas as forças, tentava resistir aos golpes que os pensamentos obsessivos distribuíam a torto e a direito no seu corpo.

O médico pousou novamente os olhos nele.

— Precisa para quê, Jonas?

Não pôde responder. A pia estava à sua esquerda. Tinha que lavar as mãos. Precisava limpar o toque caso tivesse se encostado no braço da cadeira por engano.

— Como você sabe, a febre não cede. Ontem fizemos um novo eletrocardiograma e a infecção na aorta não desaparece. Com intervalos regulares, ela deixa no sangue pequenas embolias sépticas, digamos, pequenas partículas cheias de bactérias. Essas bactérias vão diretamente para o cérebro, e é por isso que Anna frequentemente tem derrames cerebrais.

— Sei.

— Esse é o terceiro derrame que ela sofre no espaço de dois meses. E a cada derrame, o grau de consciência dela diminui.

Ele já tinha ouvido isso antes. Os médicos sempre davam os piores prognósticos para não dar falsas esperanças.

— Você deve tentar aceitar que ela nunca sairá do coma.

Não podia mais resistir. Ergueu-se e foi até a pia.

Quatro passos. Três não.

Tinha que lavar as mãos.

— Não podemos fazer mais nada para ajudá-la. No fundo, você também sabe disso, não é?

Deixou a água escorrer pelas mãos. Fechou os olhos sentindo-se livre ao aliviar a pressão.

— Deixe que as coisas sigam o seu rumo, Jonas. A vida continua para você...

— Ela reagiu quando eu fiz massagem hoje de manhã.

O médico suspirou atrás dele.

— Eu sinto muito, Jonas. Sei o quanto você lutou para ajudar Anna. Nós todos lutamos. Mas agora é uma questão de semanas ou meses, não sabemos. Na pior das hipóteses, ela pode continuar nesse estado por mais um ano.

Na pior das hipóteses.

Deixou a água escorrer. Estava de costas para o homem que se dizia ser o médico de Anna. Um idiota. Ele não sabia de nada. Como é que ele afirmava saber o que se passava dentro dela? Quantas vezes ele tinha massageado a perna dela ou sentado ao seu lado e tentado esticar os seus dedos encurvados? Ou levado perfumes e frutas para manter o olfato dela ativo? Nunca. A única coisa que ele tinha feito era ligar uns cabos na cabeça dela, apertar um botão e depois concluir que ela era incapaz de sentir alguma coisa.

— Então por que ela reagiu hoje de manhã?

O médico ficou em silêncio por um instante.

— Faz um bom tempo que venho tentando fazer você procurar um dos nossos... um dos meus colegas aqui no hospital, mas... eu tomei a liberdade de marcar uma consulta para você. Estou totalmente convencido de que isso vai ajudar você a enfrentar essa situação. Você tem toda uma vida pela frente, Jonas. Não acho que Anna gostaria que você passasse a sua vida aqui no hospital.

O ódio súbito veio como um libertador. A obsessão se dispersou e desapareceu virando na esquina.

Jonas fechou a torneira, pegou duas toalhas de papel e virou-se.

— Você acabou de dizer que ela não podia sentir mais nada. Então, por que é que ela iria se importar com a minha vida?

O médico permaneceu completamente imóvel. Um bip repentino no bolso do jaleco e o silêncio foi interrompido.

— Eu preciso ir. Continuamos a nossa conversa num outro dia. Você tem uma consulta marcada com Yvonne Palmgren amanhã de manhã, às 8h15.

Arrancou uma folhinha amarela do bloco de recados e esticou o braço para entregá-la. Jonas não se moveu.

— Jonas, isso é por você... Está na hora de começar a pensar um pouco mais em si.

O médico desistiu e deixou o papelzinho na escrivaninha antes de desaparecer porta afora. Jonas permaneceu de pé. Falar com uma psicóloga? Sobre o quê? Ela tentaria penetrar nos seus pensamentos, e por que ele iria deixar? Até agora tinha conseguido mantê-los longe.

Ele só deixava Anna entrar neles.

Ela era sua e ele era dela. Assim seria para todo o sempre. Durante dois anos e meio, dedicou todo o tempo que tinha para que ela se recuperasse. Fez de tudo para que as coisas voltassem ao normal. E agora eles queriam que ele aceitasse que tudo tinha sido em vão.

Ninguém iria tirar Anna dele.

Ninguém.

Estava chovendo quando saiu do hospital. Nas noites em que dormia com Anna sempre andava de transporte coletivo, já que as tarifas do estacionamento eram muito altas. Tinha que pagar as 24 horas e ele não tinha mais dinheiro para isso. Abotoou o casaco e seguiu em direção ao metrô.

A noite o aterrorizava; sabia muito bem o que o aguardava. Era na solidão do apartamento que o Controlador assumia o comando. Uma aflição constante o corroía por dentro se por acaso tivesse esquecido algo importante. A torneira do banheiro, será que ele tinha fechado direito? E as bocas do fogão? E a porta, será que estava trancada como devia? Em seguida, vinha o alívio temporário ao verificar que tudo estava no devido lugar. Imagine se tivesse esbarrado sem querer no interruptor da luz do banheiro ao sair? Vai ver que ele tinha acendido o fogão justamente quando estava conferindo se estava apagado. E não sabia mais se tinha trancado a porta... Precisava controlar de novo.

O mais simples era ficar longe do apartamento. Então ele sabia que tudo estava sob controle. Antes de sair de casa, sempre desligava todos os aquecedores, tirava todos os aparelhos elétricos das tomadas e limpava a poeira dos interruptores. Nunca se sabe, alguma faísca podia sair dali, começaria a pegar fogo. Guardava o controle remoto da TV numa caixa, não podia de jeito nenhum ficar em cima da mesa, pois, se algum raio de sol entrasse pela janela e por acaso atingisse o sensor do controle, ele poderia pegar fogo.

E a saída do apartamento... Nos últimos seis meses, o ritual de trancar a porta tinha ficado tão complicado que teve que anotar o processo num pedaço de papel que sempre levava na carteira, assim podia garantir que não tinha pulado nenhuma fase do procedimento.

Lá embaixo na rua, ele ficou olhando as janelas escuras do seu apartamento. Um homem por volta dos 50, que ele nunca tinha visto antes, entrou no edifício e olhou para ele com um ar desconfiado. Não conseguiu subir. Em vez disso, pegou as chaves do bolso e entrou no carro. Girou a chave e deixou o motor em ponto morto.

Era só ao lado de Anna que ele conseguia ficar em paz. Somente ela era forte o bastante para vencer aquele medo aniquilador.

E agora eles achavam que ele devia deixar as coisas tomarem o seu rumo, olhar para a frente e seguir adiante.

Seguir para onde?

Para onde é que eles queriam que ele fosse?

Se ela era tudo o que ele tinha.

Foi depois do acidente que eles tinham aparecido de novo. Vieram de mansinho, preparando o bote. No começo, somente uma necessidade difusa de criar simetria e restabelecer o equilíbrio. E quando a seriedade das lesões dela tornaram-se cada vez mais evidentes, a pressão para executar os rituais complicados tinha ficado tão forte que virou uma obsessão inevitável. Se ele não obedecesse os impulsos direitinho, poderia acontecer algo terrível. O quê, ele não sabia. Só sabia que o medo e a dor se tornavam insuportáveis caso resistisse.

Na adolescência era diferente. Naquele tempo, a pressão aliviava se ele deixasse de tocar as maçanetas, descesse de costas pelas escadas ou tocasse todos os postes que visse pela frente. Naquele tempo, lidar com aquilo era mais simples. Dava para se esconder atrás das esquisitices de menino.

Ninguém percebia nada, nem antes, nem agora. Sabendo muito bem da loucura de tudo aquilo, desenvolveu vários macetes e um gestual que fazia com que os rituais obsessivos parecessem uma parte natural dos movimentos dele.

Cada dia, uma guerra secreta.

Somente durante o ano com Anna ele esteve livre de tudo aquilo.

Anna, meu amor. Nunca a deixaria.

O celular tocou no casaco. Tirou o aparelho do bolso e consultou o visor. Nenhum número. Dois toques. Tinha que responder no quarto toque, se não deixaria tocando.

Podia ser do hospital.

— Alô.

— Jonas? É o seu pai.

Ah, não... Que merda!

— Preciso da sua ajuda, Jonas.

Ele estava bêbado. Bêbado e triste. E Jonas sabia por que ele tinha ligado. Fazia oito meses que tinha telefonado e o assunto ainda era o mesmo. Sempre a mesma coisa. Ele só não telefonava mais vezes para implorar porque raramente estava sóbrio para lembrar o número.

Podia ouvir o barulho de pessoas falando ao fundo. O pai estava se embebedando em algum bar da cidade.

— Não tenho tempo para falar agora.

— Pô, Jonas... Você tem que me ajudar. Não dá mais para viver assim, não aguento mais!

A voz sumiu e o celular ficou mudo. Apenas um burburinho de vozes.

Encostou a cabeça no assento do carro e cerrou os olhos. Desde cedo, seu pai usava o choro como último recurso de chantagem. Jonas teve medo da fragilidade do pai, tentou ser leal e com isso viu-se envolvido nas traições dele.

Tinha treze anos quando tudo começou.

Diz para ela que vou fazer hora extra hoje de noite. Pô, Jonas, você sabe que aquela lá... rapaz... Aquela mulher faz qualquer um subir pelas paredes.

Aos 13 anos era o cúmplice fiel do pai. A verdade, seja lá qual fosse, tinha que ser ocultada a todo custo da mãe.

Tudo para protegê-la.

Ano após ano.

E a pergunta que martelava dentro dele: por que o pai faz isso?

Eram muitos os que sabiam na cidadezinha. Lembrava-se de todas as conversas que subitamente se interrompiam quando ele ou a mãe entravam no supermercado. Conversas que recomeçavam tão logo eles viravam as costas. Os sorrisos cheios de pena dos vizinhos e das amigas. Pessoas que ela achava serem suas amigas, mas que, ano após ano, por covardia pura, se calavam sabendo da verdade. Ele mesmo estava lá do lado dela e também ficava calado. Era o pior traidor de todos. Recordou uma conversa que uma vez tinha ouvido. A mãe estava sentada na cozinha com uma vizinha. Ela achava que ele tinha saído e que não podia ouvir, mas ele estava deitado lendo revista em quadrinhos. Ouviu a mãe chorando contar que suspeitava de que o marido tinha outra mulher. Ouviu como, sentada na cozinha, ela tinha passado por cima de si mesma para criar coragem e falar do seu temor vergonhoso. E a vizinha mentiu. Na cara da mãe dele. Mentiu enquanto bebia do café e comia do bolo que a mãe tinha feito. Mentiu e disse para a mãe que aquilo era fruto da imaginação dela e que todo casamento tinha seus altos e baixos, e que ela não devia pensar mais naquilo.

Os homens do lugar davam tapinhas nas costas do pai que o estimulavam a novas conquistas, mais horas extras para manter viva a reputação de conquistador fatal enquanto Jonas o protegia em casa. Mentiras constantes compensadas pela pressão cada vez mais forte de executar os rituais para diminuir a angústia. Com isso, outras mentiras para ocultar a obsessão.

Como ele ficava imaginando essas mulheres... Quem elas eram, o que elas pensavam? Será que elas sabiam que havia uma esposa e um filho esperando pelo homem para quem elas se ofereciam? Será que isso tinha alguma importância para elas? Será que elas, por acaso, se importavam? Por que entregavam seus corpos a um homem que só queria comê-las para depois ir para casa e negá-las diante da esposa?

Ele nunca conseguiu entender.

A única coisa que sabia é que odiava cada uma delas.

Tinha ódio delas.

A bomba estourou uns meses antes do seu aniversário de 18 anos. Algo tão trivial como uma manchinha de batom na gola da camisa. Depois de cinco anos de mentira, revelou-se a traição constante e o pai, como um rato amedrontado, usou a cumplicidade de Jonas para se proteger da dor da mãe. Para deixar de levar a culpa sozinho.

A mãe nunca pôde perdoar nenhum deles.

Foi traída duplamente.

A ferida que tinham causado nela era tão profunda que não sarou nunca.

Andava calado em casa depois que o pai se mudou. Observava de longe a mãe na casa que tinha virado um cemitério. Um fedor de vergonha e de ódio impregnava o ar. Ela se recusava a falar com qualquer pessoa. Durante o dia, saía raramente do quarto e, caso o fizesse, era para ir ao banheiro. Jonas tentava compensar sua traição cuidando da comida e de outros assuntos, mas ela nunca se sentava à mesa quando ele preparava as refeições. Todo dia ele saía de casa às 2h30 de lambreta para entregar jornais e, quando chegava em casa às 6h, reparava que ela tinha ido à geladeira pegar algo para comer. A louça usada lavada com cuidado em cima da pia.

Mas ela não se dirigia a ele.

"Não tenho tempo para falar agora."

Desligou e se debruçou no volante.

Esse é o terceiro derrame que ela sofre no espaço de dois meses. E a cada derrame, o grau de consciência dela diminui.

Por que ela estava fazendo isso com ele? O que mais ela queria que ele fizesse para ela não ir embora?

Ele não iria suportar a solidão do apartamento. Não hoje à noite.

Olhou para trás e deu marcha a ré. Não sabia para onde estava indo.

Sabia só de uma coisa.

Se ela não tocasse logo nele, iria enlouquecer.

Eva não conseguia se lembrar da última vez que saiu mais cedo do trabalho. Caso alguma vez isso tivesse acontecido. O melhor de Henrik trabalhar em casa é que ele podia buscar Axel na escolinha ou apanhá-lo no meio do dia se o menino ficasse doente. Isso nunca foi motivo de discussão entre eles, pois, no momento em que virou sócia da empresa, passou a ter um salário maior que o dele. Mas ela sempre tentava chegar em casa por volta das seis.

Hoje faria uma surpresa e chegaria mais cedo que o normal.

Não se podia dizer que ela conseguiu fazer alguma coisa no trabalho. Os olhos estavam na racionalização da estrutura e nos cálculos de rentabilidade, mas a mente estava tomada por uma preocupação constante. Uma sensação de que tudo aquilo não era real. De repente, ele estava duvidando da única coisa que na verdade estava acima de qualquer questionamento.

A família.

Tudo o mais era passível de mudança.

Desviou a vista da tela do computador e olhou pela janela. A única coisa que via era a fachada do edifício do outro lado da Birger Jarlsgatan. Um outro escritório com outras pessoas. Não fazia a mínima ideia de com o que elas trabalhavam. Não conhecia nenhuma delas. Passavam a maior parte das horas do dia assim, mês após mês, ano após ano, a 30 metros umas das outras. Viam-se mais do que viam suas próprias famílias.

Nove horas de trabalho por dia se ela não trabalhasse na hora do almoço e noventa minutos de viagem considerando-se a hora do engarrafamento. No final, mal restava uma hora e meia por dia com Axel. Nessa uma hora e meia ele estava cansado e enjoado, depois de passar oito horas no jardim de infância com outras crianças. E ela estava cansada e enjoada após nove horas de exigências e de estresse no trabalho. E então, depois das oito da noite, quando o filho ia dormir, Henrik e ela tinham o seu momento de ficar juntos. A hora dos adultos. Era quando podiam se sentar com toda paz e tranquilidade e fazer do relacionamento algo maravilhoso, um contando para o outro sobre o dia que tiveram, mostrando interesse pelo que faziam no trabalho... E, de preferência, ter energia para transar a todo vapor quando os dois finalmente caíam na cama mortos de cansaço. Era assim que o caderno B dos jornais de domingo instruía os leitores para que seus casamentos durassem. E claro, não podiam deixar de planejar viagenzinhas românticas e de arranjar uma babá de vez em quando. Tudo para garantir os momentos especiais do casal. Se houvesse algum escravo disponível que fosse comprar comida, levar Axel de carro até a natação, participar das reuniões dos pais na escola, fazer o jantar, lavar e passar a roupa, telefonar para o bombeiro e acertar o conserto do cano da pia da cozinha, pagar as contas em dia, fazer faxina, abrir as cartas importantes e cuidar das relações sociais da família, então... talvez então fosse possível. Aquilo que ela mais queria era ficar dormindo um fim de semana inteirinho. Sem ser incomodada. Ver se havia alguma possibilidade de se livrar do cansaço que sentia, um cansaço entranhado nos ossos cujo único desejo era ver as coisas serem feitas sem a sua participação.

Pensou na palestra dada na empresa no outono anterior: "Assumindo a responsabilidade pela sua vida." Tinha ficado maravilhada com a palestra. Foram ditas tantas verdades que soavam tão simples, mas que ela mesma nunca pensou antes.

Em cada momento, eu escolho se quero ser vítima ou agente da minha própria vida.

Cheia de inspiração, foi correndo para casa contar ao Henrik o que tinha presenciado. Ele ficou ouvindo em silêncio mas, quando ela disse que compraria as entradas para a próxima palestra daquele homem, ele não mostrou interesse.

O que você faria se ficasse sabendo que tem apenas seis meses de vida pela frente?

Foi com essa pergunta que ele tinha começado a palestra. Ao fim da apresentação, a pergunta estava no ar.

Ela ainda não tinha feito nada para dar uma resposta.

Depois do trabalho, deu uma passada no *Östermalmshallen*. Comprou duas lagostas na *Elmqvist fisk* e seguiu depois para a loja de vinhos.

Quanto à viagem, ela cuidou de tudo na hora do almoço e pediu que mandassem as passagens via correio.

Tudo vai ficar bem.

O relógio marcava apenas 17h30 quando chegou em casa. O casaco de Axel estava jogado no chão perto da porta, e ela o pendurou no gancho com cara de elefante que tinha colocado ali para ficar ao alcance do filho.

Ouviu a voz de Henrik vindo da cozinha.

— Preciso ir agora. Vou tentar te ligar mais tarde.

Tirou o agasalho, escondeu as bolsas com as lagostas e o champanhe no armário e subiu as escadas.

Ele estava sentado na cozinha lendo o jornal *Dagens Nyheter*. Ao seu lado, o telefone sem fio.

— Oi.

— Oi.

Henrik manteve o olhar nas letras impressas. Ela fechou os olhos. Por que ele nem ao menos tentava? Por que sempre deixava a responsabilidade cair nos ombros dela?

Tentou deixar a irritação de lado:

— Vim para casa um pouco mais cedo hoje.

Ele levantou a cabeça e deu uma olhada no relógio digital do micro-ondas.

— Estou vendo.

— Vou levar Axel para dormir na casa dos meus pais.

Dessa vez ele olhou para ela. Um olhar rápido e arredio.

— Mas assim? Por quê?

Ela tentou dar um sorriso.

— Não vou dizer. Você mesmo verá.

Por um segundo, achou que ele fez cara de medo.

— Axel!

— Tenho que trabalhar hoje à noite.

— Axel! Você quer dormir na casa da vovó e do vovô?

Pés apressados vinham correndo da sala.

— Quero!

— Então vem que a gente vai fazer sua mochila.

A viagem mais do que conhecida até Saltsjöbaden levou apenas 15 minutos. Axel estava quieto e apreensivo no banco de trás e a calma momentânea foi suficiente para ela ter tempo de perceber que estava nervosa. Não tinham se deitado um com o outro desde Londres, e já fazia dez meses. Na verdade, não tinha pensado nisso antes. Nenhum deles tomou a iniciativa e com isso ninguém recebeu um não. Vai ver que simplesmente não estavam com vontade, não tinha por que fazer drama. E, além do mais, Axel sempre estava dormindo no meio deles.

Ao chegar, estacionou o carro na garagem com chão de pedrinhas. Axel pulou do carro e correu o trajeto curto até a varanda.

Ficou olhando da janela do automóvel para a casa da infância. Grande e sólida. Assim era a casa amarela erguida no final do século XIX com os detalhes de madeira branca de sempre e cercada de macieiras bem podadas já em flor. Em alguns meses elas estariam abarrotadas de flores brancas.

Em alguns meses.

Então tudo teria voltado ao normal.

Tinha que ter forças para lutar um pouco mais.

De repente, lembrou que precisava ligar para a oficina e marcar um dia para trocar os pneus.

A porta se abriu e Axel desapareceu lá dentro. Eva saiu do carro, pegou a mochila do filho no assento traseiro e foi em direção à casa.

A mãe apareceu na varanda.

— Oooi. Você tem tempo de tomar um cafezinho?

— Não dá, mãe. Preciso ir agora mesmo. Obrigada por ficar com Axel assim em cima da hora.

Colocou a mochila no chão do corredor e deu um abraço rápido na mãe.

— A escova de dentes está na bolsinha de fora.

— Aconteceu alguma coisa?

— Aconteceu. Henrik fechou um contrato com um cliente novo e vamos festejar um pouco.

— Ah, mas que bom, filha! Que cliente é esse?

— Acho que é uma série de artigos num jornal grande. Ainda não sei direito. Axel! Já estou indo!

Ela ficou novamente de frente para a mãe, mas evitou o seu olhar.

— Venho apanhar Axel amanhã de manhã. Temos que sair às 7h30 no máximo para chegar na hora.

Axel apareceu na porta e logo atrás dele o avô.

— Olá, coração! Mas já vai embora?

— Vou sim, pai. Senão não vai dar tempo.

A mãe completou a mentira dessa vez:

— Henrik acabou de receber um trabalho de primeira e eles vão comemorar.

— Vejam só! Mande lembranças e os meus parabéns. E quanto a você, como é que ficou aquela fusão da empresa que estava dando tanto trabalho?

— Deu tudo certo. No fim, conseguimos fazer o que tinha que ser feito.

O pai ficou calado sorrindo. Estendeu a mão e afagou a cabeça do neto.

— Fique sabendo de uma coisa, Axel. Essa sua mãe é danada para fazer as coisas. Quando você for grande, aposto que ela vai ficar tão orgulhosa de você do mesmo jeito que nós somos dela.

De repente, sentiu o choro preso na garganta. Queria correr para os braços do pai e ser criança de novo. Não uma mulher de 35 anos, sócia-gerente de uma empresa e mãe com a responsabilidade de salvar a família. Eles sempre lhe deram seu apoio. A base fundamental. De uma forma natural e firme, sempre confiaram nela e fizeram com que ela acreditasse no seu próprio potencial, com que acreditasse que nada era impossível.

Dessa vez eles não podiam fazer nada.

Dessa vez ela estava completamente sozinha.

Como é que iria admitir para eles que Henrik talvez não queria mais viver com a filha deles? A filha de quem tinham tanto orgulho, que era tão eficiente, tão forte e bem-sucedida.

Ficou de cócoras na frente de Axel e puxou o filho para si com a intenção de esconder a sua vulnerabilidade.

— Mamãe vem te buscar amanhã de manhã. Aproveita hoje!

Forçou um sorriso, desceu as escadas e foi para o carro. Do vidro do carro, viu que acenavam para ela da varanda.

Todos juntos.

O braço do pai em volta dos ombros da mãe. Fazia quarenta anos e eles ainda permaneciam assim, lado a lado, satisfeitos com a vida, tão orgulhosos e gratos pela filha única.

Era exatamente assim que ela queria se sentir algum dia na vida.

Era esse lar, o lar da infância, que ela queria dar a Axel. Essa proteção. A confiança total nessa segurança, aconteça o que acontecer.

A família.

A inabalável.

Aqueles com quem sempre se podia contar caso tudo em volta desabasse. Foi nesse meio que ela teve o privilégio de crescer. A mãe e o pai sempre ali se precisasse deles. Sempre dispostos a ajudar. E quanto mais velha ela ficava, menos precisava deles, justamente porque sabia que a qualquer momento poderia contar com os pais.

Para tudo.

A confiança que tinham nela era sem limites — ela daria um jeito, ela era capaz, não importava o que ela fazia.

O que é que a sua geração tinha de errado? Por que nunca estavam satisfeitos? Por que tudo e todos tinham que ser medidos, comparados e avaliados o tempo inteiro? Por que essa inquietação sem fim sempre impulsionando adiante, para a frente, para o objetivo seguinte? Não sabiam parar e ficar contentes com o que já foi conquistado. Sempre um medo de deixar passar alguma coisa, de perder algo que talvez fosse melhor, que pudesse deixá-los um pouco mais felizes. Eram tantas possibilidades de escolha, será que teriam tempo de provar todas, uma por uma?

As gerações anteriores tinham lutado para realizar seus sonhos: ter uma educação, uma casa, filhos, e com isso tinham alcançado o seu objetivo. Nem eles próprios, nem as pessoas à sua volta esperavam muito mais do que isso. Ninguém achava que não tinham ambição caso permanecessem no mesmo emprego por mais de alguns anos, muito pelo contrário, lealdade era sinônimo de honra. Tinham a capacidade de relaxar e de ficar satisfeitos com a vida. Depois de muita luta, saboreavam as suas conquistas.

Abriu a porta de casa o mais silenciosamente possível, foi na ponta dos pés para a cozinha e colocou a garrafa de champanhe no freezer. Henrik não apareceu; a porta do escritório estava fechada. Um banho rápido e depois foi tirar da gaveta a lingerie comprada na hora do almoço. O nervoso veio novamente quando se olhou no espelho do banheiro. Vai ver tinha que se arrumar um pouco mais. Mas com que tempo? Tirou a presilha prateada do coque na nuca e deixou o cabelo cair nos ombros. Ele sempre preferiu o cabelo dela assim, solto.

Por um instante, pensou em vestir somente o roupão de banho por cima da lingerie preta, mas não teve coragem. Mas o que é isso?! Ela estava no banheiro onde já estivera nua inúmeras vezes com a família, todo dia de manhã e de noite, havia quase oito anos, e mesmo assim estava nervosa porque ia convidar o marido para jantar.

Como é que as coisas ficaram desse jeito?

Vestiu a calça jeans preta e uma blusa.

A porta do escritório ainda estava fechada quando ela saiu do quarto. Aguçou os ouvidos, mas nada de dedos nas teclas do computador. Nenhum som vinha de lá de dentro.

Mas, de repente, o plim de um e-mail que acabava de ser enviado. Será que ele tinha terminado de trabalhar?

Rápida, forrou a mesa com a louça para ocasiões especiais e, ao acender as velas, ele apareceu na porta. Ele olhou de relance para a mesa festiva, mas o rosto não apresentou nenhum traço de alegria.

Ela sorriu.

— Você pode apagar a luz?

Ele hesitou um instante antes de se virar e fazer o que ela pediu. Ela pegou a garrafa de champanhe, desenrolou o fio de metal e sacou a rolha. As taças — um presente de casamento — já estavam na mesa. Ele permanecia de pé na porta e não mostrava nenhum sinal de querer se aproximar. Ela foi até ele e estendeu a taça.

— Pois não, sirva-se.

Nesse momento, o coração dela acelerou. Por que ele não ajudava? Será que ele tinha que fazê-la se sentir como uma idiota só porque estava tentando? Ela deu meia-volta e sentou-se à mesa. Por um segundo, achou que ele iria voltar para o escritório. Então, ele finalmente se sentou.

O silêncio era como uma parede a mais na cozinha. Uma parede no meio da mesa e cada um deles sentado do lado oposto dela.

Ela olhou para o prato, mas não teve mais vontade de comer. A pasta azul com os tickets estava na cadeira ao lado. Ela se perguntou se ele tinha visto a mão dela tremer quando esticou o braço furando a parede.

— Para você.

Henrik olhou com desconfiança a mão estendida.

— O que é isso?

— Acho que é algo que você vai gostar. Abre e dá uma olhada.

Ele abriu a pasta e ela ficou observando. Eva sabia que ele sempre quis fazer uma viagem para a Islândia. Umas férias que combinassem lazer com esporte. Nunca tinha chegado a hora. Ela, no entanto, preferia férias na praia, num lugar bom de se relaxar, e era sempre ela quem planejava e fazia os preparativos das viagens.

— Axel pode ficar com os meus pais, então nós dois iríamos viajar, apenas eu e você dessa vez.

Ele levantou os olhos e ela ficou com medo. Nunca, em toda a sua vida, alguém a olhou com tamanha frieza. Em seguida, ele colocou a pasta na mesa e se levantou sem tirar os olhos dela, para garantir que cada palavra fosse assimilada.

— Não existe mais nada, absolutamente nada que eu tenha vontade de fazer junto com você.

Cada sílaba era um tapa na cara.

— Se não fosse por Axel e pela casa, eu já teria me mandado há muito tempo.

A psicoterapeuta Yvonne Palmgren insistiu que eles tivessem o que ela chamava de "a primeira conversa" dentro do quarto de Anna. Jonas não fez nenhuma objeção, lá dentro a obsessão iria de qualquer forma deixá-lo em paz. Por outro lado, ele não conseguia entender a finalidade da conversa. Com medo de o hospital tirar o direito de pernoite dele caso não colaborasse, ele tinha, apesar de tudo, concordado em encontrá-la.

Yvonne estava sentada numa cadeira perto da janela, tinha por volta dos 50, talvez 55 anos. Vestia um jaleco branco desabotoado por cima de uma blusa de frio vermelha e uma calça comprida cinza. Usava um cordão de criança feito de contas de plástico coloridas e, em cima do busto volumoso, havia quatro canetinhas fosforescentes à mostra no bolso do jaleco. Pode ser que as cores vivas fossem para contrabalançar o lado negro com que ela se defrontava diariamente no contato com as almas angustiadas dos pacientes.

Ele sentou-se na beira da cama e segurou a mão direita de Anna, a mão saudável.

Sentiu que a mulher na cadeira o observava. Achava que sabia o que ela estava pensando.

— Por onde devemos começar?

Ele virou a cabeça e a encarou.

— Não sei.

Tinha comparecido ao encontro de acordo com o combinado, o resto não era problema seu. Ela que cuidasse da conversa. Não era ele quem precisava daquela consulta, eram eles da Secretaria de Saúde, já que queriam terminar com a reabilitação de Anna sem ficar com a consciência pesada. Aos poucos, deixariam o cérebro dela murchar, assim eles se livravam do problema. Mas fazer com que ele ficasse do lado deles era algo que podiam esquecer.

— Você se sente desconfortável com essa conversa?

Ele suspirou.

— Não muito. Só não entendo o objetivo dela.

— Você não acha que essa atitude negativa talvez venha do medo que você tem?

Ele nem teve forças para responder. Mas que merda... O que é que ela sabia sobre medo? Com essa pergunta, ela mostrava que nunca tinha estado nem mesmo nas proximidades dele. Ela nunca sentiu o temor irracional de perder tudo. De não poder guiar os próprios pensamentos, de não poder controlar a própria vida.

Ou a de Anna.

— Há quanto tempo vocês estavam juntos? Quero dizer, antes do acidente.

— Um ano.

— Mas vocês não moravam juntos, não é?

— Não. A gente ia se casar quando... quando...

Ele parou de falar e contemplou os olhos cerrados de Anna.

A mulher em frente mudou de posição. Apoiou-se nos braços da cadeira e cruzou as mãos sobre a pasta aberta em cima do joelho.

— Anna é um pouco mais velha do que você.

— É.

Yvonne Palmgren deu uma olhada nos seus papéis.

— Quase 12 anos a mais.

Ficou calado. Por que ele precisava responder se ela podia satisfazer a sua curiosidade doentia lendo em voz alta diretamente dos papéis?

— Você pode falar um pouco da relação de vocês? Como era a vida de vocês antes de isso tudo acontecer? Você pode começar descrevendo um dia comum, se quiser.

Ele levantou-se e foi até a janela. Odiava aquilo tudo. Por que abriria a vida dele e de Anna para uma pessoa desconhecida? Com que direito ela entrava assim atropelando as lembranças deles?

— Vocês falavam em morar juntos?

— A gente mora no mesmo edifício. Anna tem um ateliê no andar acima do meu apartamento. Ela é artista plástica.

— Entendo.

Lembrava-se claramente do primeiro encontro deles. Ele tinha entregado as cartas, ido para casa e dormido algumas horas. Iria depois ao supermercado para comprar comida. Ela estava no andar térreo e enchia o elevador com caixas de mudança. Eles se cumprimentaram e ele segurou a porta do elevador enquanto ela foi buscar a última caixa no carro. A semelhança era nítida. Como ela podia ser tão parecida? Ele permaneceu de pé e não conseguiu ir embora antes de ter a chance de falar um pouco mais com ela. Depois, tudo ficou tão claro que ele resolveu ficar. Parou de hesitar e perguntou se ela precisava de ajuda. Não se lembrava da resposta. Somente do sorriso dela. Um sorriso caloroso e aberto que deixava os olhos dela assim puxadinhos e que fazia ele se sentir escolhido, único, bonito aos olhos de alguém.

Ajudou com as caixas e depois ela o convidou para entrar no seu novo ateliê. Orgulhosa e feliz, ela ia mostrando tudo ao redor. Porém, era para ela que ele olhava mais. Era como se houvesse uma aura em torno dela. Uma naturalidade tão genuína e tão atraente que ele ficou totalmente aturdido. Após cinco minutos, ele já sabia que era ela por quem tinha esperado todo esse tempo. A vida antes daquele encontro foi um passeio por uma trilha bem marcada por plaquinhas informativas.

— O que vocês costumavam fazer juntos?

A pergunta da psicóloga o arremessou para o presente. Virou-se para ela.

— De tudo um pouco.

— Por exemplo...?

Começaram a fazer as refeições juntos. Ele chegava em casa um pouco antes da hora do almoço e ela trabalhava em casa, então, depois de um tempo, aquilo virou um hábito. Um dia na casa dela, no outro dia na casa dele. Ela era a primeira pessoa que ele deixava entrar no apartamento depois de vários anos. Ele nunca tinha conseguido superar o medo de tudo ficar desarrumado com a visita de alguém. Ela ria da mania de ordem dele, falava que ficava nervosa com todos aqueles ângulos retos do apartamento e conseguiu convencê-lo a mudar os móveis de lugar. Ela até subiu correndo para o ateliê e veio com uma pintura grande a óleo que eles penduraram na sala. Foi nessa noite, depois que ela foi embora, que ele percebeu de verdade o quanto a amava. Passou a viver cercado de caos mas, apesar disso, a obsessão não chegava até ele. Sem estar consciente do seu feito extraordinário, ela tinha conseguido com sua mera presença neutralizar a ameaça que o rondava.

De madrugada, colocou-se nu diante do quadro e ficou seguindo com os dedos as pinceladas. A tela enrugada despertou nele um desejo tão intenso que ficou doendo, mas não iria liberá-lo. Guardaria seu desejo para quando ela estivesse pronta.

— Vocês tinham muitos amigos?

Ficou de frente para a janela de novo e colocou a mão no bolso. As lembranças despertaram um desejo incontrolável nele. A fome de pele o levaria à loucura se ela não tocasse nele em breve.

— Não muitos.

— Parentes?

— Os pais dela morreram num acidente de carro quando ela tinha 14 anos. Anna é uma dessas pessoas que, apesar da infância difícil, conseguem se virar. Uma pessoa forte e persistente.

— Ela tem irmãos?

— Um irmão, mas ele mora na Austrália.

— E você?

Virou a cabeça e olhou para a psicóloga.

— Eu o quê?

— Os seus pais?

— O que é que tem eles?

— Não sei. Conte você.

— Não tenho mais contato com eles. Eu me mudei para Estocolmo aos 18 anos, achava que estava na hora de sair de lá.

— De lá onde?

— Eu morava numa cidade a alguns quilômetros ao norte de Gävle.

— Tá, mas a maioria das pessoas mantém contato com a família mesmo depois de sair de casa.

— OK.

Oito palavras foi tudo o que a mãe disse depois que a traição veio à tona. Oito. Foi no dia do aniversário de 18 anos dele. Ele estava na cozinha tomando o café da manhã. Tinha acabado de chegar em casa depois de entregar os jornais. Durante três meses, fez o que podia para ser perdoado, mas ela continuava fechada. O pai tinha arranjado abrigo num conjugado no centro de Gävle para fugir da vergonha causada pela tristeza e decepção sem fim da mãe. Pegou as roupas e o colchão de molas do quarto e sumiu.

De repente, ela estava ali na porta da cozinha. Vestia o roupão florido que tinha um cheiro tão bom, cheiro de mãe. Ele ficou cheio de alegria e achou que talvez, talvez, ela estivesse pronta para perdoá-lo naquele instante. Hoje, que era o aniversário dele e ela estava ali de pé na sua frente.

Oito palavras, foi o que ela disse.

Não quero mais que você continue morando aqui.

Yvonne Palmgren remexeu-se de novo na cadeira. Algumas folhas escorregaram da pasta e ela conseguiu apanhá-las um pouco antes de caírem no chão.

De olhos baixos, ele foi se sentar ao lado de Anna.

— Por que você não tem nenhum contato com os seus pais?

— Porque não quero.

— Isso não deixa um vazio em você?

— Não.

Ela tossiu de leve limpando a garganta e fechou a pasta em cima do joelho.

— Acho que podemos nos dar por satisfeitos no momento, mas gostaria muito de continuar a nossa conversa hoje mesmo na parte da tarde.

Ele encolheu os ombros. Estava com raiva por estar sendo obrigado a fazer o que eles queriam. De não poder mandar todo mundo à merda.

— Às 14 horas, está bom para você?

Ela levantou-se, foi até a cama, olhou para Anna e depois para ele e foi para a porta.

— Então, até mais tarde. Tchau!

Ele não respondeu.

Viu a porta bater atrás dela, pegou a mão de Anna, colocou-a no seu sexo e fechou os olhos.

Nunca se sentiu tão sozinha em toda sua vida.

Ele dormiu no sofá. Pegou travesseiro e cobertor e, sem dizer nada, deixou-a com as perguntas que ela não tinha forças para fazer. Ficou muda com as últimas palavras dele ditas na cozinha.

A angústia em forma de cólera.

Por que tanta raiva? De onde vinha o ódio dele? O que será que ela tinha feito para merecer ser tratada daquele jeito?

Sozinha na cama de casal, arrependeu-se de ter deixado Axel dormir na casa dos pais. Daria tudo para ter o filho ali naquele momento, ouvir a sua respiração, estender a mão e sentir as costas quentes dele dentro do pijama.

Por volta das 4 horas da manhã, não aguentou mais. Com a cara inchada e os olhos ardendo, vestiu o roupão e foi até ele. Ainda estava escuro lá fora, mas através da luz fraca da lua, pôde ver que ele estava deitado com os braços embaixo da cabeça. Os joelhos levemente dobrados, o sofá era pequeno demais para ele poder esticar as pernas. Por um segundo, achou estranho ele não ter se deitado na cama de Axel. Claro que era uma cama de criança, mas com certeza era melhor do que o sofá.

Sentou-se na beira da poltrona.

— Você está dormindo?

Ele não respondeu.

Apertou ainda mais o roupão em volta do corpo e tiritou de frio. As janelas da sala precisavam ser vedadas. O aquecedor não dava conta de manter o calor ao mesmo tempo que a maior parte dele desaparecia pelo vão delas. Seria um trabalho e tanto que levaria tempo — oito quadradinhos de vidro em cada janela. Eles podiam pagar alguém e deixar de sacrificar uma parte das férias tão necessitadas. Mas talvez isso não tivesse mais nenhuma importância.

Engoliu em seco.

— Henrik?

Nenhum som.

— Responde, Henrik, por favor... Será que dá para a gente conversar um pouco? Você pode me explicar o que é que está acontecendo?

Nenhum movimento.

— Você pode pelo menos me dizer o porquê de tanta raiva? Me diz o que foi que eu fiz?

Ele virou-se para o outro lado e puxou o cobertor. Ele deve ter ouvido pelo tom da voz que ela ficou triste, que *estava* triste, mas ela chegou à conclusão de que ele não iria responder, mesmo que tivesse ouvido. Ele queria calar a boca e as perguntas dela como se nunca tivessem sido feitas. Encostou a cabeça na poltrona e fechou os olhos, tentando abafar um som de desespero, um grito aprisionado que exigia sair da garganta. Era um animal ameaçado com os instintos em estado de alerta para lutar, mas que não sabia do que se defender. Permaneceu sentada assim por um bom tempo, incapaz de se levantar, mas finalmente conseguiu convencer as pernas a levá-la de volta para a cama vazia.

Tinha acabado de se deitar quando ouviu que ele foi ao banheiro.

Ele a deixou sozinha.

Somente quando o relógio deu 5 horas ela conseguiu dormir. Acordou às sete com barulho de porta batendo. Ele deve ter ido buscar Axel e levá-lo de carro para a escolinha. Ficou deitada de olhos fixos no ponteiro dos segundos do relógio de pulso. Não conseguia se mover. Passo a passo, o ponteiro a conduzia para uma esfera cada vez mais longe do racional. Como é que ela ia dar um jeito naquilo?

O toque repentino do telefone a fez respirar fundo. O único motivo que a levou a responder é que poderia ser ele.

— Alô.

— Oi, sou eu.

— Ah... é você, mãe.

Deitou-se de novo.

— Como foi com vocês ontem?

— Foi legal. E Axel? Foi tudo bem com ele?

— Tudo, mas ele acordou à 1h30 da madrugada. Estava tristinho e queria ligar para casa, apesar de termos dito que era muito tarde. Tentamos ligar para o celular de vocês, mas estava desligado, e o telefone de casa só dava ocupado o tempo inteiro. Vocês se divertiram?

Só dava ocupado o tempo inteiro?

— Deu para se divertir.

Para quem ele tinha ligado tão tarde da noite, já que ela não ouviu o telefone tocar? E se ele estivesse na internet, o telefone tocaria assim mesmo.

— Eu e o seu pai queremos saber se vocês querem comer aqui no domingo. Tenho no congelador o restante de uma carne de alce que queria fazer para vocês. Esqueci de perguntar ao Henrik quando ele veio buscar o Axel, mas de qualquer forma é você quem costuma saber da agenda da família. Aliás, Henrik parecia mais magro. Ele deve ter perdido uns quilinhos, não é?

Eva sentou-se de novo. De repente tinha dificuldade de respirar.

— Aa-lôô!

— Tô aqui.

— Você está me ouvindo?

— Estou.

— O que você me diz do jantar de domingo?

Domingo? Jantar?

— Acho que não vai dar, mãe. Olha, preciso ir para o trabalho agora, estava saindo quando o telefone tocou. Te ligo num outro dia.

Apertou o botão de desligar com o indicador e ficou sentada com o fone mudo no ouvido. Como ela podia ter estado tão cega? Ridiculamente fácil de ser enganada. Como num quebra-cabeça de ímã, todas as peças se encaixaram de uma só vez. Encontros tarde da noite. De repente, uma viagem a trabalho para Åland com clientes de que ela nunca tinha ouvido falar. Conversas de telefone interrompidas subitamente mal ela aparecia na porta.

Levantou, colocou o roupão e foi para o escritório dele. Tinha que achar algo. Um papelzinho, uma carta, um número de telefone, qualquer coisa.

Começou pelas gavetas da mesa do computador. Procurava metodicamente, gaveta por gaveta, metade do cérebro concentrada, a outra metade morrendo de medo de que fosse comprovado aquilo que ela já sabia.

Nunca achou que iria passar por uma situação dessas na vida. Nunca.

Não encontrou nada. Somente as provas da validade da família deles. Seguros de vida, passaportes, extratos de conta corrente, a caderneta de vacinação de Axel, as chaves do cofre no banco. Foi para a estante de livros. Onde? Onde ele teria um esconderijo que ela não devesse achar de jeito nenhum? Será que havia algum canto daquela casa por onde ela não andava? Um canto onde ele soubesse que seus segredos estavam seguros?

De repente, o barulho da porta se abrindo.

Apanhada de surpresa como uma ladra, saiu rapidamente do escritório e voltou para o quarto. Precisava pensar. Tinha que descobrir. Quem era ela? Quem era essa mulher que estava roubando o seu marido? Destruindo sua vida. A ameaça pulsava pelo corpo todo.

Assim que ouviu que ele subia pelas escadas, abriu a porta do quarto e saiu.

Permaneceram de pé, olho no olho, 2 metros entre os dois.

Uma era entre eles.

Ele parecia, mais do que qualquer outra coisa, surpreso ao vê-la.

— Ué, você não foi trabalhar?

Ele prosseguiu para o seu lugar na mesa da cozinha, o som familiar das pernas da cadeira sendo arrastadas pelo chão. Em seguida, ele pegou o jornal e ela perdeu totalmente o autocontrole. Sem vacilar, foi até ele, arrancou o jornal e o jogou no chão. Ele ficou olhando para ela.

— Ficou maluca?

Ainda havia uma frieza nos olhos dele. Uma indiferença tão eficiente quanto um cordão de isolamento. Ela não era mais bem-vinda. Armado com seu segredo, ele estava ali atrás das trincheiras, protegido do ataque dela. Quanto à ela, estava nua e desprotegida, sem nenhuma arma eficaz com que lutar.

A raiva tomou conta dela. Uma vontade de bater, ferir, quebrar. De se vingar. De restabelecer o equilíbrio. Odiava a fragilidade que ele provocava nela.

— Só quero que você me responda uma coisa: já faz quanto tempo?

Viu que ele engoliu em seco.

— Quanto tempo o quê?

Ele deve ter sentido o perigo, pois não olhava mais nos olhos dela. Isso a deixou mais calma, quase a fez sorrir. Pouco a pouco, recuperava o controle da situação. Era ela que estava no seu direito. Era ele quem tinha mentido, traído e quem teria que responder pela sua traição. Era ele quem tinha que se envergonhar.

Sentou-se em frente ao marido.

— Pode ser que você tenha várias, mas estou pensando mais precisamente naquela com quem você estava no telefone hoje de madrugada.

Ele levantou-se. Foi até a pia e bebeu água direto da torneira. Ela se controlava para não deixar sair todas as palavras que se amontoavam na boca. A melhor tortura era o seu silêncio. A pior coisa que podia fazer contra ele era obrigá-lo a falar.

Ele endireitou as costas e se virou para ela.

— Era só uma colega.

— Não diga. Alguém que eu conheço?

— Não.

Curto e objetivo. O olhar direto dele a fez vacilar. Era a primeira vez depois de muito tempo que ele olhava nos seus olhos sem desviar. De onde vinha aquela força, se não fosse pelo fato de ele ter sido acusado injustamente?

— Então qual é o nome da sua colega? E onde é que vocês se conheceram?

— Que importância tem isso?

— Toda. Se o meu marido tem uma colega tão íntima para quem ele liga no meio da noite enquanto eu estou deitada no quarto ao lado, então eu gostaria muito de saber quem ela é.

Viu que ele hesitou. Pegou uma xícara suja de café da pia e a colocou na máquina de lavar louça. Somente então ele se aproximou e sentou-se à mesa.

Marido e mulher, cara a cara em volta da mesa tão familiar da cozinha.

Uma calma repentina.

Era agora que eles iam conversar. Uma pausa para serem objetivos em meio ao furacão que fez com que os dois se aproximassem, como se fossem conversar sobre outras pessoas. Todas as perguntas seriam finalmente respondidas, e as mentiras, reveladas. A realidade seria desmascarada e a verdade estaria ali, nua e crua. O que iria acontecer depois — como se tivessem um acordo tácito — não era importante naquele momento.

Era só a verdade finalmente ser dita.

— O nome dela é Maria.

Maria.

— Onde é que vocês se conheceram?

— Ela é desenhista gráfica na Widmans.

— Há quanto tempo vocês se conhecem?

Ele encolheu os ombros.

— Não sei... acho que uns seis meses.

— Por que você nunca falou dela?

Nenhuma resposta.

— Por que você telefonou para ela de madrugada?

— Como é que você ficou sabendo?

— Será que isso importa? Você telefonou, não foi?

— Telefonei. Ela é...

Fez uma pausa e se remexeu na cadeira. Parecia que o que ele mais queria naquele instante era se levantar e ir embora.

— Sei lá. Ela é boa para conversar.

— Sobre o quê?

— Sobre tudo.

— Sobre nós?

— Já aconteceu de eu falar sobre a gente.

O enjoo veio de novo.

— Então o que é que você disse?

— Bem, eu contei como as coisas estão entre nós...

— Certo... e em que pé estão as coisas?

O suspiro profundo dele revelou a falta de vontade.

— Eu disse que nós... que eu... mas que saco! Ela é apenas uma pessoa boa para se bater um papo. Uma pessoa legal.

Uma pessoa legal.

A gente não se curte mais.

Maria.

O seu marido tinha ligado para a Maria da Widmans à 1h30 da madrugada. Ele ficou conversando com essa tal de Maria enquanto ela estava sozinha no quarto, apenas com suas perguntas desesperadas e sua lingerie novinha em folha.

Mas que sacanagem!

O que será que ele disse? Será que ele falou do champanhe e da viagem? Tinha ânsia de vômito só de pensar. Em algum lugar, existia uma mulher que sabia mais da relação deles do que ela, alguém que sabia tudo da vida deles, de coisas que nem ela mesma conseguia saber. Ela tinha sido traída, abandonada. Estava abaixo de uma mulher que ela nem sequer sabia quem era.

A realidade batia na porta. Fim da pausa.

— Como é que você acha que eu me sinto? Com o fato de você abrir a minha vida e a nossa relação para ela?

Ele lançou um olhar saudoso para a porta do escritório, mas ela não deixaria ele escapar.

— Será que você pode imaginar como eu me sinto? Se você acha que estamos com problemas, então é comigo que você deve falar, e não com ela.

Um breve silêncio. E em seguida, a indiferença no olhar.

— Eu tenho o direito de falar com quem eu bem entender e você não tem nada a ver com isso.

Um estranho sentado do outro lado da mesa.

Será que ele sempre foi esse estranho? Será que ela nunca soube quem ele era? Ela apenas tinha vivido com ele durante quinze anos e nunca ficou sabendo quem ele era de verdade. Ela só não compreendia o ódio dele nem o porquê de ele não parecer entender o quanto ele a machucava ou, caso entendesse, por que ele não ligava. Por que ele continuava esmurrando se ela já estava caída no chão?

Ele ergueu-se e, naquele instante, tinha algo novo no olhar. Talvez fosse simplesmente nojo o que ela via.

— Você não quer que eu me distraia.

— Ah é? Bom saber, então é isso o que eu quero... Vocês também vão juntos para a cama?

Ela precisava saber.

Ele deu um risinho irônico.

— Não. Como é que você diz uma coisa dessas? Só porque a gente curte conversar um com o outro. Vê se guarda a porra da sua imaginação para suas estratégias de negócios!

Ele foi para o escritório e a porta bateu num estrondo. Fazia dois anos que tinham pintado a porta juntos. Maria da Widmans. Essa era uma garota legal.

Viu que as sempre-vivas perto da janela da cozinha precisavam de água e foi buscar o regador. E não podia se esquecer de pagar a mensalidade da natação de Axel.

Ficou de pé com o regador em uma das mãos, olhando pela janela. Um caminhão estacionado na frente da garagem do vizinho e dois homens descarregando uma série de aparelhos eletrodomésticos bem embrulhados. O auge e o declínio. Como as coisas podiam ser diferentes somente a alguns metros de distância... Pegou a bolsa e desceu.

— Gostaria de falar com a Maria.

Estava cercada das árvores do parque perto de casa. Seria impossível telefonar de casa. Não podia permitir que a voz daquela mulher ecoasse em meio às coisas deles, nem dava para imaginar. Cada coisa que ela olhasse à sua volta durante a conversa ficaria manchada. Na verdade, não sabia por que, mas sentia uma necessidade enorme de ouvir a voz dela. Dessa Maria da Widmans que sabia de coisas sobre ela que nem ela mesma sabia. O que Henrik havia contado a ela? De algum jeito, ela tinha que restabelecer o equilíbrio de forças entre eles. Avançar para a linha de frente.

— Você quer falar com uma Maria?

— Isso, Maria.

Caso vocês tenham mais de uma, tragam a que é mais simpática e a que a gosta de se meter em assuntos que não lhe dizem respeito.

— Então você ligou errado.

— Esse não é o telefone da Widmans?

— É sim, mas aqui não tem nenhuma Maria.

Apertou o botão e desligou a ligação. Parada, a adrenalina corria forte nas veias, mas não tinha como ser descarregada. Como assim? Como é que lá não havia nenhuma Maria?

Confusa, ficou dando voltas nos arredores de casa e viu o caminhão de entregas saindo da garagem do vizinho. Entrou em casa e foi direto para o banheiro. Deixou a roupa jogada no chão.

Por que ele mentiu? Por que ele disse que conversava com uma Maria da Widmans se ela não existia? Não podia perguntar a ele, não podia admitir por nada nesse mundo que andou xeretando. Não daria a ele o gostinho de saber que ela se rebaixou a fazer algo desse tipo.

Achou-os atrás do sabonete líquido que ganhara de Axel de aniversário. O que mais a impressionou foi o descuido. Ou será que tinham sido deixados ali intencionalmente como uma declaração de guerra? Será que uma pessoa tão legal e tão boa de se conversar queria marcar seu território, mostrar o seu poder?

Ele mentiu para ela.

Aquele sacana tinha mentido, e o desprezo pela covardia dele fazia nascer algo novo dentro dela. Um sentimento que nunca tinha tido antes.

Não se deve mentir. Especialmente para alguém que confia em nós, alguém que pensou durante 15 anos que aquela pessoa era seu melhor amigo.

Quando a mentira ainda por cima ameaçava destruir a vida desse alguém, era algo imperdoável.

E, definitivamente, o que não se deve fazer — sem pensar muito bem antes — é esquecer um par de brincos atrás do sabonete de eucalipto no banheiro desse alguém.

Continuou ali com Anna depois que Yvonne Palmgren os deixou em paz. A única vez que saiu do quarto foi para pedir para esquentar o almoço no micro-ondas da sala dos funcionários. Tentou contar os salgados e os pedaços de pizza que tinha comido nos últimos dois anos, mas voltou depressa para o quarto antes que o cérebro o obrigasse a calcular a quantidade exata.

Passaram-se dois, três meses. A mãe continuava trancada no quarto. A obsessão dominava a vida dele, porém, fugir do castigo silencioso deixaria a situação ainda pior. Todo dia de madrugada, ele ia entregar os jornais e chegava em casa o mais rápido possível para ela não ficar sozinha. O pai não aparecia. De vez em quando — e mesmo assim irregularmente — chegava uma carta com algum dinheiro que ele mandava para pagar as contas de luz e de gás. Outros gastos não havia com a casa. O dinheiro da comida, ele tirava do seu próprio salário. A casa era da mãe, pois foi uma herança da tia. O salário de torneiro mecânico do pai era suficiente para arcar com os custos da família, e a mãe nunca precisou trabalhar. A identidade dela baseava-se nos papéis de esposa do marido e mãe do filho.

Foi numa terça-feira que ele achou os anúncios, e tudo começou com uma catástrofe. Toda madrugada fazia o mesmo ritual. Ele apanhava a pilha com os jornais lá embaixo perto da pizzaria. Sempre mandavam exemplares extras e, antes de distribuir os jornais, contava os exemplares para levar consigo apenas a quantidade exata de que precisava. Era a única forma de estar totalmente certo de que não esqueceria nenhum endereço de entrega. No entanto, não dava para ter certeza absoluta e muitas vezes ficava angustiado por vários dias se achava que tinha pulado algum assinante e feito a entrega por engano de dois jornais no mesmo endereço.

Primeiro tirava os 62 jornais de que precisava diretamente da pilha. Depois pegava uma toalha de plástico, que guardava na mochila, e a estendia no chão para proteger os jornais da umidade. Em seguida, fazia seis montinhos de dez exemplares. O sexagésimo primeiro e o sexagésimo segundo eram armazenados na traseira da bicicleta. Depois de conferir quatro vezes as seis pilhas de jornal, ele se sentia pronto para colocá-los na bolsa e fazer a entrega. Sempre fazia o mesmo caminho, ao ponto de pisar nas mesmas pedrinhas do chão.

E foi nessa terça-feira que aconteceu o que não devia acontecer.

Depois da ronda, um exemplar estava sobrando.

Alguém ficou sem jornal.

Podia conferir as caixas de correio, mas e se alguém já tivesse buscado o jornal e não fosse essa a casa que ficou sem receber? E os dez apartamentos em cima da pizzaria tinham apenas uma caixa de correio para todos os moradores. Como poderia saber se tinha esquecido algum deles?

Sentiu o pânico crescendo.

O exemplar que sobrou queimava nas mãos e ele não conseguia se livrar dele. Ao chegar em casa, ficou do lado de fora ainda segurando o jornal.

De Sandviken até Falun: 68 quilômetros; de Skövde até Solleftéa: 696 quilômetros.

Tinha que ler aquele jornal. Tinha que ler cada palavra para neutralizar o erro. Sentou-se nos degraus da frente da porta. Estava amanhecendo. A escada de pedra estava fria e logo após a primeira página ele já estava tremendo, mas era obrigado a continuar. Cada letrinha tinha que ser vista e respeitada por um olho leitor. Esse era o único jeito.

Foi na página 12 que ele achou.

Procura-se carteiro para a região de Estocolmo.

Num primeiro momento, aquelas palavras pareciam distantes, mas várias vezes seus olhos se viam atraídos para a mesma frase e, após oito releituras, elas tinham se tornado uma possibilidade.

Sabia que não podia mais ficar em casa. A única forma de fazê-la viver de novo era desaparecer dali. Ele tomava conta dela, mas ela não queria mais vê-lo por ali.

Olhou para o jardim. Nos canteiros tão bem cuidados de antes, flores murchas e caídas pelo chão emaranhadas involuntariamente com vários tipos de ervas daninhas.

Não quero mais que você continue morando aqui.

Tudo se resolveu na página 16. O destino quis que ele tivesse recebido um exemplar a mais justamente naquele dia. Alguém cuidou que fosse justamente ele a pessoa que iria ler aquele jornal. Pelo menos uma vez na vida a obsessão ficou do lado dele.

Passo contrato aluguel, conjugado, Estocolmo, motivo: ida p/ exterior.

Permaneceu sentado na escada por um bom tempo. Na mesma manhã, já tinha dado os dois telefonemas e quatro dias depois pegou o trem para Estocolmo para fazer a entrevista de trabalho. Voltou na mesma noite. Ela nem tinha reparado que ele esteve fora de casa. As semanas seguintes foram uma espera eterna, mas sentia que tudo estava predestinado. Quando veio a resposta positiva sobre o emprego e o apartamento, ele as recebeu como se fossem a coisa mais natural do mundo. Um orgulho de ter tido coragem.

Naquela noite, hesitou por muito tempo diante do quarto fechado até que finalmente bateu na porta. Em nenhum momento ela mandou que ele entrasse. Apesar disso, ele girou a maçaneta deixando a porta entreaberta. Ela estava deitada lendo. As cortinas azuis fechadas e o abajur aceso ao lado da cama. Puxou o cobertor até o pescoço como se quisesse se esconder, como se um intruso tivesse entrado no quarto dela. O colchão de solteiro em cima do estrado duas vezes maior do que a cama de casal, como uma piada de mau gosto. Ela dormia ao lado de um buraco que a cada segundo a fazia lembrar nitidamente a humilhação e a traição que eles a fizeram sofrer.

— Vou me mudar para Estocolmo.

Ela não respondeu. Apagou o abajur e virou-se, ficando de costas para ele.

Ele continuou no quarto por um tempo, incapaz de dizer mais alguma coisa. Em seguida, deu um passo para trás e encostou a porta.

A última coisa que viu de relance foi o roupão florido.

Yvonne Palmgren chegou às 13h59. Cumprimentou-o rapidamente e foi se sentar de novo na cadeira perto da janela. Não sorriu dessa vez. Ela o observava com um olhar tão concentrado que se arrependeu de ter concordado em continuar com a conversa. Ficou segurando umas das mãos de Anna. Aqui ele estava protegido.

— Dei alguns telefonemas hoje de manhã.

— OK.

Estava faltando uma das quatro canetas fosforescentes do bolso do jaleco.

O três não!

Ele se perguntava se ela sabia. Se ela, com sua sólida formação de psicóloga e o seu olhar penetrante, podia enxergar lá dentro e ver o inferno tão bem escondido nele. As três canetas eram um sinal, uma maneira de enfraquecê-lo, uma declaração de guerra da parte dela, a prova de que tinha vantagem.

Apertou com mais força a mão de Anna.

Ela abriu uma pasta. Leu algumas palavras e olhou de novo para ele

— Vamos falar do acidente propriamente dito.

Uma sensação súbita de perigo iminente.

— Eu sei que você declarou não se lembrar do que aconteceu no momento do acidente, mas gostaria que juntos tentássemos puxar pela memória. Aqui eu tenho o relatório da polícia.

A mulher na cadeira ficou observando as mãos entrelaçadas dos dois.

— Imagino o quanto isso deve ser difícil para você... Será que você quer falar sobre isso numa outra ocasião? Podemos ir para a minha sala, se você preferir.

— Não.

Permaneceu calada por um tempo, os olhos penetrantes.

— Eu não me lembro.

— É o que consta nesses papéis, mas a verdade é que você escolheu não lembrar. O cérebro funciona dessa forma para nos proteger de acontecimentos traumáticos, ele escolhe sublimar aquilo que é doloroso demais de ser lembrado. Isso não significa que você não se lembre, tudo está aí dentro. Mais cedo ou mais tarde, tudo virá à tona e você vai ter que trabalhar isso, por mais doloroso que seja. E é exatamente com esse processo que eu gostaria de ajudar. Ajudar você a lembrar para que você possa tocar sua vida adiante. Eu sei que o que você tem pela frente é um trabalho pesado e doloroso, mas ele é absolutamente necessário. Com certeza, você vai ficar com raiva durante a nossa conversa, mas é bom soltar essa raiva, eu quero que você descarregue essa raiva em cima de mim por um tempo.

Ali dentro, não! A raiva nunca o atacaria enquanto estivesse ali, protegido por Anna.

— Você está me entendendo, Jonas? Eu estou aqui para te ajudar, mesmo que não pareça. Anna está morrendo e você tem que aceitar isso. E você tem que aceitar que a culpa não é sua, que você fez o que estava ao seu alcance. Não se pode exigir mais do que isso de um ser humano.

De Kalmar até Karesuando: 1.664 quilômetros; de Karlskrona até Karlstad: 460 quilômetros.

— Tudo o que eu sei é o que pude ler no relatório policial e, é claro, no laudo médico quando ela foi internada aqui. Sei que ela sofreu uma isquemia cerebral devido à falta de oxigênio. Em que momento você não consegue se lembrar de mais nada?

De Landskrona a Lungby: 142 quilômetros. Me ajuda, Anna. Acaba logo com isso!

— Vocês foram até a enseada de Årsta para almoçar. Você lembra em que dia da semana isso aconteceu?

— Não.

— Tente se lembrar de como era esse lugar. Se havia árvores, se vocês encontraram alguém, se tinha algum cheiro característico...

— Mas eu não me lembro de nada. Quantas vezes vou ter que repetir?

— Vocês foram até o píer da marina de Årstadal.

Ele tinha que acabar com aquela conversa. Tinha que tirar aquela mulher do quarto.

A voz dela prosseguia implacável:

— Anna decidiu dar um mergulho, apesar de ser o final de setembro. Você lembra se tentou impedir que ela caísse n'água?

Ela estava bloqueando a proteção de Anna.

— Você ficou no píer. Você se lembra do quanto ela já tinha nadado antes de você perceber que ela estava em perigo?

A cabeça de Anna debaixo d'água. De Trelleborg a Mora. Merda! O três, não. De Eskilstuna até Rättvik: 222 quilômetros. As três canetas fosforescentes em cima dos seios fartos eram uma ironia gritante. A voz monótona impregnando cada poro dele, mas ela continuava remoendo sem dó nem piedade e sem perceber que ele estava a ponto de explodir.

— Quando ela desapareceu, você ficou nadando procurando por ela. Um homem que passava pela marina viu o que aconteceu e caiu na água para ajudar. Você se lembra do nome dele?

— Não, eu não me lembro!

— Ele se chama Bertil. Bertil Andersson. Foi ele quem ajudou vocês. Vocês conseguiram arrastar Anna para a areia e Bertil correu para a marina para chamar uma ambulância. Tente se lembrar, Jonas. Tente se lembrar do que você sentiu naquele instante...

Jonas ficou de pé. Não dava mais para aguentar.

— Será que você não ouviu o que eu disse, seu serzinho irritante? Eu não me lembro de absolutamente nada!

Ela não tirava os olhos dele. Permaneceu calma na cadeira, apenas o observando.

Encontrou-a no sótão. Ela vestia o roupão florido, e foi na noite anterior à mudança dele para Estocolmo, as malas já feitas no corredor. O teto era tão baixo que ela não precisou de uma cadeira, somente do banquinho de plástico que ele usava nos tempos de criança para alcançar a pia do banheiro.

— Como você se sente agora?

Perdeu as estribeiras com as palavras dela.

— Fora daqui! Vê se desaparece e nos deixa em paz!

Ela permaneceu sentada. Não se mexeu nem um milímetro, continuou a furá-lo com aqueles olhos perversos. Calma e equilibrada, totalmente decidida a acabar com ele.

— Você sabe me dizer o motivo de tanta raiva?

Alguma coisa se quebrou dentro dele. Virou a cabeça e olhou para Anna.

Ela o abandonou. Estava ali deitada, inocente na sua inconsciência, mas abandoná-lo parecia ser algo que ela ainda sabia fazer. Mais uma vez ela o deixou sozinho. Depois de tudo o que tinha feito por ela.

Mas que sacanagem!

Nem mesmo num momento como esse dava para confiar nela. Nem mesmo num momento como esse ela fazia o que ele queria.

Mas ela ia ver, ela não perde por esperar. Não deixaria que ela escapasse desse jeito.

Também não seria dessa vez.

Decidiu ir para o jardim de infância. Era uma mera necessidade física de se afastar da ameaça que sentia ao seu redor. O seu mundo estava desabando. Sentia-se paralisada, dela foram retiradas as possibilidades de fuga. Em algum lugar, um inimigo desconhecido traçava planos em segredo e a única pessoa em quem ela achava que podia confiar andava aliada com alguém do outro lado da trincheira. Revelou-se ser um traidor.

O sinal do celular obrigou-a a se recompor. Viu no visor que era do jardim de infância.

— Alô?

— Oi, aqui é Kerstin da escolinha. Não é nada grave, mas Axel caiu do escorrega e quer ir para casa. Eu tentei localizar Henrik, já que é ele quem costuma buscar Axel, mas o celular dele não responde.

— Já estou a caminho. Chego em 15 minutos.

— Mas não é nada sério, ele ficou mais é com medo. Linda está com ele na sala dos professores.

Desligou a ligação e apressou o passo. O asfalto na rua de casas antigas estava todo esburacado devido à instalação do novo sistema de aquecimento e da banda larga. Viu-se obrigada a esperar num pequeno congestionamento.

Banda larga.

Ainda mais rápido.

Avistou as casas antigas do final do século que circundavam a rua. Nessa área as casas eram tão grandes quanto minipalácios, diferentes das casas menores do outro lado na rua deles, a primeira possibilidade de a classe média construir sua casa própria.

Cem anos. Quantas coisas tinham mudado desde então... Será que ainda existe nessa sociedade alguma coisa igual àquela época? Carros, aviões, telefones, computadores, mercado de trabalho, os papéis do homem e da mulher, valores morais, crença... Um século de mudanças. E que, além disso, inclui as piores crueldades da humanidade. Muitas vezes ficava comparando a sua vida com aquela que os avós tiveram. Eles passaram por muito, tiveram que aprender coisas novas e se adaptar a elas. Será que alguma outra geração teria que passar por tanto desenvolvimento e transformação como a deles? Tudo mudado. Ela somente conseguia se lembrar de uma coisa que era a mesma. Ou que se esperava que fosse a mesma. A família e o casamento para a vida toda. Esperava-se que funcionassem como naqueles tempos, apesar de as circunstâncias e os desafios serem outros. O casamento não era mais uma empresa conjunta em que o homem e a mulher davam cada um a sua contribuição indispensável. Não existia mais aquela dependência mútua. Hoje em dia, homens e mulheres eram unidades autossuficientes, educados para se virar na vida, e o único motivo de escolher se casar era o amor. Ela ficou pensando se era por isso que era tão difícil fazer o casamento funcionar, já que hoje em dia toda uma escolha de vida dependia de o amor permanecer vivo. E quase ninguém em idade fértil tinha tempo de alimentá-lo. O amor tinha que se virar e sobreviver como podia em meio a todas as obrigações do cotidiano. E isso raramente dava certo. Era necessário mais do que isso para ficar. Mais ou menos metade dos amigos deles tinha se separado nos últimos anos. Filhos que alternavam suas vidas nas casas de pais separados. Divórcios desgastantes. Engoliu em seco. Pensar na relação problemática dos outros não tornava a vida dela mais fácil.

Nos últimos anos, em meio ao cotidiano sem graça, ela ficava se perguntando do que é que sentia falta. E queria ter tido alguém com quem pudesse compartilhar esses questionamentos. É verdade que tinha as amigas, mas muitas vezes os jantares com elas terminavam num lamento generalizado sobre a vida que levavam. Era mais uma constatação do que uma discussão sobre o porquê de as coisas serem daquele jeito. Porém, uma coisa elas tinham em comum: o cansaço. A sensação de não fazer o bastante. A falta de tempo. Apesar de todos os meios inventados para economizar tempo desde a construção daquela casa antiga, o tempo era cada vez mais uma mercadoria de luxo. Agora iam instalar a banda larga para ajudá-los ainda mais a economizar alguns segundos valiosos. A correspondência devia ser respondida ainda mais rápido, decisões tomadas assim que as alternativas fossem dadas, a informação ao alcance dentro de um segundo, informação essa que depois seria interpretada e organizada no devido arquivo da memória. Mas e o ser humano atrás disso, cujo cérebro devia dar conta de tudo, o que aconteceu com ele? Até onde Eva sabia, o produto ser humano não tinha sido atualizado nos últimos cem anos.

Pensou na história que tinha ouvido uma vez sobre um grupo de índios sioux que nos anos 1950 pegaram um avião de sua reserva em Dakota do Norte para se encontrar com o presidente.

Com a ajuda dos motores jet, é possível transportar milhares de pessoas para as capitais do mundo inteiro. Ao chegar no saguão do aeroporto de Washington, eles se sentaram no chão recusando-se a se levantar, apesar das súplicas para que entrassem nas limusines que estavam à espera. Permaneceram sentados ali durante um mês. Estavam esperando os espíritos de cada um chegar, pois estes não podiam se deslocar na mesma velocidade dos corpos que tiveram a ajuda do avião. Somente trinta dias mais tarde os sioux estavam prontos para encontrar com o presidente.

Pode ser que tivessem que fazer o mesmo: todas as pessoas estressadas que tentavam desesperadamente harmonizar os setores diversos da vida deviam se sentar e ficar esperando até conseguir entrar no ritmo da corrida. Mas, por outro lado, eles já estavam sentados, não precisamente esperando os seus espíritos, mas cada um estava nas suas poltronas aconchegantes absorvidos com os reality shows dos aparelhos de TV. Ficavam horrorizados com os defeitos das outras pessoas e da sua falta de capacidade de se relacionar. Como é que faziam uma coisa dessas? E trocavam rapidamente de canal para deixar de examinar o próprio comportamento. É tão confortável, assim de longe, poder julgar as outras pessoas...

Abriu a porta da escola de Axel, colocou o plástico azul-claro em volta dos sapatos para não sujar o chão com a lama da chuva e seguiu para a sala dos funcionários. Podia ver os dois pelo vidro da porta e ficou ali parada olhando antes de entrar. Axel estava sentado no colo de Linda, comendo biscoito. Em uma das mãos, ele tinha uma mecha do cabelo louro dela, ao mesmo tempo que a professora balançava o menino para a frente e para trás com os lábios encostados na cabeça dele.

O ódio que a deixava de pé retrocedeu para dar lugar a uma sensação terrível de impotência.

Como proteger seu filho de tudo o que estava acontecendo?

Não podia chorar ali.

Engoliu o choro, abriu a porta e entrou.

— Olha quem vem chegando. É a mamãe.

Axel desvencilhou-se do cabelo da professora e pulou para o chão. Linda sorriu para ela, tímida como sempre. Eva esforçou-se para retribuir o sorriso e colocou Axel no colo. Linda levantou-se e foi até eles.

— Ele ficou com um carocinho aqui, mas acho que não foi nada. Eu já disse para as crianças várias vezes que elas não podem usar o escorrega depois de ter chovido, fica perigoso demais. Mas acho que eles se esqueceram do que falei.

— Coloca a mão aqui, mãe.

Ela sentiu o pequeno inchaço atrás da cabeça do filho. Mal se via e não era nada para Linda ficar se culpando.

— Ah, isso aqui não é nada. Podia ter acontecido em qualquer lugar.

Linda deu de novo o seu sorriso tímido e foi para a porta.

— Até amanhã, Axel. Tchau!

Estavam de mãos dadas a caminho de casa. Quando Axel esqueceu a raiva por ter que caminhar e não poder andar de carro, como costumavam, começou a gostar do passeio.

Uma pausa para recuperar o fôlego.

Apenas ele falava. Ela mesma ia calada e respondia com monossílabos se fosse necessário.

— E quando Ellinor pegou a bola, a gente ficou com muita raiva, aí o Simon bateu na perna dela com o taco, mas Linda disse que a gente não podia fazer isso e aí ela proibiu a gente de jogar.

Ele chutou uma pedrinha.

— A tia Linda é muito boazinha.

— É...

— Você também não acha que a tia Linda é boazinha?

— Acho.

— Que bom, porque o papai também acha.

É. Quando ele não está trepando com outras no banheiro lá de casa.

— É claro que ele também acha.

Ele chutou a pedra novamente. Mais longe dessa vez.

— É mesmo, porque uma vez quando a gente estava lanchando com ela, ele bem deu um beijo na Linda, mas eles achavam que eu não estava vendo.

O mundo parou e tudo ficou branco.

— O que foi, mãe? A gente não vai mais andar?

De repente tudo ficou de cabeça para baixo.

A revelação apagou em menos de um segundo o restinho de confiança que ela tinha.

Linda!

Mas era a Linda!

Tudo aquilo em que ela acreditava mostrou-se ser uma mentira, uma nova traição.

A mulher, que pouco antes tão protetora estava sentada com os lábios na cabeça do seu filho, que ela tinha acabado de consolar e para quem tinha dito para não ficar se culpando, era ela. Era ela quem estava destruindo a sua família. Como uma ameba, ela tinha entrado de mansinho na vida deles escondendo as segundas intenções atrás de cuidados falsos.

Tudo o que era familiar, a vida segura que ela levava, se transformou de repente numa armadilha. Será que sobrava algo em que pudesse se apoiar, algo em que pudesse confiar que era do jeito que parecia?

Já fazia quanto tempo? Será que alguém mais sabia? Talvez os pais na escolinha soubessem. Era só ela, a coitadinha da mãe do Axel, a rejeitada, que vivia na ignorância, sem saber que o marido tinha um caso com a professora do filho.

A humilhação era uma navalha rente ao pescoço.

— Vamos, mãe!

Ela olhou a sua volta. Não sabia mais onde estava. O som de um carro que se aproximava devagar. A mãe de Jakob abaixou o vidro do automóvel.

— Oi, vocês estão indo para casa? Eu posso dar uma carona.

Será que ela sabia de alguma coisa? Será que ela era um dos que sabiam e que a olhavam com pena quando ela virava as costas?

— Obrigada, mas a gente vai andando.

— Ah, mãe! Vamos! Por favor!

— A gente vai andando.

Os olhos das mulheres se cruzaram rapidamente. Eva pegou Axel pela mão e puxou o filho para junto dela. A mãe de Jakob os seguiu no carro.

— Ah, Eva... aproveitando que te encontrei, nós do grupo de pais temos que marcar logo uma reunião para planejar aquele acampamento das crianças com o tema da Idade da Pedra. Você tem um tempinho essa semana?

Não dava para responder, não tinha palavras disponíveis. Apressou o passo. Faltavam 5 metros para chegar no atalho do parque. Sem responder, dobrou à esquerda e colocou Axel na frente do caminho. Ouvia o som do carro que ainda esperava atrás dela com o motor em ponto morto e que, logo em seguida, arrancou seguindo adiante.

Linda. Quantos anos ela devia ter? Uns 27, 28 anos? Não tinha filhos, pelo menos isso ela sabia. E agora ela tinha conseguido seduzir um dos pais da escolinha sem ter o mínimo de experiência sobre o que significava ser responsável por uma vida.

Viu o corpinho que se movia à sua frente. Calças impermeáveis de um vermelho vivo, tão fofas que pareciam balões em volta das pernas. Ele correu ao avistar a casa.

Ela se deteve.

Axel pegou o atalho entre os arbustos de lilases e desapareceu porta adentro. Seu filho na mesma casa que o traidor. O sacana covarde que nem ao menos tinha coragem de assumir a traição.

O que ele tinha feito era imperdoável. Nunca na vida iria perdoá-lo.

Nunca.

Em toda a sua vida.

Era a primeira vez em dois anos e cinco meses que ia passar a noite noutro lugar que não no hospital Karolinska. Ainda estava com ódio da traição de Anna. Ela que aguardasse, ia mostrar a ela que isso não se faz. Ia ficar deitada lá no hospital, querendo saber por onde ele andava. Amanhã ele iria contar para ela que foi a um barzinho e que se divertiu muito. Então ela iria se arrepender, ver que realmente podia perdê-lo. Se ela não prestasse atenção, ele iria acabar fazendo o que eles queriam. Deixar as coisas seguirem seu rumo e tocar a vida adiante. Então ela ia ficar deitada naquela cama, apodrecendo sem ter ninguém que se preocupasse com ela.

A psicóloga-monstro conseguiu convencê-lo a continuar a conversa. Era a única possibilidade de se livrar dela e era uma necessidade naquele momento. Anna não mostrou nenhum pingo de remorso depois que o traiu, e a obsessão cada vez mais forte o levou à loucura. Mas depois ele fez Anna entender e os pensamentos obsessivos ficaram enfraquecidos.

Ele foi caminhando até o centro da cidade. Primeiro foi de carro para casa, estacionou na calçada e, sem entrar no apartamento, começou o passeio. Pegou o caminho ao longo da enseada de Årsta e depois foi seguindo a ponte antiga de Skanstull em direção a Södermalm. Na Götgatsbacken viu um pub atrás do outro, mas bastava olhar lá dentro pela vidraça que decidia passar adiante. Era tanta gente... Embora fosse uma quinta-feira comum, os pubs estavam cheios de gente e ele perdeu a coragem. Ainda não estava pronto para sair para lugar algum.

Depois de um tempo, ficou tudo tão claro para ele que continuou andando. Passou por todos os bares do Söder, foi rumo a Slussen e seguiu depois para Gamla Stan, como se o passeio já estivesse determinado de antemão.

Estava a meio caminho da Järntorget em direção a Österlånggatan quando a avistou.

Uma janela com toldos vermelhos.

Lá dentro, sentada, olhando para a rua pelo vidro, lá estava ela girando o copo quase vazio na mão. Ele parou de repente. Ficou totalmente imóvel olhando fixamente para ela.

A semelhança era impressionante.

As maçãs altas do rosto, os lábios. Como podiam ser tão parecidas? Os olhos que ele não via havia muito tempo. As mãos que nunca tocaram nele.

Tão lindas. Lindas e vivas. Exatamente como nos velhos tempos.

Ele podia sentir as batidas surdas e fortes do coração.

De repente, ela se levantou e foi para os fundos do estabelecimento. Não suportou perdê-la de vista. Rápido, percorreu os últimos metros da praça e, sem hesitar, entrou no pub. Ela estava no balcão do bar. Todo o medo desapareceu de repente e ficou apenas a convicção de que ele tinha que ficar perto dela, ouvir a voz dela, falar com ela.

O balcão fazia um ângulo de 90 graus e ele se posicionou de forma que pudesse ver o rosto da mulher. Quase perdeu o fôlego. Era como se houvesse uma aura em torno dela. Toda a saudade, toda a beleza, tudo que tinha algum valor fazia parte daquele corpo cheio de vida na frente dele.

De repente, ela virou a cabeça e olhou para ele. Ele prendeu a respiração. Nada nesse mundo faria com que tirasse os olhos dela. Ela dirigiu-se ao barman.

— Uma sidra sabor pêssego.

O barman pegou um copo de uma prateleira mais alta que ele e serviu a sidra. Ela não tinha nenhum anel na mão esquerda.

— São 48 coroas.

Ela ia pegar o dinheiro na bolsa e ele não teve tempo de pensar. Apenas deixou as palavras saírem como se fossem a coisa mais natural do mundo.

— Posso te convidar?

Ela o presenteou com os seus olhos. Viu que ela vacilou e esperou tenso pelo veredicto. Se ela dissesse não, ficaria arrasado.

Então ela sorriu de leve.

— Pode.

Confuso, não sabia se era felicidade o que estava sentindo. Já fazia tanto tempo, que não pôde identificar se era esse o sentimento. Só sabia que tudo era do jeito que devia ser, que fazia sentido, que não precisava mais ter medo.

Sentiu uma calma completa, que abarcava tudo.

— Obrigado.

Como ele poderia esconder sua gratidão? Agradecido, apressou-se em pegar a carteira.

— O mesmo para mim, por favor.

Colocou rapidamente uma nota de cem no balcão e o barman lhe entregou o copo. Ao se virar para ela, ela sorriu.

— Mas não sou eu quem deve agradecer?

Ele levantou o copo num brinde e sentiu como o sorriso dela se espalhava pelo corpo dele.

— Não, claro que não. Sou eu quem agradece. Saúde!

— À nossa.

— Seja bem-vinda.

Os copos se encontraram. O toque era como uma corrente elétrica percorrendo o corpo dele. Olhava do canto do olho, os olhos cravados nela. Tinha que lembrar cada linha, cada traço para a próxima vez que a visse. Ela bebeu de novo, dois goles grandes. Assim que ela acabasse com a sidra, ele convidaria novamente. E de novo e mais uma vez.

— O meu nome é Jonas.

Ela sorriu achando graça.

— Não diga.

De repente, ele já não tinha mais tanta certeza. O que devia fazer para ela falar? Precisava ganhar a confiança daquela mulher de alguma maneira. Talvez ela o achasse atrevido por ter pagado a sidra.

— Eu não costumo convidar mulheres que não conheço para tomar sidra, se é isso que você está pensando. Foi só você que me deu vontade de convidar.

Ela olhou de relance para ele, para em seguida ficar de olhos fixos no fundo do copo quase vazio.

— OK. E por que justamente eu?

Não podia responder. Será que ela iria entender algum dia?

— Qual o seu nome?

A pergunta era incompleta. Ele queria saber tudo. Tudo o que ela pensava, tudo o que ela sentia. Exultava por dentro só porque era possível se sentir assim.

Ela hesitou antes de responder e ele entendeu a sua reação. Não podia exigir que ela confiasse nele assim de cara. Ainda não. Mas em breve ela entenderia aquilo que ele viu assim que colocou os olhos nela.

E como se ela de repente também tivesse entendido o significado daquele encontro, sorriu para ele. Um sorriso tímido, como se desse a ele um voto de confiança.

— Meu nome é Linda.

A vontade que ela tinha era de escancarar a porta do escritório e imprensá-lo contra a parede. Obrigá-lo a vomitar a verdade e mandá-lo para o inferno. Mas em seguida, percebeu que era exatamente isso o que ele queria.

Ir para o inferno.

De repente ela entendeu o que ele estava querendo. Ali no parque, olhando para o lar violado à sua frente, como num passe de mágica, ela entendeu o plano dele. Era ridículo de tão óbvio.

O sacana covarde estava tentando mais uma vez colocar a responsabilidade em cima dos ombros dela.

Mais uma vez ele iria se esconder atrás do poder de iniciativa dela.

Em vez de assumir as consequências do que fez e tomar uma decisão própria pelo menos uma vez na vida, ele queria fazer com que *ela* o deixasse. Ele se livraria da própria culpa, assim, no futuro, poderia se esconder atrás da decisão dela, pois foi ela quem quis se separar, foi ela quem quis ir embora.

Ela não facilitaria as coisas para ele. Não mesmo.
O desprezo que sentia era irredutível.
Nem mesmo a própria traição ele conseguia resolver
sem a ajuda dela.
A decisão a encheu de uma tranquilidade libertadora.
Tinha novamente o controle da situação.
Finalmente ela sabia o que ia fazer.
Ela só queria confirmar uma coisa para poder suportar
tudo aquilo.
Somente uma coisa.

Não disse nada antes de sair. Henrik e Axel estavam ocupados com um joguinho de computador, fechados no escritório, e mais tarde Henrik se daria conta de que ela tinha saído. Estava mais do que satisfeita por não precisar olhar na cara dele. Ainda não sabia se iria conseguir esconder o ódio, mas tinha a noite inteira pela frente para se fortalecer. Amanhã ele teria de volta a esposa fiel, mas primeiro ela iria arranjar alguém que confirmasse que ela servia como mulher.

Olhou para a Järntorget. Ela só parou ali a caminho do centro da cidade porque estava merecendo tomar um trago. Fazia tempo que tinha saído e talvez fosse a primeira vez que saía sozinha. Sempre com pressa de ir para casa, sempre com a consciência pesada. Porque se estivesse no trabalho ela não estava em casa e, uma vez em casa, a consciência pesada por causa de tudo que deixava por fazer no trabalho.
Bebeu o último gole e se virou. Esse lugar definitivamente não servia para os planos dela. Casais jantando e rodinhas de amigos totalmente entretidos consigo mesmos. Não, mais uma sidra e depois seguir adiante.
Foi para o balcão.
Ouviu que a porta se abriu. O barman, de costas para ela, estava um pouco afastado enchendo um copo de amen-

doim. Ela virou a cabeça e olhou de relance para o homem que tinha acabado de entrar. Agora ele estava em frente a ela no outro lado do balcão.

Jovem demais.

O barman aproximou-se.

— Uma sidra sabor pêssego.

O barman ficou de cócoras e surgiu depois com uma garrafa em uma das mãos. Com a outra, pegou um copo de uma prateleira mais alta que ele.

— São 48 coroas.

Ela já estava com a mão na carteira quando, de repente, a pergunta a pegou de surpresa.

— Posso te convidar?

Num primeiro instante, ela não tinha percebido que era com ela que ele estava falando. Olhou surpresa para o homem do outro lado do balcão. Por volta dos 26, 27 anos, casaco cinza, cabelo bem louro jogado para trás, até que bastante atraente.

Por que não?

— Pode.

Por um instante pensou que ele estivesse brincando com ela, pois ficou ali parado sorrindo na sua frente. Depois ele tirou a carteira do bolso.

— O mesmo para mim, por favor.

Ele colocou uma nota de 100 no balcão e o barman pegou um outro copo lá em cima. Estava rindo por dentro. Ele devia ser dez anos mais novo do que ela, então tudo levava a crer que ela ainda era atraente.

Pensou no que estariam fazendo em casa. Se Axel já tinha ido para a cama. Forçou-se a pensar em outra coisa e tentou dar um sorriso.

— Mas não sou eu quem deve agradecer?

Ele levantou o copo na direção dela.

— Não, claro que não. Sou eu quem agradece. Saúde!

— À nossa.

— Seja bem-vinda.

Era alguma coisa com os olhos dele. O olhar era tão penetrante que ela quase ficou com vergonha. Como se ele estivesse enxergando dentro dela, como se pudesse ler seus pensamentos, e ela não queria de jeito nenhum revelá-los para ninguém. Por um instante, arrependeu-se de ter deixado ele pagar. Agora ficaria presa ali e ela tinha outros planos para a noite. Quanto mais rápido ela bebesse, melhor. Tomou dois goles grandes.

— O meu nome é Jonas.

Ela bebeu mais um pouco. Os pensamentos estavam tomados pelo ódio. Ela não podia ficar ali jogando conversa fora como se estivesse tudo bem.

— Não diga.

Logo logo o copo ficaria vazio.

— Eu não costumo convidar mulheres que não conheço para tomar sidra, se é isso que você está pensando. Foi só você que me deu vontade de convidar.

— OK. E por que justamente eu?

Ele ficou calado olhando para ela.

— Qual o seu nome?

Ele deu aquele sorriso de novo para ela. Um sorriso que a desarmou. E os olhos que penetravam nela, como se quisessem revelar os seus segredos. Mas o ódio que sentia era só dela, não ia deixar que ele visse, que ninguém visse. Se alguém visse o ódio vergonhoso que sentia, isso a enfraqueceria. Ela tinha que aprender a se comportar como se nada estivesse acontecendo, do contrário, nunca iria conseguir colocar seu plano em prática.

Bebeu mais um gole.

Meu Deus... ele era mesmo dez anos mais novo que ela. Totalmente inofensivo. Exatamente o que ela precisava para se exercitar naquele momento. Havia pouco, ele a tinha feito esquecer que era ela quem tinha o controle da situação. O interesse sincero dele a fez vacilar, quando na verdade era aquele mesmo o objetivo da noite. Ele estava bem ali no nariz dela, oferecendo exatamente aquilo que a fez entrar naquele lugar. De repente, olhou para ele com interesse renovado. Ele estava dando em cima dela, embora fosse dez anos mais velha que ele. Podia ter melhor prova que essa?

Ela sorriu novamente.

— Meu nome é Linda.

Ela mesma se surpreendeu com a mentira. E com a facilidade de contá-la. Na verdade, não chegava a ser uma mentira. Quem estava ali no bar não era a Eva dedicada e comportada, mas uma outra mulher. Uma mulher que tinha colocado de lado tudo em que acreditava e que, sem olhar para trás, ia alcançar a sua meta, nem que isso significasse se apoderar de algo que pertencesse a uma outra pessoa.

Ou seja, uma Linda.

— Então, Linda. Mais uma sidra?

Viu para sua surpresa que o copo estava vazio e percebeu que estava bêbada. Tudo de repente ficou distante, apenas o momento estava presente. Um momento de descontração, em que nada mais tinha tanta importância assim. Nada a ganhar, nada a perder. A noite era uma criança.

— Quero, sim. Por que não?

Ele pareceu ficar contente e chamou o barman.

— Mais uma sidra, por favor.

Ela recebeu seu copo e ficaram sentados cada um no seu banco. Ele estava com os joelhos virados para ela e ela estava com os braços sobre o balcão. O barman trocou de música e deu uns passos dançantes ao ritmo de um hit antigo do grupo Earth, Wind and Fire que retumbava no alto-falante. Não se lembrava do nome. Somente de que sempre colocavam essa música nas festinhas da escola nos tempos de adolescente.

Ficaram calados por um instante. Ela ainda não sabia se ficava ou se ia embora, mas tinha que pelo menos dar uma chance. Ele devia ser tão bom quanto qualquer outro. Tomou mais um gole da sidra e olhou ao seu redor. Mais pessoas estavam chegando ao pub. Um grupo de ingleses na faixa dos 50 anos tinha entrado. No espelho do outro lado do balcão, viu entre as garrafas que o homem chamado Jonas não tirava os olhos dela.

— Posso te fazer um elogio?

Ela se virou e encontrou o olhar intenso dele. Aquele olhar fez com que ela não fosse embora, deliciava-se com a admiração sincera dele.

— Pode, sou toda ouvidos.

— Pode ser que você ache ridículo, mas vou dizer mesmo assim.

De repente, ele parecia envergonhado, desviou os olhos por um segundo para depois olhar bem dentro dos olhos dela.

— Sabe que você é a única pessoa aqui dentro que parece viva de verdade?

Ela riu e bebeu mais um gole.

— Não diga! Essa eu nunca tinha ouvido antes.

Ele ficou sério agora. Ficou calado olhando para ela.

— As pessoas aqui me parecem bem vivas. Pelo menos, elas estão se mexendo.

Um sinal de irritação. Uma ruga no meio das sobrancelhas escuras dele.

— Você pode ficar gozando do que eu disse, mas estou falando sério. Eu quis fazer um elogio. Os seus olhos são um pouco tristes, mas dá para perceber que você tem um coração que sabe como amar de verdade.

As palavras dele interromperam o silêncio tranquilizador.

Um coração que sabe como amar de verdade? Ha!

O coração dela estava tão negro como um porão sem janelas. Nenhum amor podia sobreviver lá dentro. Porém, no momento, ela estava ali num pub do centro da cidade, apenas ela e aquele Jonas que falava como um poeta de segunda categoria e que era dez anos mais novo do que ela, mas que a olhava com um desejo que ela nunca tinha experimentado em toda a sua vida.

De repente, uma vontade de ser tocada por ele, de perder o autocontrole e liberar todo o desejo que via nos olhos dele. Provar que ele não podia resistir a ela, que ela merecia ser amada.

O álcool dava a coragem de que precisava.

Virou-se e olhou nos olhos dele antes de colocar a mão em cima da dele no balcão.

— Você mora aqui perto?

Deitado, completamente imóvel, não conseguia se mexer, estava como que partido em dois. Metade dele cheio de uma satisfação e de uma expectativa que não achava ser possível sentir. Aquilo foi tudo o que ele tinha sonhado na vida. Dez horas antes, ele nem sabia que ela existia, e agora — nesse curto espaço de tempo em que se conheceram — ela tinha lhe dado tudo o que ele queria. Tremendo, ela se entregou oferecendo a ele os cantinhos mais delicados. A confiança que ela mostrou escancarou a porta dos seus sentidos, tudo foi ternura, uma explosão no romper da solidão.

E a calma que ela transmitia. As mãos firmes na pele dele eram como uma camada protetora que o purificava e o libertava. Todo o desejo que havia muito o corroía por dentro explodiu, saindo dele e indo para dentro dela. Foi-se embora o vazio.

Ao mesmo tempo, sabia que ele não tinha o direito de se sentir assim.

A outra metade dele estava cheia de culpa.

Agora estava comprovado. Na qualidade de descendente direto, ele tinha se tornado um enganador, um traidor. Tinha deixado Anna sozinha lá no hospital enquanto se entregava a outra mulher. Liberou todo o desejo que ele tinha guardado havia tanto tempo somente para ela. O desejo que Anna devia ter recebido.

Ele não era melhor do que o pai.

Quando acordou, ela já tinha ido. Somente um fio de cabelo castanho no travesseiro era a prova de que ela realmente tinha estado ali. O fio de cabelo e a fome saciada dele.

Não disseram uma palavra. As mãos e os corpos dos dois disseram tudo o que precisavam saber um do outro.

Sentou-se na cama e se deu conta do frio que fazia no quarto. Esqueceu de ligar o aquecedor ao chegar em casa. Será que ela ficou com frio? Colocou o aquecedor da sala e o da cozinha na temperatura máxima e foi para o banheiro. A lâmpada estava acesa e a toalha listrada azul jogada no chão. Sentiu uma pontada de irritação, mas não podia atingi-lo. O toque dela era como uma membrana em torno dele, uma couraça intransponível. Eles não podiam mais chegar até ele.

Pendurou a toalha e abriu a torneira da banheira, esperou que enchesse até a metade e depois entrou nela. A água quente lembrava as mãos dela e sentiu o desejo tomar conta. Durante muitos anos, obrigou-se a se conter. Agora não podia mais resistir àquela força, apesar de ela ter estado ali agora havia pouco. O que é que ela conseguira despertar nele?

Deitou-se na banheira. A lembrança da nudez dela, um presente para a vida toda. Podia ver aquele corpo na sua frente. A maneira com que tinha fechado os olhos e se entregado ao prazer que ele pôde dar.

As mãos. Os lábios. O gosto dela. A pele dela encostada na sua, unidos, sem começo nem fim.

Como ele poderia ter resistido? Ela era tudo o que ele sempre quis. Uma mulher que estava viva e que queria tê-lo, tocá-lo, amá-lo. Que fez com que ele sentisse um prazer que achava que não existia. Que deus demoníaco podia exigir que ele tivesse dito não?

Levantou-se, saiu da banheira e enxugou-se com a toalha azul listrada. Aquela que ela devia ter usado. De repente, uma vontade de chorar. Como iria fazer para tocar em Anna se as mãos dele agora estavam cheias de uma outra mulher?

De Linda.

Mal tinha coragem de pensar no nome dela. Anna ia descobrir o que tinha acontecido. Ela ia sentir a traição, ia sentir que ele não conseguiu manter a promessa.

E o que ele ia dizer quando Linda entrasse em contato? Ela não pediu o número do telefone dele, mas sabia onde ele morava. Naquele momento estava ali no banheiro, mas todo o seu desejo estava voltado para a figura dela.

Sentou-se na privada com as mãos na cabeça.

De todo modo, ele se via obrigado a trair a confiança de uma das duas.

Tinha que ir para o hospital. Precisava ver de uma vez Anna e assumir o que tinha feito. Precisava do perdão dela. Do contrário, não poderia suportar.

O telefone tocou. Consultou o relógio de pulso: 7h10. Nu, foi para a sala. Deve ser ela. Que outra pessoa ligaria assim tão cedo? Ela deve ter ligado para o Auxílio à Lista para saber o número. O que ele ia dizer? E como resistir e deixar de responder e de ouvir a voz dela?

O mais fantástico é que pôde atender depois do quinto toque. A obsessão não podia mais invadi-lo. O corpo todo sorriu ao se dar conta do ocorrido quando atendeu o telefone.

— Pronto?

— Jonas, aqui é o Dr. Björn Sahlstedt, do hospital. É melhor você vir para cá agora mesmo.

Ao sair do prédio eram 4h10 e ela não sabia onde estava. O táxi a levou para o sul da Gamla Stan e dobrou à direita em Gullmasplan, disso ela se lembrava, mas depois não conseguiu mais se orientar. Deu meia-volta. À direita da portaria de onde tinha acabado de sair havia uma placa com o nome da rua e ela aproximou-se para tentar ler no escuro: Storsjövägen. Estava numa rua sem saída e foi descendo. As fachadas dos prédios estavam escuras de tantas janelas negras e brilhantes. Somente uma ou outra lâmpada acesa.

Estava aliviada por ele não ter acordado quando ela se levantou. Durante uma hora, ficou quieta fingindo que estava dormindo até que a respiração calma ao lado confirmou que ele tinha adormecido. Só então teve a coragem de abrir os olhos. Sala e quarto num mesmo cômodo, estranhamente vazios. Talvez estivesse morando temporariamente ali. Somente as paredes diziam o contrário. Muitas pinturas à óleo de diversos tamanhos, todas com motivos abstratos de cores fortes cobrindo cada centímetro da parede.

Ele adormeceu com os lábios encostados no ombro esquerdo dela. Fazia bastante frio no apartamento. Com cuidado para não acordá-lo, desvencilhou-se dele, levantou e juntou as peças de roupa jogadas pelo chão. No espelho do banheiro, viu uma mulher que não conhecia. Uma mulher que tinha seduzido um cara de 25 anos, ido para a casa desse cara e transado com ele. Ainda não sabia se tudo aquilo a tinha afetado da forma como esperava. Estava bloqueada.

Quando estava subindo para o apartamento dele, começou a ficar nervosa. A coragem da bebida tinha desaparecido e por um segundo quis ir embora. Mas então ela imaginou Henrik e Linda juntos e isso a fez continuar. Já no corredor, ela se imprensava nele, fazia de um tudo para esconder o desequilíbrio interior. O desejo dele era tão forte que nem deu tempo de tirar a roupa. As mãos inseguras se perdiam ao apalpar o corpo dela. Teve a impressão de que ele era virgem, mas fez o melhor que pôde para deixá-lo à vontade e confiante, fingindo ter prazer com as tentativas desajeitadas dele.

A rua terminava num cruzamento em forma de T. Pegou o celular e chamou um táxi.

O nome dele era Jonas e o sobrenome, escrito na porta, Hansson. Isso era tudo o que ela sabia e não estava interessada em saber de mais nada. Ele deu a sua contribuição e ela a sua.

Era como se houvesse um vazio dentro dela, era incapaz de sentir alguma coisa. O único homem que tinha tocado nela nos últimos 15 anos foi Henrik, e agora ela tinha se entregado a um completo estranho.

E não estava nem um pouco abalada.

O corredor estava aceso quando ela chegou. Tirou a carteira da bolsa, pegou o anel de casada e o colocou no dedo. O mais silenciosamente que pôde, pendurou o casaco e seguiu rumo à cozinha. Um silêncio total. O prato de Axel ainda estava na mesa e ela viu que comeram macarrão com molho de carne moída. Um jantar bem comum. O celular de Henrik estava perto da pia. Nenhuma mensagem. A lista de chamadas não mostrava nenhum número, nem de chamadas feitas nem de recebidas, tudo tinha sido apagado. Ele se achava esperto, o sacana.

Seguiu para o quarto de Axel. A lâmpada no formato de lua estava acesa e o chão estava cheio de brinquedos, mas a cama como sempre vazia. Sentou-se no chão. Ao lado dela no tapete havia um boneco Action Man com braços e pernas endurecidos como num espasmo. Estava lá chão, abandonado por mãos que não podiam escolher. A vida delas estraçalhada, mas não podiam se defender.

Olhou para os brinquedos que estava segurando. Quem deu isso para ele? Um deles com a mão direita pronta para apertar o gatilho.

Levantou-se rapidamente. O chaveiro de Henrik estava no bolso do casaco e ela foi para o porão. O armário das armas. Era lá que ele guardava as suas armas de caça. O único local da casa onde ela não tinha nada o que fazer.

Achou-as embaixo de uma caixa vermelha de munição. Um maço de cartas escritas no computador sem envelope. Aguentou ler somente as quatro primeiras linhas. Aquele aperto no peito. Folheou rapidamente e na parte de baixo à direita encontrou dois papéis grampeados de uma imobiliária. Os imóveis T22 e K18. O sacana estava procurando uma casa para morar, sabendo muito bem que ela não tinha dinheiro para ficar morando ali sem a ajuda dele. Nem mesmo nesse ponto ele tinha algum tipo de consideração por ela. Nem ao menos avisá-la que em breve ela seria obrigada a sair da própria casa. Nunca ela iria deixar que alguém a tratasse desse jeito.

Ela não podia atacar Henrik no momento.

Mas por outro lado, Linda não fazia a menor ideia do que vinha pela frente.

Acabou no meio de um engarrafamento. Normalmente levava 18 minutos para ir de carro até o hospital, umas vezes demorou 24 minutos, mas nessa manhã ele ainda estava nas imediações de Bromma, embora o tempo de viagem já estivesse além do normal. Tentou ultrapassar várias vezes as fileiras de carros, mas não adiantou nada.

O Dr. Sahlstedt disse que era melhor ele ir para o hospital de uma vez.

Por que é que não disse que ele tinha que se apressar?

Na altura de Tomteboda, três carros tinham se engavetado e, quando ele conseguiu deixar para trás o local do acidente, o engarrafamento diminuiu um pouco. Tinha feito aquele caminho tantas vezes... Quantas mesmo? E a sensação de liberdade! Apesar da aflição, nada o obrigava a contar o número exato de vezes.

Ela o tinha curado.

Mas em seguida, pensou: perdão, Anna. Perdão.

Cheiro de bacon frito. Para sempre esse cheiro estaria associado àquela tarde em que ela o deixou. Sentiu o clima ameaçador assim que entrou em casa. Não era apenas o ranço de fritura, podia sentir algo a mais no ar. O carro estava estacionado na entrada, então o pai também estava em casa e, a essa hora do dia, a mãe sempre estava também. Ele ainda estava de casaco no corredor, imóvel, perguntando-se se perceberam que ele tinha chegado. Tudo estava em silêncio. No entanto, ele sabia que eles estavam ali.

Esticou as mãos, mas não conseguiu tocar no casaco que estava prestes a tirar. Sentia a obsessão crescer cada vez mais e foi para o banheiro lavar as mãos.

— Jonas!

Parou no meio do caminho. Era o pai chamando.

— Quê?

— Vem cá.

Engoliu em seco.

— Um segundo que eu preciso lavar as mãos.

— Deixa de besteira e vem para cá agora!

Ele tinha bebido, mas só costumava beber nos fins de semana. Então tinham que ter cuidado, pois nunca se sabia quando ele iria explodir. Ou por quê.

A obsessão foi embora. Em vez dela, veio o medo do que o esperava. Colocou o casaco em cima da cadeira. Tudo ficou quieto novamente. Foi devagar para a cozinha.

Ela estava sentada na mesa.

Ele com as costas apoiadas na pia e com um copo na mão. Estranho que a água e a aguardente fossem tão parecidas.

Na mesa da cozinha, uma camisa branca de homem.

Ela virou a cabeça quando o filho apareceu e a expressão no rosto da mãe o deixou aterrorizado. Queria correr para ela e abraçá-la, consolá-la, protegê-la. Colocar a cabeça no colo dela como fazia nos tempos de criança e ela ia passar as mãos nos cabelos dele e diria que tudo ia ficar bem. Por muitas vezes tinham se consolado assim, unidos contra a ira imprevisível do pai nos finais de semana.

Ele olhou para o pai. Estava com aqueles olhos de quando bebia. Nessas horas virava um desconhecido.

O pai tomou um gole.

— A sua mãe aqui achou uma marca de batom na minha camisa. É por isso que ela está assim tão aborrecida.

Ela ficou sabendo. Misturado ao medo da reação dela, aquelas palavras foram um alívio. Finalmente o pai era obrigado a confessar tudo. Ele ficava livre da responsabilidade de encobrir o pai, livrava-se das desculpas e das mentiras que o separavam dela. Finalmente seria seu filho de novo, totalmente dela, ficaria do seu lado. Como sempre esteve.

O pai colocou o copo na pia, fez um estrondo, depois se virou para as costas da mãe sentada na mesa.

— Então o que é que você acha que eu devo fazer, hein? Na hora H você nunca tem vontade! Você fica andando para lá e para cá pela casa com essa cara de pano de prato sujo, reclamando do dinheiro que nunca é suficiente e dizendo que a gente nunca viaja nas férias ou que nunca temos dinheiro para fazer coisa alguma. Já que tudo é tão ruim assim, você tem é que sair de casa e ir trabalhar!

Jonas olhou para a mãe e agora tinha coragem de chegar perto. Colocou a mão no ombro dela e ela segurou a mão do filho.

Depois olhou para o pai. Desgraçado! Não precisamos mais de você. Nunca precisamos.

Pôde ver a mudança nos olhos do pai, agora eles eram os de um estranho. Em seguida, o copo vazio voou, espatifando-se no ladrilho do outro lado da parede .

— E você aí, seu santinho do pau oco! Fica aí consolando a sua mãe como se não soubesse de nada.

Alguns segundos depois, a mãe largou a mão dele.

— Se você soubesse o que o seu filho já inventou para você não ficar sabendo de nada... Esse aí mente mais do que o Pinóquio, não sei de onde vem tanta imaginação. Mas deve vir de você, claro, pois a sua família sempre foi um bando de mentirosos.

Ele continuou sem um pingo de compaixão:

— Por que você não conta para ela tudo o que você sabe? Conta para ela como eu sou requisitado. Que todas as mulheres, tirando ela, fazem qualquer coisa para serem comidas pelo papai aqui. Essa aí do batom, você até já conheceu. Então você pôde ver com os seus próprios olhos.

Fazia duas semanas. Tinha ido com ele para Söderhamn. Surgiu a oportunidade de ganhar um dinheirinho extra ajudando na limpeza do entulho de uma construção onde o pai estava fazendo o encanamento. Ele estava feliz por sair de casa, feliz porque eles iam passar dois dias juntos, talvez tivesse a chance de falar com o pai sobre como se sentia, falar que não aguentava mais mentir. Ficou esperando o dia todo pelo momento certo, mas este não apareceu. Pensou então que de noite, na hora de jantar juntos no hotel, esse momento surgiria. Ela já estava no restaurante quando eles entraram e, antes mesmo de a comida chegar, o pai já tinha convidado a mulher para se sentar com eles. Uma cerveja atrás da outra e Jonas morria de vergonha do comportamento cada vez mais ridículo do pai. Uma hora depois, ele deu a Jonas algumas notas de cem e mandou ele dar uma volta na cidade. Somente às 3 horas da madrugada ele teve coragem de voltar para o hotel. Queria dormir. Estava morto de cansaço depois de um dia inteiro na construção, e na manhã seguinte eles iam acordar às 6h30 para trabalhar. Ela ainda estava no quarto. As roupas estavam jogadas no chão e a perna gorda da mulher do lado de fora do cobertor. Nenhum deles reparou que ele tinha chegado. Ele passou o resto da noite no sofá da recepção, mas alguma coisa nele dizia que aquela era a última vez. De manhã, já não podia mais conter todo o ódio acumulado. Pela primeira vez, teve a coragem de repreendê-lo, e o pai, de cuecas, com cara de ressaca, sentado na beira da cama desarrumada, tentava pedir desculpas. Mas Jonas estava irredutível. Dessa vez ia contar tudo. Não ia mais mentir. Sentindo a firmeza da ameaça do filho, o pai desabou e enterrou o rosto nas mãos implorando aos prantos — com a barriga tremendo pendurada para fora da cueca — que o filho esquecesse aquilo tudo.

E, mais uma vez, Jonas viu-se obrigado a compactuar com a traição dele.

A mãe virou-se e olhou para ele. Não disse uma palavra, mas a pergunta óbvia estava nos olhos dela. Ele desviou os olhos, não conseguia encarar a mãe. Pôs-se de cócoras ao lado dela, de cabeça baixa, o rosto bem perto da perna direita dela. Pediu em silêncio que ela tocasse nele, que mostrasse com apenas um gesto que o perdoava. Pediu que ela entendesse que ele nunca quis lhe fazer nenhum mal, pois tudo o que ele fez foi pensando nela.

— Me perdoa.

Alguns segundos se passaram, talvez mais.

Então ela empurrou a cadeira e se levantou. Sem olhar para nenhum deles, ela saiu da cozinha.

E, bem lá no fundo, ele ficou sabendo naquele momento que ela jamais voltaria.

Estacionou o carro bem na frente da porta principal do hospital, embora fosse proibido estacionar ali. Se fosse multado dessa vez, não era ele que estava errado. O elevador que levava para o setor de Anna nunca foi tão lento. Em cada andar que passava, sempre havia alguém que entrava ou saía, e o estresse deixava um gosto amargo na boca.

O corredor estava vazio. Ele apressou o passo rumo à porta de Anna e assim que colocou a mão na maçaneta:

— Jonas, espera!

Virou-se na direção da voz. Uma enfermeira que tinha visto apenas uma vez foi rapidamente até ele.

— O Dr. Sahlstedt já está vindo para cá. É melhor você esperar por ele antes de entrar.

Ah, essa não! Ninguém nesse mundo iria impedi-lo de ir até ela e era agora mesmo que ele ia entrar.

Abriu a porta.

Da porta entreaberta, não podia ver a cama, mas o que viu dali foi o suficiente.

De repente, um torpor impediu que ele entrasse no quarto. Um momento de passividade: não precisava pensar, sentir nem fazer nada.

Uma pausa antes de entender tudo.

Uma vontade grande de fechar a porta, de não ter visto que uma vela iluminava o quarto. A sombra que fazia na parede mostrava que a chama bruxuleava com a corrente de ar que vinha de fora.

Uma mão no ombro cortou todas as possibilidades de fuga e o levou de volta para o futuro. Virou-se e deu de cara com o rosto triste do Dr. Sahlstedt. O toque indesejado da mão do médico o impulsionou para a frente e, em seguida, ele estava diante dela.

A sala limpa e desocupada. Somente a cama com Anna envolta em lençóis brancos. A sonda e os tubos foram retirados e os aparelhos removidos para os pacientes que ainda precisavam deles.

O Dr. Sahlstedt aproximou-se.

— Ela sofreu um derrame às 4 horas da madrugada.

Às 4 horas da madrugada.

Naquela hora ele estava deitado com os lábios na pele de Linda.

— Não pudemos fazer mais nada.

Nessa hora, ele estava na cama, nu com todo o desejo que ele guardara durante esse tempo todo — o dele e o de Anna — sendo dado de presente a uma outra mulher.

Foi para mais perto e sentou-se na beira da cama, porém, não conseguiu tocá-la. As próprias mãos eram uma prova substancial.

— Você quer ficar sozinho um instante?

Não respondeu, mas ouviu os passos do Dr. Sahltedt se afastando e a porta que batia.

As mãos dela cruzadas sobre o peito. A mão esquerda com a forma de garra segurava endurecida a direita. No pescoço, uma gaze tampava o orifício que o tubo do respirador tinha deixado.

Ele a deixou sozinha apenas uma noite e então ela se aproveitou da ocasião. Ela deve ter entendido tudo. Lá no fundo, ela sabia que ele estava com uma outra mulher e esse foi o castigo dele. Durante dois anos e cinco meses, ela ficou esperando ali deitadinha o momento certo de se vingar. Ela o abandonou de uma vez por todas e escolheu a ocasião com todo cuidado.

Jamais ele teria o perdão dela. O castigo consistia em não perdoá-lo nunca. Ele viveria o resto da vida sabendo que ela nunca perdoou o que ele tinha feito.

Levantou-se e olhou para o corpo estendido na cama. Ele investiu muito tempo na esperança de conquistar o amor dela. E tudo o que ganhou em troca foi aquela traição. Podia jurar que viu um sorriso nos lábios dela. Ela achava que tinha vencido, que tinha conseguido se vingar.

Como se tudo o que ele fez por ela não bastasse para pagar a sua dívida.

— Eu não preciso mais de você. Está me ouvindo, sua filha da puta? Eu encontrei uma mulher de verdade, uma mulher que me ama e que me aceita como eu sou, e não uma como você que... que acha que o amor é um mero passatempo, uma diversão na falta de outra coisa mais interessante.

De repente, o ódio pulsou dentro dele e ele vomitou essas palavras. Tinha que fazê-la reagir, fazê-la entender que ela não tinha mais nenhum poder sobre ele e que não conseguiu nada com aquilo.

A porta se abriu e ele se virou. O Dr. Sahlstedt estava de volta e dessa vez acompanhado da psicóloga-monstro. Eles pararam bruscamente assim que a porta se fechou e ficaram olhando em silêncio na espera de uma reação da parte dele.

— Como você está, Jonas?

Era a mulher de olhar penetrante que falava com ele. Vestia a mesma blusa vermelha e tinha o mesmo cordão ridículo do dia anterior. As três canetas fosforescentes no bolso do jaleco não o incomodaram nem um pouco.

Ele sorriu para ela.

— Sabe de uma coisa? Esse seu cordão aí no pescoço... deve ser o cordão mais feio que eu já vi em toda a minha vida.

O Dr. Sahlstedt não tirava os olhos dele. Yvonne Palmgren não se deixava abalar tão facilmente.

Ela deu alguns passos em direção ao pé da cama.

— Eu sinto muito, Jonas.

Ele sorriu novamente.

— Será?

Jonas virou-se na direção da mesinha de cabeceira e deu um sopro para apagar a vela.

— Ela tem um irmão em algum canto da Austrália, como eu já disse. Mas eu não sei o quanto ele se importa com ela. De qualquer forma, até agora ele não deu as caras. Não sei de nenhum outro parente.

O Dr. Sahlstedt percorreu o pequeno trecho até ele colocando novamente a mão indesejada no seu ombro.

— Jonas, nós sabemos que isso tudo é um choque para você, mas...

Deu um passo para trás para se livrar do toque.

— Vocês podem fazer o que vocês quiserem com o corpo. Ela não tem mais nada a ver comigo.

Os outros dois no quarto entreolharam-se rapidamente.

— Jonas, nós temos que...

— Eu não tenho que fazer mais nada. Vocês queriam que eu deixasse as coisas seguirem o seu rumo. Pois não, aí está.

Sem olhar para o corpo estendido, apontou na direção da cama.

— Façam o que quiserem com ela.

Jonas foi para a porta. Tinha a impressão de que flutuava, como se os pés não estivessem tocando o chão.

— Jonas, espera um instante!

Não podiam impedi-lo. Ninguém podia impedi-lo. Ia embora dali e não voltaria nunca mais.

Apagaria da memória todos os dias, horas e minutos desperdiçados com aquela ânsia que o devorava por dentro.

Lá fora a vida estava esperando por ele.

A única coisa que ela tinha conseguido com a sua vingança refinada foi dar a ele a liberdade de volta.

Olho por olho, dente por dente.

Uma traição se paga com uma outra traição.

Ele estava livre.

Agora ele era só Dela.

A única coisa que precisava fazer era ir para casa e esperar que Ela telefonasse.

Tinha conseguido dormir um pouco quando o rádio-relógio tocou. Passou as primeiras horas do dia num estado de semitorpor. Algo dentro dela não a deixava dormir profundamente, ela tinha que estar alerta. Dormindo não podia se defender.

Esticou o braço e desligou o despertador, levantou-se e vestiu o roupão.

Ele estava deitado no outro lado da cama, imóvel e de olhos fechados. Se estava dormindo ou não, não dava para saber. O mal-estar que sentiu fez com que ela acordasse de uma vez. Todos os sentimentos aprisionados lá dentro, dentro das suas trevas. O cansaço não podia derrubá-la.

Nada podia derrubá-la.

Debruçou-se sobre Axel e enfiou as mãos embaixo do corpo do filho que estava dormindo. Levantou-o cuidadosamente, levou-o para fora do quarto e encostou a porta.

Afundou-se no sofá da sala e ficou contemplando o rosto dele no sono. Tão inocente, sem culpa alguma. Fechou os olhos e procurou esconder a dor que a proximidade dele causava. Ele era a única pessoa que a fazia se sentir vulnerável, mas agora não havia espaço para fraqueza. De algum jeito, tinha que se defender dos sentimentos que o filho despertava nela. Bloqueá-los. Se ela se entregasse, estaria perdida, se tornaria uma vítima — coitadinha da mãe rejeitada de Axel que não sabe mais o que fazer com a sua vida. No futuro ele iria entender que tudo o que ela fez foi pensando nele. Que foi ela quem assumiu a responsabilidade de protegê-lo, ao contrário do pai.

— Axel, acorda. Está na hora de ir para a escola.

Chegaram com um pouco de atraso, exatamente como ela tinha planejado. As crianças já estavam sentadas na sala dos brinquedos e os pais já tinham ido embora para os respectivos trabalhos. Axel pendurou o casaco no gancho e, no mesmo instante, Linda veio da cozinha com uma tigela de frutas.

— Olá, Axel.

— Oi.

Linda jogou um sorriso rápido na direção dela e depois virou-se para Axel.

— Vamos, Axel. Está na hora de entrar. Já começamos.

Eva estava tranquila. O ódio era quase prazeroso, suas forças concentradas num único objetivo. Quanto a ela, não tinha nenhuma culpa nessa história toda. Nada disso precisava acontecer, eram eles que a obrigavam. Engraçado como apenas uns brincos desconhecidos no banheiro tiveram o poder de aguçar os sentidos dela.

As palavras vieram afiadas como pontas de lanças.

— Linda, será que você tem um tempinho para mim? Preciso falar com você.

Viu o medo passar pelos olhos da outra mulher e sentiu o gostinho do poder.

— Claro.

— Axel, vai para a sala e espera que a mamãe vai dar tchau para você da janela.

Ele fez o que a mãe disse. Talvez ele pudesse sentir a determinação dela. O filho desapareceu na salinha dos brinquedos. Ela virou-se para Linda e ficou olhando para ela um instante, consciente da aflição que o silêncio causava. Linda estava imóvel. Somente a tigela nas mãos dela é que tremia.

— Bem... é que... é muito chato ter que tocar nesse assunto, mas é pensando no Axel que eu vou falar.

Calou-se novamente e relaxou na sua posição de liderança.

— Bem, é que... as coisas lá em casa entre mim e Henrik estão complicadas no momento. E eu achei que seria melhor você ficar sabendo por causa do Axel. Eu não sei se ele entende alguma coisa do que está acontecendo, mas... de qualquer forma eu sei que ele é muito ligado a você aqui na escolinha. Pode ser que ele fique ainda mais apegado a você agora enquanto a gente está tentando resolver essa situação.

Os olhos da professora procuravam um outro ponto na sala onde pudessem se fixar.

— Tudo bem.

Tudo bem? Então não é você que é tão boa de se conversar?

— Eu só contei isso por causa do Axel.

— Claro.

Permaneceram imóveis. Estava mais do que evidente que aquilo que Linda mais queria no momento era sumir dali. Talvez fosse isso o que os dois tinham em comum. Perceberam que compartilhavam do mesmo tipo raro de covardia que consistia em sempre fugir de tudo que se assemelhasse a uma conversa.

Continuava prendendo Linda na sala com o olhar.

— Aliás, essa sua blusa é muito bonita.

Linda olhou para a blusa como se nunca a tivesse visto antes.

— Ah... obrigada.

Isso, Lindinha. Agora, querida, te deixei com umas coisinhas martelando nessa cabeça.

— Você pode dizer para o Axel que eu vou acenar da janela?

— Claro.

— Linda? Obrigada.

Ela sorriu e com um ar confidente colocou a mão no braço da outra.

— Já me sinto mais aliviada depois de contar tudo para você. Com certeza as coisas vão se ajeitar. Todo casamento tem seus altos e baixos.

Eva sorriu e teve a impressão de que a professora tentou fazer o mesmo.

— Buscamos Axel às 16 horas, como sempre.

Continuou com a mão no braço de Linda por um bom tempo antes de se virar e ir embora.

Ele ainda não estava acordado quando ela chegou em casa. A porta do quarto estava fechada e ela foi para a cozinha fazer café. Telefonou para o trabalho do celular. Estava com uma gripe daquelas e o médico disse para ela ficar de repouso, assim o melhor a fazer era deixar Håkan assumir o trabalho dela por um tempo.

Pegou a bandeja de pernas dobráveis que receberam de presente de casamento da Cissi e do Janne. Ainda estava na embalagem original e até aquele instante tinha sido usada poucas vezes, apenas quando alguém fazia aniversário.

Os pensamentos nunca estiveram tão claros, tão limpos, tão livres de dúvidas como agora. O que existia era apenas uma força propulsora tão poderosa a ponto de colocar todo o resto em segundo plano e que justificava cada passo que ela dava.

Uma coisa de cada vez. O que importava era o aqui e o agora. O futuro que ela queria ter não existia mais. Ele o tirou dela.

Agora era só fazer com que ele perdesse o futuro que ele queria.

E ele nem sequer teria tempo de entender direito o que aconteceu.

A bandeja estava pronta e ela se deteve atrás da porta. Sorriu para si mesma algumas vezes para treinar a expressão facial, mas por outro lado não podia exagerar. Tinha que se comportar como a Eva que ele achava que conhecia, aquela que existira vinte horas antes, pois do contrário ele ficaria desconfiado.

Pressionou a maçaneta com o braço e empurrou a porta com o pé. Ele já estava acordado e se levantou apoiando-se no cotovelo.

— Bom dia!

Ele não respondeu.

Não ouviu que eu te dei bom dia, seu sacana?

Ficou deitado em silêncio olhando para ela como se ela tivesse um machado afiadíssimo nas mãos e não uma bandeja.

— O que é isso?

— O nome disso é café da manhã na cama.

Ali ao lado dele, teve que resistir à tentação de jogar o café quente na cara do marido. Ele sentou-se na cama e ela colocou cuidadosamente a bandeja em cima das pernas dele.

— Não precisa ficar com medo que eu não vou te seduzir. Eu só queria conversar um pouco.

Ela sorriu lá dentro das suas trevas, bem consciente de que aquilo era uma ameaça ainda maior.

Em seguida, ela se sentou perto do pé da cama, o mais longe dele que podia sem precisar sair do quarto.

Ele estava imóvel, de olhos cravados na bandeja, que, atravessada em cima das pernas, o imobilizava.

— Como você deve ter percebido, eu saí ontem à noite.

— Não, eu não percebi nada. Da próxima vez, é melhor você avisar antes de sair.

Ela engoliu em seco. Não podia reagir à provocação. A nova Eva era uma pessoa boa e amável que entendia a preocupação dele.

— É, foi bobagem minha. Desculpa, mas eu precisava sair um pouco de casa.

Ele não cedeu e aproveitou a oportunidade para estender até ela a própria consciência pesada.

— Axel ficou triste e perguntava toda hora onde você estava.

Ela juntou as mãos e se concentrou na dor das unhas penetrando na palma da mão.

Se você quer discutir quem tem culpa de quê, então vamos lá. Vamos falar de quem está prejudicando mais o Axel nesse momento.

— Andei pela rua a noite toda — abaixou a cabeça e alisou o lençol de quadradinhos azuis — e fiquei pensando no que está acontecendo aqui em casa ultimamente, pensei no nosso relacionamento. Cheguei à conclusão de que a culpa também é minha se as coisas ficaram do jeito que estão.

Olhou para ele, mas achou difícil decifrar a reação do marido. O rosto dele estava vazio. Ele tinha se preparado para uma guerra, mas agora estava claro que ele não sabia como devia agir ao vê-la abanando o rabinho.

Ela sorriu lá dentro das trevas de novo.

— Eu queria te pedir desculpas por ter ficado tão irritada com aquela história da Maria da Widmans. Eu precisei me acostumar com a ideia e acabei repensando isso com a Maria. Na verdade, é ótimo você ter alguém para conversar, isso pode até nos ajudar. Se ela é uma pessoa tão sensata como você diz, então ela até pode nos ajudar a sair dessa situação.

Quando viu a expressão do rosto dele, teve que abaixar a cabeça. Virou-se para ele não perceber que ela sorria e continuou a falar com o rosto virado para o outro lado:

— Eu sei que você tem estado para baixo nos últimos tempos, e você mesmo disse que não curte mais nada aqui em casa.

Virou o rosto na direção dele.

— Por que não faz uma viagem? Talvez isso ajude você a pensar, a ver o que quer da vida. Eu posso cuidar de tudo aqui em casa enquanto você está fora. Da minha parte, sem problemas. O mais importante é que você se recupere e fique de bem com a vida novamente.

Ele estava totalmente imóvel.

E agora, Henrik? Agora ficou tudo mais complicado, não é?

Ela ergueu-se da cama.

— Eu só queria que você soubesse de uma coisa: estou do seu lado para o que der e vier, sempre estive, apesar de eu nem sempre conseguir mostrar muito bem. Mas vou tentar melhorar esse meu lado. Henrik, eu estou e sempre estarei do seu lado.

Naquele instante ele estava com uma cara de enjoo. As coxas pressionavam a bandeja e uma parte do café derramou, escorrendo para baixo do pratinho de sanduíche.

Ela admirou-se de algum dia ter tocado naquele homem. Sentado ali na frente dela na sua mesquinhez, ele era tão covarde que ela teve vontade de bater nele.

Vê se levanta essa bunda e assume o que está fazendo!

Foi em direção à porta. Precisava sair do quarto antes que ele se revelasse.

A última coisa que viu foi que ele afastava a bandeja. Ela deixou o quarto, desceu as escadas e foi direto para o armário das armas.

Ao sair, constatou que não tinha sido multado. Não ficou surpreso, encarou o ocorrido mais como algo esperado. Era a última vez que as portas automáticas do hospital se abriam ao sentir a sua presença, porém, dessa vez elas não iriam atirá-lo na solidão e na angústia da espera pela próxima vez que fosse passar por elas. Dessa vez, elas deslizaram respeitosamente para o lado desejando a ele felicidades na vida nova.

Era agora que tudo começava. Passou por aquilo tudo para merecer o que estava por vir. Perdoaria todas as injustiças da vida. Do lado dela, ele seria recompensado por tudo aquilo.

Era a última vez que fazia a curva na Solnavägen e pegava a direita em direção ao Essingeleden. Não havia mais engarrafamento e a viagem para casa durou somente 18 minutos, como de costume.

Como *era* de costume.

Ao chegar em casa na Storsjövägen, estacionou perto do edifício, desligou o motor, saiu do carro e abriu o porta-malas. Tinha muito o que fazer hoje, era melhor começar de uma vez.

As caixas de mudança estavam no porão do prédio. Pegou quatro e subiu de elevador para o ateliê. Estava cheirando a lugar fechado quando abriu a porta, mas não se preocupou em abrir as janelas. Em vez disso, abriu as caixas de papelão e cobriu o fundo delas com jornal. Uma das duas flores do hibisco tinha caído, a que ficou tinha secado e parecia um intestino enrugado. Jogou o vaso com terra e tudo em uma das caixas. Durante dois anos e cinco meses, ele cuidou das plantas dela, mas estava na hora de colocar um ponto final naquilo tudo.

Ele não tinha mais nenhuma responsabilidade pela vida delas.

Aquela terra toda fez com que as caixas ficassem mais pesadas do que tinha previsto e teve que arrastá-las até o elevador. Ao olhar novamente à sua volta e se certificar de que tudo o que vivia lá dentro fora despejado nas caixas, saiu do apartamento, trancou as duas fechaduras e enfiou as chaves na caixa de correio da porta.

Nunca mais.

Seguiu para o apartamento.

Algumas molduras eram grandes demais e não couberam nas caixas, então teve que quebrá-las com um martelo.

Com as paredes vazias, o apartamento ficou totalmente nu. Tão nu e limpo quanto ele mesmo ficaria. Apagaria cada pensamento, cada lembrança, limparia todos os cantinhos para dar lugar ao amor que tinha encontrado.

Ele a receberia completamente limpo e sem culpa. Ficaria digno dela.

Abriu o armário e tirou os vestidos de Anna retirados do ateliê e enfiou todos nas caixas, onde ficaram espremidos entre os quadros. Fazia tempo que o cheiro dela não estava mais neles, mas lhe fizeram companhia quando a solidão era grande demais.

Agora não precisava mais deles.

Nunca mais.

A última caixa precisou ser colocada no banco do carona, o único lugar que sobrava no carro. O relógio mostrava que eram apenas 11h30 e ainda era muito cedo. Tinha que esperar anoitecer para não chamar muita atenção. Por outro lado, ele mesmo teria que carregar as caixas no último trecho, já que só dava para ir de carro até a marina e levaria um bom tempo com as caixas. Na verdade, preferia fazer no píer, mas se deu conta de que não era possível. Mas na beira d'água daria. Ninguém podia vê-lo da trilha no meio do mato, mas a fogueira podia ser vista do lado que dava para Södermalm. Mas ele tinha o direito de fazer uma fogueira onde bem entendesse e tinha que ser no píer. Seria um ritual de purificação.

Tinha chovido uma semana inteira, mas naquele dia do mês de setembro — havia dois anos e cinco meses —, como num bom presságio, o céu se abriu num azul-claro intenso duas horas antes de ela chegar. Ele preparou a cesta de piquenique com todo cuidado. Até mesmo correu para o supermercado e comprou taças descartáveis para o champanhe, assim tudo seria perfeito.

Como sempre, ela chegou um pouco atrasada, para ser mais exato um atraso de 26 minutos. Ela disse que precisou terminar de fazer algo num quadro. Mas estava desculpada, pois para quem esperou um ano tanto faz esperar mais 26 minutos.

Ele estendeu um pano de prato xadrez em cima da cesta e, durante o passeio até a enseada de Årsta, ela perguntava curiosa sobre o conteúdo da cesta. Como sempre, ela não parava de falar, o que o incomodava um pouco, pois parecia que ela não estava entendendo a seriedade do momento. Falava sobre uma galeria onde talvez iria expor os seus quadros e como ele era legal, o dono do lugar. Aquela conversa já estava chateando. Odiava quando ela encontrava pessoas que ele não conhecia. Queria saber de tudo o que ela fazia, com quem se encontrava e como ela se comportava quando estava com essas pessoas. Fazia algumas semanas que ele havia tomado coragem e falado disso para ela, explicado como se sentia. Alguma coisa aconteceu depois dessa conversa, algo que o deixava preocupado. Para ele, tudo o que foi dito era uma prova do amor infinito dele, mas parece que ela não tinha entendido direito. Nas últimas semanas, ele tinha a impressão de que ela tinha se afastado. De repente, ela não podia mais almoçar com ele como sempre fazia e uma vez ela até fingiu que não estava em casa quando ele bateu na porta, mas ele sabia que ela estava lá dentro.

Agora ele faria com que tudo voltasse a ser como antes.

Eles iam se sentar num banco perto da marina, mas quando ela viu que os portões estavam abertos, quis de todo jeito entrar para ir até o píer. Ela escolheu o píer da direita e eles passaram pelos poucos barcos que ainda estavam atracados à espera de serem retirados da água antes do inverno.

Foram até o final do píer e ele colocou a cesta na parte de cimento. Teria sido melhor se sentar no banco. Ela aproximou-se, ficou do lado dele olhando para a água. Uma mecha do cabelo escuro se soltou do grampo indo pousar na face. Ele resistiu à tentação de afastar a mecha e tocá-la no rosto.

— Ah, isso aqui é tão lindo! Dá uma olhada na fachada do hospital do Söder.

Ele seguiu o dedo indicador dela. O sol fazia brilhar as janelas do enorme prédio branco, como se houvesse uma fogueira dentro de cada cômodo.

— Eu devia ter trazido o meu caderno de desenho.

Ele ficou de cócoras, tirou o pano xadrez da cesta e estendeu-o no cimento fazendo dele uma toalha e, por último, pegou as taças de champanhe.

— Uau! — Ela sorriu, surpresa. — Mas que banquete!

Naquele instante, sentiu que estava nervoso, quase se arrependeu. Algo nela sinalizava que estava ausente. Tudo seria mais fácil se ela tentasse ajudá-lo naquela hora difícil... Tirou da cesta a salada de batatas e o frango assado, pegou o espumante e pôs-se de pé.

O sorriso dela. Precisava tocá-la.

— Qual o motivo de tanta festa?

Ele sorriu para ela. Não conseguiu pronunciar nenhuma palavra, ainda não.

— Aconteceu alguma coisa de especial?

Agora olhava intrigada para ele, olhava-o de verdade. Era a primeira vez depois de semanas que tinha toda a atenção dela. Finalmente ela estava de volta, junto dele, onde sempre estaria.

Ele estendeu a taça para ela com toda convicção.

— Anna, você quer casar comigo?

Durantes meses, ficou imaginando esse momento. Como aquele rosto lindo explodiria no sorriso que deixava os olhos dela assim bem puxadinhos. Como ela se aproximaria dele, chegaria bem juntinho e se entregaria deixando que ele finalmente a beijasse, que a tocasse. Ela que precisou lutar a vida inteira entenderia que ele iria protegê-la, que ele nunca a abandonaria, que ela nunca mais precisaria ter medo.

Tudo o que ela fez foi fechar os olhos.

Ela cerrou os olhos e se fechou para ele.

Um terror primitivo tomou conta dele. Todo o medo que ela manteve longe dele durante um ano inteiro veio naquele momento em forma de fúria.

Ela abriu os olhos e olhou para ele de novo.

— Jonas, temos que conversar.

Tirou a taça dele e a colocou no chão.

— Vem. Primeiro vamos sentar.

Ele não conseguia se mexer.

— Vem.

Ela colocou com cuidado a mão no braço dele. Conduziu-o delicadamente até a borda do píer para ele se sentar e fixou os olhos na água.

— Eu gosto muito de você, Jonas. Gosto mesmo. Mas aquilo que você me disse há algumas semanas me deu medo. Eu percebi que você não estava entendendo direito a nossa relação.

Não quero mais que você continue morando aqui.

— Eu tentei te explicar, mas... o erro é meu por ter deixado as coisas chegarem a esse ponto, já que eu não tive coragem de dizer logo e eu também não queria te magoar. É que a nossa amizade é muito importante para mim e eu não quero perdê-la.

Não quero mais que você continue morando aqui.

— Aquele homem da galeria, aquele que eu falei para você, o nome dele é Martin, nós temos... eu e ele temos... Droga!

Ela olhou para o outro lado, em seguida ele sentiu a mão dela no seu braço, mas podia ser apenas fruto da imaginação dele.

— Sinto muito, eu devia ter contado isso antes. Eu não tinha entendido o que você estava sentindo por mim até que você disse aquilo que não queria que eu encontrasse outras pessoas sem você estar junto. E essa história com o Martin... Bem, é melhor dizer de uma vez. Acho que amo o Martin. Em todo caso, nunca me senti desse jeito antes.

Ele olhou para o próprio braço. É, ela estava ali. A mão traiçoeira dela segurava o braço dele.

Ela tocou nele.

— Desculpa, Jonas, mas é que...

Tudo ficou branco.

Em seguida, ela já estava na água. O rosto dela emergiu da superfície, um misto de raiva e de surpresa.

— Mas o que é isso?! Ficou maluco?

Ele olhou ao redor. Viu um remo abandonado do seu lado, mas estava pela metade. As mãos dela se agarraram na borda do píer, mas ele retorceu os dedos dela de forma que ela não pôde mais se segurar. Quando a cabeça veio à tona novamente, ele enfiou o remo no ombro dela e ela afundou de novo. As mãos traiçoeiras se debatiam na superfície para depois desaparecer. Em seguida, ele viu que ela nadava tentando fugir por trás e ficar fora do alcance dele. De repente a água o envolvia. Não sentia o frio. Nadou e a alcançou rapidamente. Já na frente dela, empurrava a cabeça de Anna para o fundo d'água. Tentava se manter afastado dos braços que se debatiam e colocou as pernas em volta dela para ter mais força de empurrar. Talvez tivessem se passado dez minutos, o tempo deixara de existir. Somente a sensação de que ela aos poucos deixava de lutar, submetendo-se à vontade dele, e, por fim, ela desistiu.

E a voz que veio de lá de fora e que de repente penetrou na sua consciência.

— Psiu! Oi! Quer uma ajuda? Já estou indo!

Aproveitou que ele estava tomando banho. Quando ouviu a porta do boxe se fechar, foi rapidamente para o escritório e copiou as cartas no fax. Ainda não sabia qual delas serviria para o seu propósito. Iria levá-las consigo e ler todas tranquilamente enquanto ele achava que ela foi trabalhar.

Só deixou um bilhete na mesa da cozinha: "Vou trabalhar. Pode deixar que eu busco o Axel, assim você pode trabalhar em paz." Com os originais de volta no armário das armas e as cópias numa pasta, vestiu o casaco e saiu de casa.

Ele ainda estava no chuveiro.

Na verdade, não sabia para onde ir. Dirigiu na direção de Värmdö, fez a curva rumo a Gustavsberget e estacionou na calçada, mas permaneceu dentro do carro.

Meu amor,
A cada minuto, a cada instante, estou onde você está. Simplesmente saber que você existe me faz feliz.

Vivo em função dos momentos que passamos juntos. Sei muito bem que o que estamos fazendo é errado, que não deveríamos sentir o que sentimos um pelo outro. Mas como posso negar o que eu sinto por você? Não sei quantas vezes prometi a mim mesma que tentaria te esquecer, mas então você aparece na minha frente e eu não consigo. Se tudo vier à tona, provavelmente vou perder o meu emprego e você a sua família, o caos se instalaria. Apesar disso, não consigo deixar de te amar. E ao mesmo tempo que rezo para que tudo isso nunca tivesse acontecido, morro de medo que as minhas preces sejam ouvidas. Então percebo que estou disposta a perder tudo para poder viver do seu lado.
Te amo.

Da sua L.

O enjoo ficava cada vez mais forte a cada palavra que ia lendo. Ela engoliu um parasita e todo o interior dela queria vomitar, virar-se toda de cabeça para baixo e se livrar dele.

Num momento de distração, ele penetrou e tomou conta do seu corpo e envenenou a sua família e, mesmo assim, ele não podia ser punido. Não existia nenhum parágrafo no código penal que regulamentasse esse tipo de crime. Essa mulher destruiu uma família e transformou os pais de uma criança em inimigos um do outro, o estrago que ela causou era imperdoável e nunca poderia ser consertado.

Olhou de relance para uma outra carta mas não foi capaz de continuar. As palavras que segurava nas mãos tinham consumido todo o oxigênio dentro do carro, não dava mais para respirar. Jogou as cartas no banco do carona e saiu para tomar ar.

As pontadas no braço esquerdo.

Debruçada no carro de olhos fechados, permaneceu assim com as mãos apoiadas na carroceria dianteira. Um carro aproximou-se vindo de Gustavsberg e ela se endireitou. A última coisa que queria naquele momento era que alguém parasse para ver se ela estava passando mal. Nem mesmo queria ser vista. Assim que o carro foi embora, olhou para as cartas pelo vidro. Todas ali no seu carro e ela as odiava, odiava cada palavrinha preta impressa no papel branco. Odiava serem as mesmas letras que ela usava para escrever. Estava condenada a usar esse mesmo alfabeto por toda a vida.

Em algum lugar nas suas trevas, surpreendeu-se com o fato de Henrik ter conseguido despertar tal paixão naquela mulher.

Por que justamente ele?

O que foi que *ela* viu nele?

Será que ela mesma alguma vez na vida amou do jeito que aquelas palavras descreviam? Talvez no começo e, mesmo assim, não lembrava. Num determinado momento, quando tudo era diferente, eles decidiram que um seria o companheiro do outro nessa vida e, para selar essa decisão, colocaram um filho no mundo, uma responsabilidade para a vida toda. E agora, mal ele começava a sentir uma coceirinha dentro das calças, tudo era jogado fora, todo o companheirismo deixava de existir. Era só ele continuar comendo a professorinha do Axel e deixar de assumir o que andava fazendo e tudo ficava por isso mesmo.

Safado.

O ódio veio de novo e as pontadas no braço esquerdo desapareciam paulatinamente.

Mais uma vez, ela era pura determinação.

Entrou no carro e procurou pela primeira carta.

Era difícil de acreditar que se escondia uma poetinha daquela atrás do sorriso covarde que ela costumava dar para eles de manhã. Mas por outro lado, a carta era perfeita, não precisava ser redigida. E de fato, era maravilhoso que ela estivesse disposta a perder tudo, estava bem ali, preto no branco, pois era exatamente isso o que ia acontecer.

As suas preces serão atendidas, minha cara. Esteja certa disso.

Olhou para o relógio. Já eram 10h15 e estava na hora de voltar. A essa hora eles já tinham ido para o passeio, cada um com o seu lanchinho. Deu a partida no carro, contornou e tomou o caminho de volta para o jardim de infância.

Para não se arriscar, estacionou o carro perto do supermercado e percorreu a pé o pedaço que faltava. Ninguém devia ver o carro dela nas proximidades da escolinha nesse momento, principalmente ela mesma não devia ser vista. O parquinho atrás da escola estava deserto. A única coisa que se movimentava eram os pneus pendurados balançando levemente ao vento. Fora isso, tudo parado. Imagine se todas as turmas tinham ido para o passeio. Seria perfeito, contanto que não tivessem trancado todas as portas.

A porta da unidade de Axel que dava para a rua estava trancada. Prosseguiu dando a volta na escola, passou pelo escorregador e já de longe pôde ver a porta da cozinha entreaberta apoiada numa caixa de refrigerante. Será que Ines estava preparando o lanche da tarde? Foi até lá e enfiou a cabeça no vão da porta, tentava ouvir se alguém estava lá dentro. Apenas um rádio ligado e tudo indicava que tocava sua música sozinho.

Sem que — ao contrário do que esperava — alguém a visse de alguma janela, não podia ficar ali vacilando. Precisava agir como se fosse a coisa mais natural do mundo ela estar na escolinha do filho às 10h35 de uma sexta-feira. Aliás, não seria nenhum problema se alguém a interpelasse. Inventar uma explicação convincente para a sua presença era o de menos.

Abriu a porta e entrou. A cozinha estava vazia. Somente três pães envoltos num plástico e um pacote de Marlboro Light na bancada de alumínio perturbavam a arrumação impecável da cozinha. O som da descarga do banheiro revelava onde Ines se encontrava, e ela apressou o passo para o corredor e foi para secretaria onde Kerstin trabalhava. Não viu viva alma. Passou rapidamente pela sala dos professores e pela unidade do maternal e entrou em seguida pela porta escancarada. O mais silenciosamente possível, fechou a porta e passou a chave. Se alguém quisesse entrar, a porta trancada lhe daria alguns segundos de vantagem. Pois ela estava ali apenas para deixar um recado para Kerstin, e era isso o que ela parecia estar fazendo, caso — contrariando os seus cálculos — alguém surgisse de repente.

Foi para a escrivaninha.

Nunca foi uma perita em informática, mas não devia ser difícil fazer funcionar um computador da rede municipal. Colocou a pasta na mesa, apertou o botão e ajeitou-se na cadeira à espera de o computador inicializar. Bem na sua frente, estava pendurado um quadro de avisos com as fotos das turmas daquele ano. Mais ou menos sessenta crianças com os funcionários responsáveis por elas. Axel sentado no chão com as pernas cruzadas e, bem atrás dele, a cobra que roubou a tranquilidade da vida do menino. Levantou-se, inclinou-se sobre a escrivaninha e ficou contemplando o inimigo. O cabelo louro dela solto na altura do ombro. E aquele sorrisinho cretino. Logo logo ela iria ao encontro do seu fim.

Sentou-se de novo.

Uma caixa de diálogo apareceu na tela pedindo o nome do usuário e a senha. Escreveu Linda Persson no primeiro campo e clicou em seguida para o campo da senha.

Era de praxe ter direito a três tentativas, pelo menos era assim que funcionava no trabalho dela.

Henrik. Senha inválida. Axel. Errado de novo. Vagabunda. Favor contactar a CPD.

Olhou para o quadro de avisos de novo. Eles podiam ter anotado a senha em algum lugar de forma que não precisassem procurar no catálogo interno, mas talvez soubessem o número de cor. Tirou o telefone do gancho e digitou zero.

— Telefonista.

— Bom dia. Quem está falando é Kerstin Evertsson do Jardim de Infância Kortbacken. Eu esqueci o número da CPD.

— Quatro, zero, onze. A senhora quer eu transfira a ligação?

— Não precisa, obrigada.

Desligou. Ela mesma iria ligar da linha interna para minimizar o risco de despertar suspeitas. Pegou o telefone e digitou o número.

— Central de Processamento de Dados, bom dia.

— Bom dia. Aqui quem fala é Linda Persson do Jardim de Infância Kortbacken. Estamos tendo um problema com o computador daqui e nenhum de nós consegue entrar no nosso e-mail. Alguma coisa de errado está acontecendo quando se digita a senha.

— Bem, que estranho... Qual o seu nome mesmo?

— Linda Persson.

Fez-se um silêncio um pouco longo demais.

— Posso retornar a ligação mais tarde?

A pergunta a fez vacilar. Será que o sinal do telefone podia ser ouvido lá da cozinha?

— Claro, mas é que eu tenho que resolver isso logo.

— Eu ligo dentro de um minuto.

E ela tinha escolha?

— OK.

Bateu o telefone, mas ficou preparada com a mão em cima do fone. Quanto mais curto fosse o sinal, melhor.

Os segundos se arrastavam.

O nervosismo súbito consumia mais energia do que ela tinha. Quanto tempo aguentaria ficar sem dormir? Será que ela teve o azar de falar com alguém que conhecia Linda e perceberam que não era ela quem estava ligando?

O sinal veio de repente.

— Jardim de Infância Kortbacken.

— Aqui é da CPD. Vamos lá, eu fiz um pequeno ajuste no sistema, agora vocês não vão ter nenhum problema.

Você precisa escrever uma nova senha e confirmar três vezes na janelas de diálogo que vão aparecer. Certo?

— Ótimo. Obrigada pela ajuda.

— Não há de quê. Estamos aqui para isso.

Mas é claro, meu bem.

Colocou o fone no gancho e tentou criar forças.

A nova senha de Linda. Não foi tão difícil assim.

Sorriu para si mesma e escreveu a palavra no campo indicado e confirmou três vezes de acordo com as instruções recebidas.

E então estava logada.

Localizou rapidamente a caixa de e-mails recebidos, clicou mas não achou nenhum de Henrik. Em "e-mails enviados", também não havia nenhum com o endereço dele. Ou eles entregavam aquelas cartas de merda em mãos ou então ela usava um outro endereço de e-mail na hora de seduzir os pais das crianças. Ela bem que estava com medo de perder o emprego, aquela vagabunda de uma figa.

Ah, já sei!

Clicou no campo "Escrever Mensagem", abriu a pasta e pegou o papel com a lista de e-mails dos pais das crianças. Precisou de poucos minutos para copiar a carta, apesar de ter feito alguns erros de digitação, e em seguida percorreu com os olhos a lista. O pai de Simon até que era bonitão, ele ia receber um e-mail. E depois o pai de Jakob. Talvez isso fizesse com que a mulher dele parasse de organizar aquelas reuniões de planejamento para aquele maldito acampamento da pré-história.

Clicou no campo "Enviar" e as cartas seguiram seu rumo.

É isso aí, Linda. Estou pagando para ver como é que você vai se sair dessa.

Desligou o computador, colocou as cartas na pasta de novo e estava a ponto de se levantar quando de repente ouviu passos no corredor que se aproximavam. Em seguida, giravam a maçaneta. Olhou à sua volta. A sala não tinha nenhum canto em que pudesse se esconder. O som de chaves tilintando. Sem ter tempo de pensar, deslizou rapidamente da cadeira e se encolheu embaixo da escrivaninha. Logo depois, a porta se abriu e ela viu um par de chinelos chegando cada vez mais perto. Apertou os olhos, como se o risco de ser descoberta ficasse menor se os olhos estivessem fechados. Pelo menos deixaria de ver a cara da Ines se fosse descoberta ali embaixo. Isso não podia acontecer!

O barulho de papéis sendo remexidos em cima da cabeça dela. Será que ela tinha guardado tudo? Imagine se tivesse esquecido alguma coisa? Ou se Ines fosse jogar alguma coisa na lixeira imprensada ao lado dela embaixo da escrivaninha. É claro que não tinha nenhuma explicação convincente para o fato de estar ali onde estava. Por que é que ela inventou de se esconder? Ela ia somente deixar um recado para Kerstin. Se Ines a visse, estaria perdida. A sua vingança seria revelada assim que os e-mails fossem lidos. Ai, meu Deus! O que é que ela tinha feito! De repente, um ruído e ela abriu os olhos, morta de medo. As pernas de Ines apenas a alguns centímetros dela. E então o barulho de novo, mais longo dessa vez. O cérebro recusava-se a decodificar o que ela ouviu, talvez fosse apenas um efeito de sonoplastia alguns segundos antes de o mundo ficar sabendo da insignificância dela. Logo depois, as pernas na sua frente foram em direção à porta e, naquele instante, o cérebro forneceu a informação de que o que ela tinha ouvido era o sinal de uma campainha. Assim que Ines desapareceu, ela engatinhou para fora da escrivaninha. Com as pernas tremendo, deu uma olhada na mesa para ter certeza de que não tinha esquecido nenhum papel e, o mais rápido que pôde, foi para a saída mais próxima, aquela da unidade de Axel. Não dava mais para segurar o cansaço, era como se estivesse numa bolha de vidro. Seu mundo estava isolado daquilo que antes era a realidade. O medo de ser descoberta havia consumido toda a sua adrenalina, que, no momento, era o que a mantinha de pé. Para ter forças tinha que dormir algumas horas. Talvez no carro? Talvez pegasse a estrada e só parasse num lugar onde estivesse salva, onde ninguém a acharia.

Entrou no carro e deu a partida.

Algumas horas de sono.

Precisava dormir.

Primeiro ia dormir um pouco. Depois iria para casa e faria um jantarzinho gostoso de sexta-feira para a sua família.

Estava deitado sem roupa na cama. Tinha feito uma faxina no apartamento. Só não trocou os lençóis. As paredes estavam nuas e o que estava pendurado nelas quando acordou de manhã agora não estava mais lá. Tudo o que restava era um monte de cinzas ardendo perto da enseada de Årsta. E, em algum lugar no hospital Karolinska havia um corpo, mas isso não era mais assunto seu. Agora aquele corpo era tão importante quanto três anos e cinco meses antes, quando ele nem sabia da sua existência.

Em breve também viraria cinzas.

Mas o corpo dele estava vivo. Era a primeira vez que via de verdade. Seu corpo não era mais um inimigo que ele constantemente tinha que negar, reprimir, controlar. De repente todo o desejo era permitido. Todo o desejo que pulsava dentro dele não constituía mais uma ameaça, mas um dos fundamentos de tudo de maravilhoso que a vida lhe reservava.

Colocou a mão no pescoço, foi se acariciando vagarosamente em direção ao peito e fechou os olhos. Tentou lembrar a mão dela e continuou indo para o ventre. Foi desse jeito que ela tocou nele. Foi desse jeito que as mãos dela o tinham libertado.

Por que é que ela não ligava?

O telefone estava no chão ao lado dele fazendo um ângulo de 90 graus com o tapete. Já tinha perdido as contas de quantas vezes olhou para ele e tocou nele, como se o aparelho fosse revelar quanto tempo ele ainda teria que esperar.

Ele queria muito. Ele queria muito e finalmente era possível. Apesar disso, o máximo que podia fazer era ficar sentado esperando. Era uma tortura.

Pensou nas possibilidades incríveis que o encontro deles criava. Em tudo o que fariam juntos. Em tudo o que sonhou que iria fazer com Anna e que foi tirado dele, mas agora deram a ele uma segunda chance. Ele ia começar a trabalhar, certamente não devia ser difícil voltar a ser carteiro, mas isso era só o começo. Agora iria realizar seu sonho e faria aquele curso de trigonometria. Ia telefonar e se inscrever já na segunda-feira.

Por que é que ela não ligava?

Levantou-se da cama e foi para a cozinha. A única coisa comestível na geladeira era uma salsicha e um creme de arroz pré-cozido. Segundo o prazo de validade, ele devia ter sido consumido no máximo no dia anterior, mas não podia fazer nada. Despejou o conteúdo na panela.

Como é que pôde ser tão burro a ponto de não ter pedido o número do telefone dela? Imagine se ela não tivesse coragem de ligar? Se ela achasse que ele não estava interessado, já que ele dormiu sem ter pedido o número dela? Droga, nem perguntou o sobrenome dela. O que é que ela ia pensar dele?

Era tão estranho não terem falado mais nada. Na verdade, ele sabia o porquê. Tinham tanto a dizer um ao outro que acharam melhor ficar calados.

Mas eles tinham todo o tempo do mundo.

E se ela estivesse em algum canto com o fone na mão cheia de dúvidas e sem coragem de ligar? Só de pensar sentiu uma pontada de cólica. Mas que mancada! Por que é que ele não tinha perguntado? A única coisa que sabia era o nome dela. Sabia o seu nome e que jamais iria perdê-la de vista. Mesmo que fosse obrigado a virar Estocolmo de cabeça para baixo, ele iria achá-la.

Era insuportável não saber onde ela se encontrava. Se ela não telefonasse logo, ele seria invadido por eles novamente, mas até agora estava em segurança. O toque dela ainda estava na pele e o protegia.

Mas por quanto tempo?

Tinha acabado de enfiar a primeira colher do creme de arroz na boca, quando o telefone tocou. Correu até a pia da cozinha, cuspiu e lavou a boca. E em seguida foi para o telefone. Dois toques.

Tudo o que tinha ensaiado que ia dizer sumiu da cabeça, deu branco.

Quatro toques.

— Alô.

— Olá, Jonas. Aqui quem fala é Yvonne Palmgren do hospital. Eu só queria saber como você está.

Ficou calado e sentiu o ódio crescendo por dentro. Não tinha mais nada a dizer para aquela mulher. Ela telefonava de uma vida que ele tinha deixado para trás. Ninguém, com exceção de Linda, tinha o direito de ligar para ele, ninguém tinha o direito de bloquear a linha.

Aquela mulher maldita do outro lado pediu que ele deixasse as coisas seguirem o seu rumo e que ele tocasse a vida adiante, e foi exatamente isso o que ele fez. Ele não tinha nenhuma obrigação de dar satisfações dos seus sentimentos a ela. Já tinha feito o que ela queria.

Bateu o telefone na cara da psicóloga.

Merda. Imagine se Linda acabou de ligar e o telefone estava ocupado. Talvez ela tivesse criado coragem e finalmente telefonado e então *deu ocupado*.

Tudo por causa dessa velha maldita!

Endireitou o telefone que saiu do ângulo de 90 graus, vestiu as cuecas e voltou para a cozinha. O creme de arroz ficou rolando na boca, não dava para engolir.

E se ele a decepcionasse, se não estivesse à altura dela? Para falar a verdade, o que foi que ela viu nele? Por que ela teve tanta confiança a ponto de ir para casa com ele e se entregar assim, sem medo? Só pode ter sido o destino. Acharam um no outro tudo o que estavam procurando quando se esbarraram. Devia ser desse jeito quando se encontrava a pessoa certa. Tudo aquilo não podia ter sido em vão, devia significar alguma coisa. O fato de ele justamente naquela noite, na primeira saída, ter encontrado justamente Linda e de ele ter tido a coragem de se entregar. Alguma coisa lhe dizia que isso era só o começo.

Sentou-se na beira da cama.

E se ele nunca mais visse Linda de novo? A ideia era insuportável.

E se ela não quisesse ligar e por isso não se despediu antes de ir embora? E se ela estivesse decepcionada com ele? E se a tivesse perdido?

Aquilo tudo tinha que ter sido importante, tinha que ser dessa vez. Do contrário, Anna sairia vencendo. Se ela não ligasse, isso daria a Anna a vingança que ele não merecia.

Aquilo tudo tinha que ter sido importante! Ele tinha tanta certeza, sentia-se tão forte... De repente, não sabia de mais nada. Não podia mais ficar no apartamento, tinha que sair dali. Todas aquelas perguntas o deixariam louco, precisava encontrá-la. Tinha que recuperar o controle da situação.

Abriu o armário, pegou a calça bege e uma camisa de manga comprida. Estava na hora de comprar umas roupas novas, mas como iria arranjar dinheiro? Queria saber com o que ela trabalhava. Precisava saber. Precisava saber tudo sobre ela. Ficar junto dela, saber dos seus pensamentos, dormir com ela. Queria tudo. Tudinho.

* * *

Pegou o metrô, saltou na estação Slussen e andou o último pedaço até a parte histórica do centro da cidade. O relógio do Katarinahissen marcava 21h32. Estava com o celular na mão para garantir que ouviria caso tocasse. Antes de sair do apartamento, tinha conectado o número de casa ao número do celular. Parou diante da Järntorget e ficou contemplando os toldos vermelhos. Era ali que ela tinha estado. Ontem ele estava exatamente nesse lugar e foi então que tudo começou. Tinham se passado apenas 24 horas, mas a sua vida tinha mudado. Tudo era novo.

Um homem de terno por volta dos 30 anos estava sentado na mesma cadeira que foi dela, e ao lado dele outros homens bem vestidos. E se ela estivesse lá dentro? E se ele estivesse somente a 30 metros dela?

Foi para a porta. A possibilidade de vê-la em breve o fez apressar o passo.

O local estava lotado. Todos os assentos ocupados e um aperto danado atrás do balcão. Examinou rapidamente todos os rostos, mas viu que ela não estava entre eles. Talvez ela estivesse lá atrás, aquela de blusa preta sentada de costas para ele. Na pressa, esbarrou no copo de alguém com o cotovelo e derramou um pouco da bebida. Um olhar irritado. Nem ligou. Com o coração na mão, abriu caminho em direção ao outro lado para ver o rosto dela. Logo em seguida, a decepção ao dar de cara com aqueles olhos desconhecidos.

Com tantas pessoas, o local estava desagradável. Não dava para ouvir o que as pessoas falavam em meio ao burburinho, somente ondas de vozes desconhecidas que se sobressaíam à música.

Onde ficava o banheiro? Talvez estivesse lá. Passou pelo balcão do bar e achou dois toaletes num corredor perto da cozinha. Um deles estava vazio e abriu a porta para ter certeza de que ela não estava lá dentro. O outro estava ocupado e ele ficou esperando até que ouviu alguém puxar a descarga.

Podia ver a mão dela na sua frente, sentia como ela o acariciava no quadril e ia para a virilha. De novo a vontade.

Tinha que achá-la.

Giraram a chave e o trinco da porta ficou verde. Prendeu a respiração e fechou rápido os olhos. Uma mulher de mais ou menos 50 anos saiu do banheiro e olhou para o outro lado. Onde ela estava? Por que é que ela não aparecia? Mais uma vez conferiu o visor do celular. Nenhuma chamada perdida. Será que ele devia ter ficado no apartamento? Começava a se arrepender, sentiu a obsessão rodeando, chegando cada vez mais perto e pronta para atacar tão logo surgisse uma fissura no escudo que ela usou para libertá-lo. Olhou para a maçaneta que tinha acabado de tocar. Droga. Tocou de novo para neutralizar, mas não adiantou.

De Luleå até Hudiksvall: 612 quilômetros; de Lund a Karlskrona: 190 quilômetros.

Mas que merda! Onde ela estava?

Olhou para o balcão. Quantos passos seriam até lá? Tinha que pedir uma cerveja ou alguma outra coisa para afastá-los. Nenhum banco vazio e quase nenhum lugar para ficar em pé. Um pouco afastado dele, havia um homem de meia-idade que já tinha tomado todas e que tentava convencer o barman a servir mais um copo. Colocou-se de pé cheio de raiva ao levar um não. O banco de metal caiu no chão e o barulho que fez silenciou de modo efetivo as conversas no local. A música passou a dominar o ambiente.

Todo mundo olhando.

O barman pegou o copo vazio do homem.

— O senhor já bebeu o suficiente hoje. Daqui não sai mais nada.

— Deixa de ser um merda e me dá mais uma cerveja.

— O senhor faça o favor de se retirar agora.

O barman afastou-se e colocou o copo na pia.

— Mas isso aqui é uma merda de bar!

O homem olhou ao seu redor à procura de algum sinal de aprovação nos olhares voltados para ele. Os olhos de todo mundo viraram rapidamente para o outro lado num misto de tolerância e desprezo. Ele não existia. Somente Jonas continuou a vê-lo, sentiu ódio do homem que se expunha na sua insignificância, humilhando-se na frente de todos. Por um segundo, viu um outro homem num outro balcão de bar. Os diálogos foram retomados como se tivessem obedecido a uma ordem silenciosa. O burburinho aumentou e o zum-zum anônimo estava de volta. O homem titubeou por alguns instantes, apoiou-se no balcão na tentativa de parecer menos embriagado. E, por fim, tão dignamente quanto pôde, foi cambaleando até a porta para depois sumir na escuridão da noite.

O banco ficou caído no chão e Jonas foi levantá-lo. A lembrança que o homem despertou nele fez cessar de um modo estranho os pensamentos obsessivos. Ele não era como o pai.

Sentou-se no banco. O barman passava um pano no balcão e olhou na sua direção.

— Mas que pé de cana mais idiota! Olá, em que posso servi-lo?

Era o mesmo barman da noite anterior. O mesmo que os serviu, ele e Linda. Uma possibilidade pequena se abria.

— Uma cerveja.

— Clara ou escura?

— Qualquer uma.

— Então, lá vai uma irlandesa.

— Tá bom.

Jonas pegou a carteira e colocou 50 coroas no balcão. O barman foi atender outros clientes e ele tomou alguns goles antes de encher o copo com o resto que ficou na garrafa. A espuma escorreu pelo copo formando uma piscininha no balcão. Molhou o dedo indicador no líquido e escreveu um L na parte limpa.

Tinha que perguntar. Era a única chance. Tinha só que beber mais um pouco, ficar um pouco mais alto, assim a obsessão não atacaria se tudo desse errado.

* * *

Aproveitou para perguntar meia hora mais tarde. O barman estava bem na frente dele pendurando os copos limpos. Já estava na terceira cerveja e totalmente decidido.

— Ô, companheiro. Será que você pode me dar uma ajuda?

— Claro.

Um copo atrás do outro era pendurado nos ganchos do teto.

— Bem, é que eu encontrei uma moça aqui ontem. Não sei se você lembra que eu estava sentado aqui ontem à noite.

— Claro que eu lembro. Você estava bem ali.

Ele moveu a cabeça para o outro lado do balcão.

Jonas confirmou com a cabeça.

— Bem, é que aquela moça...

Parou de falar, olhou para o balcão, levantou a cabeça e sorriu.

— Bem, a gente saiu daqui juntos e... você sabe. Aí ela me deu o número dela e eu prometi que ia ligar, mas perdi o papel. Olha a mancada...

O barman deu um sorriso.

— Hii! É um saco quando isso acontece.

— Você também se lembra dela?

Na verdade, aquela era uma pergunta ridícula. É claro que o barman se lembrava. Ninguém que tivesse visto aquela mulher podia se esquecer dela.

— Você está falando daquela que você convidou para tomar uma sidra?

Jonas balançou a cabeça numa afirmativa.

— O nome dela é Linda. Ela costuma vir aqui?

— Não que eu saiba. Em todo caso, eu nunca vi essa moça antes.

Jonas sentiu a esperança ir embora. Aquele homem e aquele lugar eram o único elo que ele tinha.

— Então você não sabe o sobrenome dela?

O barman balançou a cabeça numa negativa.

— Não, não tenho a mínima ideia. Lamento.

Jonas engoliu em seco.

O barman olhou rapidamente para ele, pendurou o último copo e foi embora. Jonas pegou o celular, nada no visor. Ela sabia o nome dele e onde ele morava, mesmo assim ainda não tinha ligado. Olhou à sua volta. Viu as bocas estranhas que falavam e sorriam umas para as outras. Olhos que se encontravam, mãos. Onde é que ela estava agora? Será que ela estava noutro lugar, num local como aquele, mas onde ele não estava? Só de pensar que ela nesse instante se encontrava no meio de outras pessoas, que os olhos de um outro nesse exato momento podiam pousar nela, que a imagem dela talvez se encontrasse na retina de uma outra pessoa...

— Olha, acho que posso te ajudar.

Virou-se para o balcão novamente. O barman estava na sua frente segurando uma nota fiscal.

— Ela pagou o primeiro copo com cartão antes de você chegar.

O coração deu um salto. Esticou a mão e pegou a nota.

— Ôpa! Vamos com calma... eu preciso ficar com ela.

Leu o papel branco.

O cartão era do Handelsbanken.

Ela deu 10 coroas de gorjeta e assinou embaixo.

O barmen olhava para Jonas.

— Mas você não disse que o nome dela era Linda?

Ele leu o nome da assinatura de novo. Não queria entender.

— Essa não é a nota fiscal dela.

— É sim. Eu lembro bem que foi essa. A caneta falhou no meio do caminho e tive que dar uma outra. Você mesmo pode ver aqui.

Ele balançou a cabeça olhando para a nota. As últimas letras estavam escritas com uma caneta diferente.

— Essa é a moça que você convidou para tomar uma sidra. Olha, pensando bem, talvez seja melhor você não entrar em contato.

Ao dizer isso, o barman deu um sorriso de lado como se se tratasse de uma decepçãozinha sem importância.

Jonas não conseguia tirar os olhos daquelas letras ilegíveis. A mulher que o levou a trair Anna, que ajudou Anna a se vingar daquela forma injusta, essa mulher tinha mentido para ele. O nome que ele aprendeu a amar nas últimas 24 horas era uma mentira, uma mentira que atacava diretamente o seu núcleo.

O nome dela era Eva.

Eva Wirenström-Berg.

Filé de carne de porco gratinado com batatas assadas na manteiga. E para completar, um Rioja da safra de 1989. Pagou 172 coroas pelo vinho. Em vez de vinho, podia servir água suja de privada. Ela bem que tinha considerado seriamente essa possibilidade por um instante.

Não dirigiram nenhuma palavra um ao outro durante a refeição, toda a comunicação necessária era via Axel. O filho teve permissão para acender as velas em cima da mesa e agora estava sentado ali na sua cadeirinha, achando que aquela era uma noite aconchegante em família, como sempre costumavam fazer nas sextas. O menino não fazia a menor ideia de que as noites em família naquela casa estavam terminadas para todo o sempre e que o homem que as tirara dele estava sentado bem ali ao seu lado e enfiava a comida goela abaixo. Tudo para fugir o mais rápido possível para o escritório.

Henrik olhou de relance para ela, ergueu-se e recolheu o prato.

— Já acabou?

Ela balançou a cabeça numa afirmativa. Com a outra mão, ele levantou a forma com a carne e foi para a pia.

Ela continuou sentada. Por um segundo, ficou admirada por ele não ter se queimado, pois a forma mal teve tempo de esfriar.

Em silêncio e com eficiência, ele começou a tirar a mesa, enxaguou os pratos e os colocou na máquina.

Fim da refeição em família.

Durou sete minutos.

— Axel, o *Bolibompa* já começou. Vem que eu vou ligar a TV.

Axel deslizou da cadeira e sumiram para a sala.

Continuou sentada com o copo de vinho na mão. Ele tinha se esquecido de arrancá-lo dela quando estava tirando a mesa. A garrafa ainda cheia em mais da metade. Ele mal tinha provado o vinho.

A primeira vez que o telefone tocou eram quinze para a meia-noite. Axel adormeceu em frente à TV, e por volta das oito ela levou o filho no colo para a cama. Tinha passado o resto da noite sozinha no sofá, olhando para as imagens que se moviam na tela. Quando o telefone tocou, Henrik tinha saído temporariamente de trás das trincheiras do escritório e se encontrava no banheiro. Foi ela quem alcançou o fone primeiro.

— Eva.*

Nenhum som.

— A-lôô!

Alguém desligou do outro lado da linha.

Permaneceu com o fone na orelha e o ódio aumentava. Aquela vagabunda safada! Nem mesmo numa sexta-feira à noite, quando ele estava em casa com a família, ela não podia deixá-los em paz.

---

* Na Suécia, é comum atender o telefone dizendo o próprio nome. (*N. da T.*)

Ouviu a descarga, a porta se abriu e no instante seguinte ele surgiu na frente dela.

— Quem era?

Largou o telefone esforçando-se ao máximo para fingir indiferença e ficou olhando o folheto do supermercado na bancada da pia.

— Não sei, desligaram.

Uma sombra de preocupação no rosto dele.

Em seguida ele desapareceu para o escritório de novo. A porta mal se fechou quando o sinal do telefone desfez o silêncio.

Também dessa vez ela foi mais rápida.

— Pois não.

Desligaram de novo. Em seguida, tocou de novo assim que desligou a ligação. Dessa vez ela não disse nada, permaneceu em silêncio ouvindo alguém que respirava do outro lado.

E, de repente, uma palavra.

— Alô?

— Sim?

— Olá, Eva. Aqui é Annika Ekberg.

A mãe do Jakob.

— É a mãe do Jakob da escolinha que está falando. Desculpa te ligar assim tão tarde, espero não ter acordado vocês...

— Não, tudo bem.

— Eu preciso perguntar uma coisa a vocês. Bem, isso tudo parece uma piada de mau gosto. Sabe a Åsa, a mãe do Simon? Ela acabou de me ligar e contou que Lasse recebeu um e-mail estranho da Linda da escolinha.

— Um e-mail estranho?

— Estranho é apelido. É uma declaração de amor.

— O quê?

— É isso mesmo o que você ouviu.

— Para o pai do Simon?

— É. E não é só isso. Demos uma olhada no e-mail aqui de casa e nós também recebemos uma carta.

— Uma carta de amor?

— Exatamente a mesma que eles receberam, palavra por palavra. Eu acho que é para o Kjelle e não para mim, mas não ficou muito claro. Kjelle está morrendo de raiva. O e-mail dá a entender que eles vêm tendo um caso há um tempo.

— Mas isso é uma loucura!

— É, mas eu não sei o que vamos fazer.

— Será que não foi um equívoco?

— Não sei... Os e-mails foram enviados do endereço que ela tem no trabalho. Pode ser que ela fosse enviar para uma outra pessoa e alguma coisa deu errado, mas seria uma mancada grande demais. E se é alguém que está de brinca-deirinha, não tem a mínima graça.

Ah, tem sim.

— Claro que não.

— Eu só queria saber se Henrik também recebeu um e-mail desses.

De repente sentia-se altamente bem-disposta.

— Espera um pouco que eu vou dar uma olhada. Aliás, eu tenho que desligar para poder usar a internet. Eu retorno dentro de um minuto.

— OK.

Desligou. Isso, ela queria fazer com bastante calma, sem a mãe de Jakob esperando na linha. Um sorrisinho lá den-tro das suas trevas e entrou no escritório sem bater. Foi dada a largada! Ainda não sabia aonde é que isso tudo ia parar. E, por algum motivo, não estava nem aí. No final das contas, tudo já estava destruído. O único objetivo era revidar o tapa. Punir.

Ele estava sentado na escrivaninha com as mãos no joelho e de olhos fixos no nada. O computador estava em standby e uma cobra feita de círculos coloridos se enroscava na tela. Ele virou um pouco a cabeça quando ela entrou.

Mas não olhou para ela.

— Quem era?

— Annika. A mãe do Jakob da escolinha. Já faz tempo que você leu os seus e-mails?

— Como assim?

— Você não vai acreditar. O pai do Jakob e o pai do Simon receberam um e-mail que é uma carta de amor da Linda da escolinha.

Até mesmo o contorno das costas dele revelou a reação. Demorou uns segundos além do tempo normal antes de ele se virar e olhar para ela. Apenas de relance, os olhos assustados cruzaram rapidamente com os dela e voltaram depois para a tela do computador.

— OK. O que diz a carta?

Ele nunca soube mentir bem. Será que ele não podia se ouvir? Será que ele não via que a indiferença forçada era um ultraje à inteligência dela?

— Não sei. Eles queriam que você desse uma olhada no e-mail para ver se você também recebeu alguma coisa.

Ela aproximou-se e ficou ao lado dele sabendo muito bem que nessa posição ele seria obrigado a mostrar os remetentes dos últimos e-mails.

Ele foi rápido.

— Acabei de olhar. Não recebi nenhum.

— Mas olha de novo.

— Mas por quê?

— Você pode ter recebido algum agora.

— Faz apenas cinco minutos que acessei o meu e-mail.

Agora ele estava irritado. Irritado e com medo.

Ela sentia um prazer e tanto.

— Há cinco minutos eu estava no telefone. E não dá para acessar a internet ao mesmo tempo, não é?

Ele suspirou fundo e mostrou com o corpo inteiro que ela era uma pessoa cansativa.

— Vai ver que faz oito minutos. Infelizmente eu não cronometrei.

— Por que você não quer olhar?

— Mas que saco! Se estou dizendo que eu acabei de olhar!

Tom desagradável, esse. Tão medroso e tão fácil de se tirar do sério... Você se sentiria melhor se ficasse de pé e dissesse a verdade, seu sacana covarde.

— Me dá o telefone.

— Para quem você vai ligar?

— Para Annika.

Ele passou o telefone sem fio e ela deu uma olhada na lista de telefones na parede do escritório. Annika atendeu depois do primeiro toque.

— Oi, sou eu. Eva.

— E então?

— Nada. Ele disse que não recebeu nenhum e-mail.

Fez-se um silêncio na linha.

Henrik sentado em estado de paralisia olhando fixamente para a cobra que se enroscava na tela.

Quanto a ela, estava pensando na jogada seguinte. Então sorriu para si mesma, olhou para o pescoço dele e começou a falar. Deixou cada sílaba penetrar como projéteis no ar.

— Eu acho que mesmo assim nós devemos deixar a Linda se explicar. É muito difícil de acreditar que ela realmente teve a intenção de mandar esses e-mails, mas os boatos vão se espalhar rapidamente. Acho que devíamos telefonar para os outros pais e organizar uma reunião na escola no domingo à noite. Eu posso me encarregar dessa parte se você quiser.

Ouviu a mãe de Jakob suspirar do outro lado da linha.

— Eu não gostaria de estar na pele dela nessa reunião.

Nesse caso, você deveria saber em que outros lugares ela anda se metendo.

— Nem eu. Mas você tem outra sugestão? Assim ela tem pelo menos a oportunidade de se explicar.

Henrik continuava paralisado quando ela terminou a conversa.

O pescoço estava vermelho de tantos tiros bem no meio do alvo.

Adormeceu assim que fechou os olhos naquela noite. O cansaço foi mais forte que ela, mas ao mesmo tempo ela se sentia firme. Tinha o controle da situação. Nada podia abatê-la. Tudo já estava arruinado.

O plano A foi para as cucuias, apesar da luta dos últimos anos. Agora era a vez do plano B. Era só repensar um pouco. Só dependia dela se ele conseguiria ou não arruiná-la, a escolha era dela. Nunca daria esse gostinho a ele. Mas por outro lado, ela ia fazer com que ele pagasse pela traição, tanto econômica quanto sentimentalmente. Era *ele* quem seria arruinado. E depois, quando ele ficasse sabendo de tudo o que aconteceu, seria tarde demais. Então ele já estaria largado.

Sozinho.

Acordou com o telefone tocando. Os olhos dela procuraram automaticamente o rádio-relógio. Mas quem é que fazia o disparate de ligar às 6h07 de um sábado? Será que a outra também não sabia o que diz a boa educação?

Esticou o braço para pegar o telefone sem fio e respondeu antes do segundo toque.

— Eva.

Henrik virou-se para o lado ficando de costas para ela e continuou dormindo.

Alguém respirava no ouvido dela.

— Alô?

Nenhuma resposta.

Arrancou o cobertor, levantou-se e saiu do quarto. Já no escritório, fechou a porta.

— O que é que você quer, hein? Nesse caso, seria mais prático dizer agora mesmo já que nos acordou.

O silêncio era total. Mesmo assim, podia ouvir que ainda continuavam no outro lado da linha.

Ela queria dizer muita coisa. As palavras gritavam lá dentro das suas trevas querendo sair. Mas era obrigada a se controlar, a não revelar que sabia de tudo, pois então perderia o domínio da situação. O plano B seria aniquilado.

— Vai pra puta que o pariu!
Desligou.

Era impossível cair no sono de novo. Enroscou-se debaixo da coberta mais uma vez e ficou deitada olhando para o teto. Axel aconchegou-se do lado dela, e o corpo quente do menino ficou bem perto. Virou-se de lado e ficou olhando o rosto bonito e sereno do filho. O aperto no peito a pegou de surpresa. Respirou fundo algumas vezes tentando aliviar a dor, mas não conseguia reter o ar. Ele queria sair como se não aguentasse ficar lá dentro.

Virou-se e ficou de costas, mas a dor aumentou e irradiou para o braço esquerdo. Teve que fazer uma careta. Não chore, controle-se! Pense em outra coisa, tente se concentrar em outra coisa.

Estava na casa dos pais. Percorreu metro por metro o lar da infância, podia se lembrar de cada degrau da escada, do estalo das tábuas do piso de madeira; do formato da maçaneta arredondada da porta nas mãos, do som das vozes familiares do pai e da mãe subindo até o quarto dela na hora de dormir; de como o interruptor de luz do quarto de solteira sempre deslizava para a posição inicial se ela não apertasse duas vezes.

Em seguida, a consciência devastadora de que seu filho na idade adulta nunca poderia aliviar sua angústia se lembrando do aconchego do lar da infância. Gastou tanta energia tentando reconstruir um lar assim para ele...

Ele mal ia se lembrar de que algum dia eles foram uma família completa.

O fracasso dela era imperdoável.

O castigo era eterno.

Mas não estava disposta a ser castigada sozinha.

Eva.

Então o nome dela era Eva.

Por que ela mentiu?

Por que ela foi para a casa dele e entregou seu corpo? Por que ela entrou na vida dele e deixou ele se expor desse jeito? Estava deitado de olhos fixos no teto, deitado na cama onde os dois tinham se amado. Onde ele fez amor com ela e ela apenas o usou, o consumiu como se ele fosse um objeto. Sem mostrar qualquer consideração, ela penetrou no mundo dele, derrubou tudo à sua volta e roubou todo o desejo que ele tinha conseguido guardar com tanto sacrifício.

Ela era uma delas.

Uma daquelas mulheres que destruíram a sua família e que tiraram a mãe dele.

A força que ele achou ter recebido dela transformou-se num instante de três letras num ponto vulnerável, num buraco indefeso bem no centro do seu maior temor. Um medo cujo único adversário à altura era O Controlador: a única arma que ele tinha.

Como se estivesse sendo atacado fisicamente, sentiu a obsessão penetrando. Nada mais dentro dele conseguia lutar.

Ele que esteve tão forte fazia apenas algumas horas...

Quem era ela que se achava no direito de fazê-lo passar por isso?

Já tinha achado o número do telefone no catálogo.

Ela morava em Nacka.

Apenas dez minutos de carro.

Mas não tinha como sair do apartamento naquele instante.

Na primeira vez que ligou para o número, o relógio mostrava 23h44. Estava sentado na cama, nu, com o telefone fazendo um ângulo reto com a ponta direita do tapete. Dois toques. E em seguida a voz dela dando veracidade à mentira.

— Eva.

Então ela confessou.

Desligou e ficou com raiva. Depois telefonou de novo.

— Pois não.

Desligou mais uma vez. Por que é que ela atendeu com um "pois não"? A voz fazia doer por dentro e despertou a vontade devastadora. A lembrança da nudez dela fez com que todo o sangue descesse para o seu sexo, onde o desejo crescia. Deitou-se na cama, não conseguia se mover. Mais uma vez o instinto se erguia como se fosse um inimigo zombando dele.

Você não é merecedor disso. Ninguém te quer.

Talvez tivesse dormido algumas horas, talvez não.

Na outra vez que ligou, o relógio marcava 6h07.

Precisava ouvir a voz dela.

— Alô.

Era uma necessidade.

— Alô?

Ninguém poderia tirar esse direito dele.

— O que é que você quer, hein? Nesse caso, seria mais prático dizer agora mesmo já que nos acordou.

Ficou paralisado.

Nos acordou.

Seria mais prático dizer agora mesmo já que *nos* acordou.

— Vai pra puta que pariu!

E bateu o telefone na cara dele. Ela, que ontem à noite dormiu com a pele encostada na dele, que fez o mundo se transformar numa possibilidade, que transformou tudo em esperança.

Naquela noite ela dormiu com uma outra pessoa, alguém denominado nós.

Nós quem?

E quem era aquele que era merecedor?

Ficou na cama a manhã toda. Quando Axel acordou, Henrik foi com ele para a sala e ligou a TV num programa infantil, mas não voltou para tirar uma meia hora a mais de sono como costumava fazer. Em vez disso, ela ouviu a porta do escritório se fechar e o som do computador que acabava de ser ligado.

O aperto no peito tinha diminuído, ficou apenas uma dorzinha.

Quando os algarismos digitais do rádio-relógio se arrastaram para as 11h45, ele surgiu de repente na porta.

— Eu vou dar uma saída logo mais à noite. Micke me convidou para tomar uma cerveja.

Ela não respondeu. Somente constatou que a falta de habilidade dele para mentir era assombrosa, simplesmente ultrajante.

— Vai sim.

Em seguida, ele desapareceu de novo.

Ela levantou-se, esticou-se para pegar o roupão e foi para a cozinha. Axel sentado no chão fazendo uma bolinha de borracha rolar numa pista invisível e Henrik sentado na mesa lendo jornal.

— Eu prometi à Annika que ia telefonar para os pais das crianças para falar sobre aquela reunião na escolinha amanhã.

Ele olhou para ela.

— Mas por quê?

— Você tem alguma outra sugestão?

Ele ignorou a pergunta e voltou a ler o jornal.

Ela continuou:

— Se eu fosse a Linda, gostaria de ter a chance de me explicar. Você não ia querer o mesmo?

Se eu fosse a Linda.

Deu uma risadinha dentro das suas trevas.

Mas era exatamente isso.

Ele dobrou o jornal passando para outra página, embora não estivesse lendo mais nada.

— Eu não entendo o que é que essa história tem a ver com você. Por que é que você vai organizar uma reunião se não recebeu e-mail algum?

É verdade. Mas o armário do porão da minha casa está cheio das cartas de amor nojentas que você recebeu.

— Porque se trata da professora do Axel. Você pode muito bem imaginar o quanto essa história toda vai afetar a escola quando todo mundo ficar sabendo. Se por acaso foi realmente ela quem mandou esses e-mails, será que você vai continuar tendo confiança nela?

— Isso é um problema dela.

— Um problema dela? Mandar cartas de amor indesejadas para os pais das crianças...

— A tia fez isso?

Axel estava sentado imóvel no chão e segurava uma bola verde-clara.

Henrik lançou para ela um olhar cheio de desprezo. Ou será que era raiva que ela via nos seus olhos?

— Muito bem. Muito bem mesmo, Eva.

Ele se levantou e cruzou a cozinha com passos irados. A essa altura, ela já sabia quantos eram. Onze passos do lugar dele na mesa até o escritório, doze se fechasse a porta. Foram doze.

— O que é que tem a minha professora?

Ela foi para perto do filho e sentou-se ao lado dele. Pegou, sem que ele visse, uma bola vermelha do chão e fez com que ela parecesse sair do ouvido dele como num número de mágica.

— Olha só! E eu que pensava que você só tinha bolas verdes no ouvido.

Ele sorriu.

— Será que você também tem outra no outro ouvido?

Ela olhou rapidamente para o outro lado para ver se havia mais uma bola.

— Não tem. Ela ainda está crescendo lá dentro. Acho que as verdes precisam crescer um pouco mais.

Levou o telefone sem fio e a lista de telefones para o terraço e se sentou para ligar. Tinha um casaquinho sobre os ombros. Não estava tão frio para o mês de março e, depois de um tempo ali fora, colocou o casaco no banco ao lado. Ficou olhando para as duas torres* que se erguiam a uns cem metros de distância como monstros de ferro futuristas em meio à reserva florestal da região. Niqui e Noque. Axel batizou as torres assim que começou a falar. Apesar de formarem um contraste gritante com o verde, sempre gostou delas, pois marcavam a direção de casa. Lembrou-se de uma viagem a trabalho que fez uma vez voando de Örebro. A reunião, que foi o motivo da viagem, terminou com uma série de problemas mal resolvidos e ela subiu a bordo do avião cheia de estresse e de preocupação. Eram mais de

---

* As torres de Nacka, *Nackamasterna* em sueco, têm cerca de 200 metros de altura e são como um marco geográfico da região de Nacka e podem ser vistas a centenas de quilômetros de distância. (*N. da T.*)

dez horas da noite e, logo após a decolagem, ela pôde vê-las ao longe. Lembrou-se da sensação de estar tão distante e ao mesmo tempo poder ver a sua casa, Henrik, Axel e tudo o que fazia parte do seu mundo. Um instante de clareza sobre o que realmente tinha valor nessa vida.

Então os anos se passaram.

Explicou pela décima sexta vez que Linda, uma professora da escola, tinha enviado e-mails inconvenientes para alguns pais do grupo deles e que era necessário fazer uma reunião no domingo à noite. Depois da décima sétima ligação, o telefone tocou antes que ela digitasse o próximo número.

— Oi, Eva. Aqui é a Kerstin do jardim de infância.

A voz dela parecia triste e cansada.

— Acabei de falar com a Annika Ekberg e fiquei sabendo que vocês tiveram uma conversa ontem.

— Isso. Ela ligou ontem à noite.

Fez-se uma pausa curta e tudo o que se ouviu foi um suspiro profundo.

— Linda está completamente desesperada. Ela não enviou esses e-mails. Não sabemos como isso aconteceu.

— Sei. Eu confesso que fiquei bastante surpresa, é difícil acreditar nessa história toda, que a Linda tem um relacionamento com algum dos pais da escola. Seria de um mau gosto sem tamanho.

Olhou para o jardim tentando achar as palavras necessárias para descrever a sensação que estava tendo. Uma calma veio sobre ela após reassumir o controle da situação. Como uma aranha invisível na teia que só ela sabia que existia. Ao mesmo tempo, se perguntava para quê tinha o controle, aonde queria chegar. Uma sensação intensa de estar presente. Tudo o que importava era o aqui e o agora. A próxima expiração pelas narinas, o próximo minuto. O que vinha depois disso era impossível de se imaginar. Um risco vermelho com caneta Pilot de ponta grossa foi dado no seu calendário imaginário, um risco que nunca seria apagado.

Nunca mais. O passado e o futuro foram bruscamente separados e nunca mais iam se encontrar. E quanto a ela, encontrava-se no vácuo que existia no meio deles.

Um ruído a fez virar a cabeça. Viu no canto do olho algo se mexendo, estava quase fora do seu campo de visão. Alguma coisa grande que rapidamente sumiu atrás da casinha de ferramentas do jardim. Na vida anterior ao risco no calendário, ela se sentiria na obrigação de colocar aquele produto que espantava bichos nos locais estratégicos, mas agora, nem ligava. Se dependesse dela, os bichos podiam comer tudo que fosse verde, cada plantinha que ela plantou cuidadosamente. Nada mais podia crescer naquele jardim.

— Fiquei sabendo que você sugeriu uma reunião para amanhã à noite. Primeiro eu tive lá as minhas dúvidas, mas... não vejo outra solução. Eu só não sei como Linda vai suportar isso tudo. Essa situação faz com que ela reviva uma série de coisas. Ela passou por uma situação muito difícil antes, bem... foi por isso que ela se mudou para Estocolmo. Não é nada que precisemos trazer à tona nesse caso, mas, de qualquer forma, eu queria que você ficasse sabendo disso.

Mais uma vez um suspiro profundo.

— Na verdade, estou ligando somente para pedir que, quando você falar com os outros pais, enfatize que Linda está muito chateada com isso tudo e que ela não mandou esses e-mails.

— Claro.

Linda passou por uma situação muito difícil antes, foi por isso que ela se mudou para Estocolmo.

Interessante. Muito interessante. Mas, fosse lá por que situação ela tivesse passado, estava claro que isso não a ensinara a respeitar a vida dos outros. Não mesmo. Ela separava e destruía, metia-se no banheiro dos outros e deixava para trás os próprios brincos. Pegava para ela o que dava na telha e, se uma família viesse a sucumbir, isso não era algo a ser levado em consideração.

Não, Lindinha. Você pode ficar no seu cantinho com a sua história triste. O seu sofrimento só está começando. Por outro lado, poderia ser útil ficar sabendo do que você estava fugindo quando se mudou para Estocolmo.

Henrik já tinha saído às quatro. Bem-vestido e de barba feita, envolto numa nuvem de colônia pós-barba, ele foi embora para tomar uma cerveja com o Micke. Passou a maior parte da tarde no escritório, mas de vez em quando saía e ficava andando de lá para cá pela casa. Como um bicho enjaulado. E ela, ela era o funcionário detestável que cuidava do bicho, a pessoa de quem ele dependia, mas que ao mesmo tempo garantia que a prisão fosse mantida.

Colocou Axel na cama às 8 horas e, graças a Deus, ele dormiu direto. Só de saber com quem Henrik estava, ficava arrepiada, como se um ser abjeto estivesse subindo pelo seu corpo. Nenhum dos programas na TV conseguia distrair as suas fantasias. Ficava imaginando onde estavam, o que estavam fazendo, se naquele momento eles estavam deitados um juntinho do outro ou se ele a consolava. Se ele dava à outra todo o amor e carinho que um dia foi dela.

Henrik e Eva.

Fazia muito tempo.

Como as coisas ficaram desse jeito? Quando é que tudo de repente ficou tarde demais?

Ela estava ali sozinha enquanto ele já tinha arranjado uma companheira, alguém em quem confiar na vida e com quem ele podia — com toda a paz e tranquilidade — traçar as alternativas para uma vida a dois. Era uma sensação insuportável ser trocada assim de repente, rejeitada, substituída por uma outra que supostamente atendia melhor às expectativas que ele tinha na vida. E ele não tinha mencionado nada sobre a sua decepção. Não, não tinha. Ele nem sequer mostrava o devido respeito por ela e se explicava, nem sequer dava a ela a chance mais do que justa de entender o que tinha acontecido.

Desligou a TV e a sala ficou negra. Não tinha forças nem mesmo de acender um abajur apesar de a noite ter chegado. Estava na poltrona em frente à vidraça do terraço. Lá fora estava escuro como breu. Nem sequer a lua tinha forças para iluminar o jardim declarado morto. Acendeu um abajur e se esticou para pegar um livro que tinha começado a ler antes do risco vermelho no calendário. O livro ficou aberto no colo.

Não estava mais interessada nele.

Será que Linda leu o e-mail que ela enviou? Bem, foi ela mesma quem escreveu o texto. Pensou em como eles iam reagir ao se deparar com as palavras conhecidas, no que Henrik ia pensar ao reconhecer a declaração de amor da Linda que ele mantinha trancada a sete chaves no armário. Talvez ele desconfiasse de alguma coisa, mas como teria coragem de perguntar a ela? Sorriu diante do dilema que criou para ele. E então, Henrik? O que você vai fazer agora? Se a sua legítima esposa, a mãe do seu filho, é possivelmente o seu pior inimigo?

Olhou para a própria imagem refletida no vidro negro da janela. As palavras de Linda tinham se armazenado na memória sem serem convidadas, estavam ali gravadas como uma tatuagem de mau gosto. Sabia que a seguiriam pelo resto da vida.

Então percebo que estou disposta a perder tudo para poder viver do seu lado. Te amo. Da sua L.

Ser amado desse jeito.

Queria ser tão amada quanto Henrik estava sendo.

Ficou pensando em como ele teria respondido a carta. Se de repente ele encontrou palavras que nunca usou antes, que nunca tiveram razão de serem usadas. Palavras que, durante o casamento deles, ficaram quietinhas esperando o tempo certo de sair, já que não eram necessárias naquele contexto. Palavras que eram grandes demais, fortes demais, exageradas, mas que finalmente tinham razão de se libertar e de serem colocadas em uso.

Para ajudá-lo a segurar o que tinha achado.

Ser amado desse jeito.

E se deixar ser amado desse jeito.

Fechou os olhos ao ter que admitir que o que ele estava vivendo nesse momento era o que ela sempre sonhou para si mesma. Uma paixão de verdade. Aquela que entraria pela sua vida e a obrigaria a se render por inteira, a não resistir. Aquilo que ela nunca viveu na vida. Amar incondicionalmente e ser amada de volta, sem precisar ficar mostrando serviço a cada segundo e sem precisar ser a enérgica nem a melhor. Poder ser a pessoa que ela realmente era atrás daquela fachada que conseguiu construir tão bem para esconder o medo do fracasso. Medo de não ser aceita, de ser abandonada.

Você é tão forte! Quantas vezes ouviu essa frase? Representava o seu papel tão bem que ninguém nunca conseguiu enxergar como ela era, ninguém via a outra que se escondia lá trás. Bateu uma vontade de poder expor suas fraquezas e, apesar disso, continuar consciente do seu valor. Uma vontade de deixar de lutar para merecer as coisas, poder se abrir para que alguém entrasse lá dentro sem que ela ficasse com medo.

Queria que alguém, alguma vez, dissesse "eu te amo" para ela e quisesse dizer exatamente cada sílaba dessas palavras, e que esse alguém desejasse que houvesse frases melhores, já que nem mesmo "eu te amo" seria suficiente.

Respirou fundo e abriu os olhos. A confissão fez com que o coração acelerasse. Viu o próprio rosto no vidro negro da sala e teve vergonha do momento de fraqueza. Ela era uma mulher forte e independente, e tudo aquilo eram bobagens românticas.

Mas mesmo assim.

Será que alguém poderia amá-la desse jeito?

O sentido de dever não deixou que ela revelasse seu desejo secreto nem para si mesma. Atada a promessas e a obrigações, ela reprimiu as suas vontades, colocou todas de joelhos no milho e trancou a porta.

Para ser leal ao Henrik.

Era ele quem ela tinha escolhido para compartilhar a sua vida, juntos tinham feito muitas coisas, jamais ela iria magoá-lo dessa forma. Tentou preencher o seu tempo com o trabalho e com os amigos que davam a ela o que o marido não podia dar.

Tudo para manter a família unida.

Agora ela estava ali, sozinha.

Ele achou aquilo com que ela sonhava.

E ele mentia para ela como se a amizade deles nunca tivesse existido, como se ela e a vida que os dois compartilhavam também nunca tivessem existido, como se nunca tivessem tido algum valor.

Ficou sentada por um bom tempo olhando fixamente o reflexo dos próprios olhos, até o rosto se deformar e se transformar naquele de uma estranha.

De repente, viu que algo se mexeu lá fora. Alguma coisa que estava bem perto, viu um vulto atrás do reflexo no vidro. O medo deu um choque elétrico no seu corpo, alguém estava ali no terraço e olhava para ela. Rapidamente, ela desligou o abajur, levantou-se e foi andando de costas. O aperto no peito. Estava um breu lá fora, somente sombras difusas dos galhos das árvores apontando para o céu negro. Estava em pé de costas para a parede sem coragem de se mexer. Alguém entrou na casa de mansinho e foi na ponta dos pés para o terraço, aproveitou-se da escuridão para se esconder e espiar o que ela estava fazendo. Alguém apenas a alguns metros dela penetrou nos seus pensamentos mais recônditos.

De repente, deu uma saudade de Henrik. Queria que ele já estivesse em casa.

Devagar, ela foi para a cozinha, mas não tirava os olhos do vidro. Andando de costas, correu para o telefone na cozinha e digitou com rapidez o número do celular dele. Dois, três, quatro toques. E o silêncio assim que ele desligou a chamada.

Nem mesmo a secretária eletrônica no celular estava funcionando.

Ela estava sozinha.

Dentro de casa.

E lá fora no terraço, na escuridão da noite, havia alguém bem perto dela que também sabia disso.

Sem dúvida, a mulher que mentiu para ele morava numa casa bonita. A casa de madeira devia ter uns cem anos. Era amarela com detalhes brancos e rodeada por árvores frutíferas secas à espera da primavera. Dois carros na garagem: um Saab 9-5 e um Golf branco. Ambos de modelos muito mais recentes do que o Mazda dele.

Lá dentro, no idílio daquele bairro de gente bem de vida, estava a mulher que tinha abusado do seu corpo e enganado a sua alma. Ela e aquele denominado "nós".

Estacionou o carro a alguns quarteirões da casa e percorreu o último trecho a pé. Passou a tarde toda angustiado até conseguir sair do apartamento, mas quando finalmente teve coragem de colocar o pé na rua, foi tudo — para sua surpresa — mais fácil do que pensava. Talvez esse sentimento novo o tenha ajudado, o sentimento de que foi cometida uma injustiça e de que ele era a vítima. Uma necessidade de se defender contra o inimigo exterior ao invés do interior.

Passou pela caixa de correio da casa, uma criação em metal azul-cobalto que precisava de chave para ser aberta com uma abertura mínima que exigia o trabalho de duas mãos. Era odiada pelos carteiros e entregadores de jornal. E lá estavam eles, tão lindos assim juntinhos, os nomes dos dois que dividiam o lar na frente dele: Eva & Henrik Wirenström-Berg. Eva e Henrik.

À esquerda da casa, o terreno deles se estendia até uma área cheia de árvores, que pertenciam a um parque. Apenas um conjunto de arbustos baixos separava a casa do parque. Olhou em torno e, já que não viu nenhuma alma viva, foi calmamente para o parque e se enfiou no meio das árvores. Em pé atrás de uma árvore com as mãos na casca áspera do tronco, examinou o terreno atrás da casa. Um terraço, um gramado, árvores frutíferas, canteiros e lá no canto uma casinha de ferramentas pintada de amarelo. Tudo muito limpo e caprichoso, a casa bem cuidada de alguém. Olhando ainda na direção da casa, encostou o rosto no tronco, sentiu a aspereza contra a pele e um estremecimento percorreu o corpo todo. Imaginou que ela podia estar lá dentro, atrás daquelas janelas. E que *ele* também estivesse lá, ele que se chamava Henrik e que era merecedor, mas que mesmo assim fora traído por ela.

Uma puta, era isso o que ela era.

Deve ter permanecido assim uma meia hora atrás da árvore, quando a porta que dava para o terraço se abriu. Primeiro ele não conseguiu ver quem abriu, mas após um segundo, ela surgiu de repente na frente dele. A reação que teve o pegou totalmente de surpresa. Ele odiava aquela mulher, no entanto, quando a viu assim vivinha diante dele, despertou-se nele um desejo que nunca havia sentido em toda sua vida. Em todos aqueles anos de fome de pele, em todas as noites no hospital com o corpo frio de Anna junto ao dele — nunca, jamais desejou tanto alguém como aquela mulher na sua frente. Mas ele a odiava, ela o havia enganado e usado. Os sentimentos incompatíveis brigavam por espaço dentro dele e ele se viu obrigado a agarrar a árvore com mais força para continuar de pé.

Estava tão perto agora... mas mesmo assim tão distante. Ela sentou-se no terraço e segurava o telefone com uma das mãos. Na outra, segurava uma folha de papel A4. Sobre os ombros, um casaquinho azul-claro.

Primeiro ela ficou sentada fitando a grama. Depois, olhou para o telefone que segurava e digitou um número. Não podia ouvir o que ela dizia, somente algumas palavras isoladas chegavam até ele atrás da árvore.

O telefonema durou uns cinco minutos e, assim que ela desligou, olhou de novo para o papel e digitou um outro número.

A sensação de poder vê-la sem que ela soubesse que ele estava ali o deixou excitado. Ela estava ali, entregue aos olhos dele e completamente indefesa, era ele quem estava no comando. Ela fazia uma ligação atrás da outra e ele queria saber para quem ela telefonava e o que dizia. Estava séria ao telefone, não sorriu nenhuma vez. Em seguida, ela tirou o casaquinho dos ombros e o colocou no banco ao lado. Ele pôde ver o contorno dos seios debaixo da camisa, os seios que ela havia deixado serem acariciados por ele havia apenas alguns dias. Queria aquele casaquinho que havia pouco estivera nos ombros dela, sentir seu cheiro, tocá-lo.

O telefone tocou. Ela apertou um botão e disse alô. Precisava ouvir o que ela estava dizendo. De mansinho e quase sem respirar para não atrair a atenção dela, ele foi avançando entre as árvores até chegar nas últimas, as que demarcavam o começo do terreno da casa. A alguns metros, a casinha amarela no jardim.

Agora ela olhava para o piso do terraço.

Ele não hesitou. Aproveitou a oportunidade para correr o último pedaço e parou atrás da casinha. Através de uma brecha entre a tábua da parede e o cano que drenava a água da chuva, ele podia vê-la com um dos olhos, mas a voz dela continuava inaudível. Ele ainda estava longe demais.

Ela deu mais alguns telefonemas e então se ergueu de repente, para depois sumir pela porta do terraço. O casaco azul-claro ficou no banco.

Continuou em pé por um tempo, sem saber o que ia fazer. O sol já tinha sumido atrás da copa das árvores e ele percebeu que estava com frio. Enquanto ela estava ali na frente dele, não se deu conta das necessidades do seu corpo físico. Talvez fosse por causa da aura dela, de alguma coisa nela que o protegia.

Correu o trecho curto de volta para o meio das árvores, depois foi com calma rumo à rua que dava para a frente da casa e permaneceu ali mesmo. Queria dar uma olhada no outro. Aquele que, ao que tudo indicava, se chamava Henrik e era denominado "nós". Até agora, não tinha visto nem sombra dele. A passos lentos, passou pela caixa de correio com o nome dos dois. Percebeu que não podia ficar ali sem chamar atenção. Assim, foi para a rua onde havia estacionado o carro. Sentia muito frio e, já de volta ao carro, ligou o aquecedor na temperatura máxima.

Voltar para o apartamento não era uma ideia nada animadora, era como se um ímã o puxasse para a casa amarela com detalhes de madeira branca. Engatou a primeira marcha, deixou o campo magnético puxá-lo, percorreu bem devagarinho o pequeno trecho em volta do quarteirão e, por fim, lá estava ele de volta. Ela estava ali dentro daquela casa. E ele também, o outro, aquele que era merecedor.

Acabava de passar pela caixa de correio quando a porta da entrada se abriu.

E lá estava ele.

O pé freou sem o comando do cérebro. O homem lá fora trancou a porta e olhou curioso na direção dele. Jonas virou o rosto para o outro lado, queria ver mais, conferir os detalhes, mas não queria ser visto. Agora não. Ainda não.

A uns cem metros, sabia que podia contornar. Ao passar pela casa no caminho de volta, o seu adversário estava no Golf e dava ré para sair da garagem. Jonas desacelerou e deixou o outro carro passar. Viu, contra o vidro iluminado do Golf, que a mão do outro agradeceu e Jonas respondeu balançando de leve a cabeça.

Não há de quê. Eu também comi a sua mulher.

Mantendo uma distância conveniente, ele seguiu o Golf. Saiu do bairro residencial de ruas estreitas e pegou a estrada para o centro da cidade. Entre eles havia alguns carros, ninguém ficaria sabendo que ele estava ali espionando, controlando. De repente, sentiu-se calmo. A obsessão estava bem longe dele.

Depois da Danvikstull, pegaram a esquerda em direção à região de prédios novos em Norra Hammarbyhamnen, depois a primeira à direita e à direita de novo. Ele conhecia bem aquela parte da cidade. Fazia alguns anos que trabalhara ali substituindo alguém doente numa semana em que a cidade inteira estava de cama devido a uma onda de gripe. O carro na frente dele virou à direita na Duvnäsgatan e sumiu de vista por um instante. Jonas desacelerou quando viu que o outro estacionou, seguiu um pouco mais adiante, estacionou também e saiu do carro. Foi a pé para a Duvnäsgatan e, naquele exato momento, a porta do Golf se abriu. De trás de um portão a uns dez metros dali, saiu uma mulher loura da idade dele, talvez uns anos mais velha. Jonas enterrou ainda mais o capuz do casaco na cara e começou a subir a rua pelo outro lado da calçada. Parou em frente a uma vitrine na altura de onde estava o Golf. Podia ver a mulher e o outro pelo reflexo na vitrine e não se espantava com mais nada. De repente, as peças do quebra-cabeça não se encaixavam mais. Por um instante, Jonas mudou de foco para ler o que estava numa placa dentro da vitrine à sua frente: "Aluga-se". Não havia nada a ser olhado, a vitrine estava vazia. Mas o reflexo no vidro revelou ainda mais. A mulher — que acabara de sair do portão — e o homem chamado Henrik — que deixara seu lar aconchegante — estavam ali bem juntinhos um do outro. Do outro lado da rua, os dois se abraçavam sem se mexer muito, era um abraço quase estático. Jonas tinha a impressão de que podiam cair caso um deles se soltasse.

Continuaram assim por um bom tempo. Em breve, ele chamaria a atenção dos dois por estar na frente de uma vitrine vazia, caso pudessem reparar em alguma coisa fora da redoma onde se encontravam.

Quem era aquele cara? Na casa que ele acabara de deixar havia uma mulher que tinha tudo o que um homem podia querer. Mesmo assim, lá estava ele nos braços de outra.

Sem se virar, Jonas foi descendo a rua de volta para o carro. Estava confuso agora, queria saber o significado do que tinha visto, se aquilo era mesmo o que parecia ser. Marido e mulher dando vazão aos seus desejos com outras pessoas e não entre eles mesmos.

Mas que sacanagem!

Nem morto.

No dia em que se casasse e alguém o amasse de verdade, do jeito que ele era, no dia em que alguém o quisesse, jamais pularia a cerca. Soltaria toda a paixão que guardava dentro dele e faria dessa mulher uma rainha. Iria adorá-la, fazer tudo o que ela pedisse, ficaria ali amando, a cada segundo.

Jamais iria trair. O amor dele podia fazer milagre, era só alguém abrir a porta e deixar esse amor entrar. Era só alguém querer recebê-lo. Por que nenhuma mulher podia ver a capacidade que ele tinha, a força interior dele? Por que ninguém queria receber aquilo que ele tinha para dar?

Anna sabia disso tudo. Mesmo assim, ele não serviu para ela.

Aquela vontade enorme o invadiu de novo, a vontade de sair da solidão. Ficou pensando no homem chamado Henrik que ele acabara de ver nos braços de uma outra mulher. Ele que tinha tudo o que um homem podia desejar e mesmo assim não se dava por satisfeito.

E Lind... Eva.

Eva.

O que é que ela queria dele naquela noite?

Pelo canto do olho, viu que um carro passava ao lado do seu, mas somente quando o outro carro já estava na frente é que pôde ver que era o Golf. A mulher estava no banco do carona.

Girou a chave do automóvel e, mais como um impulso natural do que uma decisão consciente, seguiu atrás deles. Pegou à esquerda da rua Renstiernas, seguiu para a Ringvägen e depois para a Nynäsvägen. Não se preocupou em se manter distante, ele tinha o direito de ir para onde bem entendesse.

Mesmo que fosse para uma pizzaria solitária a meio caminho de Nynäshamn se ele quisesse, e foi isso mesmo o que ele fez. A 100 metros dele, viu que o Golf parou no estacionamento pequeno do restaurante. O local não parecia especialmente luxuoso, nem mesmo agradável. Supôs que a escolha de restaurante deveu-se à boa distância do endereço de casa. A infidelidade exige cautela e ele, mais do ninguém, sabia muito bem disso. O desprezo aumentava enquanto via os dois desaparecerem pela porta de vidro. O braço dele em volta dos ombros dela, protetor, atencioso. Como uma mulher podia ser tão estúpida a ponto de confiar num homem que naquele exato momento estava enganando uma outra mulher?

Não dava para entender.

Aguardou um pouco antes de sair do carro, não se apressou, pelo contrário, leu minuciosamente o cardápio plastificado ao lado da porta. Estavam sentados de frente um para o outro numa mesa de canto e um homem de aparência estrangeira anotava o pedido. O restaurante não parecia ser muito concorrido, pois apenas duas mesas a mais estavam ocupadas. Em uma delas, havia três garotos adolescentes cuja idade aparente dificilmente legitimava o copo de cerveja que tinham nas mãos; na outra, uma família com crianças que acabava de receber a conta. Mesmo assim, não ficaria estranho se ele escolhesse a mesa bem ao lado dos dois. Ele deu os poucos passos necessários e, na hora em que puxou a cadeira, viu o homem chamado Henrik, adúltero, devolver o cardápio. Jonas sentou-se e alguns segundos mais tarde estava com o mesmo cardápio nas mãos.

As mãos.

As mãos dos dois tinham acariciado a mesma mulher. As dele com um amor sem igual, as do outro, numa traição sem tamanho.

Apesar disso, era ele, o outro, que tinha direitos sobre ela. Largou o menu em cima da mesa, não queria tocar nele. Tentou lembrar algum nome de pizza que tinha lido no cardápio ao lado da porta.

Em seguida, o homem de aparência estrangeira foi para a cozinha e os dois começaram a conversar. Podia ouvir sem se esforçar cada palavra do que os dois diziam, embora estivessem falando baixinho. Então, de repente tudo ficou claro para ele. Sabia por que aquilo tudo havia acontecido. Sabia por que estava predestinado que ele a visse — havia duas noites — lá embaixo dos toldos vermelhos, o porquê de os dois terem se encontrado.

Ele tinha recebido uma missão.

E ele que tinha pensado que ela fora enviada para salvá-lo. Mas era justamente o contrário! Era ele quem tinha sido enviado para salvá-la. O veredicto pérfido e impiedoso dos dois enquanto cada um comia a sua Quattro Stagioni lisinha. Ela, que nem sequer estava presente para se defender.

Não conseguiu comer. Deixou a pizza intacta e pediu a conta.

A voz dos dois ecoava na cabeça durante a viagem de volta para Nacka.

— Quando é que você vai contar tudo para ela? É que eu não vou aguentar essa situação por muito mais tempo.

— Eu sei. Mas é que tem o Axel. Primeiro tenho que arranjar um apartamento para ele também poder morar comigo.

E somente depois de tudo o outro percebeu que, no meio daquele egoísmo todo, havia um filho.

Um filho.

E num restaurante fora da cidade, escondido com medo de ser visto, o pai dele estava ali comendo pizza com uma putinha.

Já tinha anoitecido quando ele fez a curva na rua onde ela morava. Fora do carro, ficou contemplando o jogo de luzes das torres de Nacka a alguns quilômetros de distância. Os raios se dividiam em estradas de linhas retas que atravessavam as nuvens para depois desaparecer no infinito. É claro que ela morava debaixo de um refletor, era só seguir a luz.

Dessa vez ele entrou diretamente no terreno da casa. Parou diante das janelas e olhou com cuidado lá dentro, viu que tudo estava apagado e deu a volta pela propriedade. Nem sombra dela. Em seguida, foi para trás da casa e viu pela vidraça do terraço a luz de um abajur. Estava na grama para não ficar perto demais, não queria correr o risco de ser visto. Ainda não. Não antes que ela estivesse pronta.

Então, ele finalmente pôde vê-la. Apenas com um abajur aceso, sentada numa poltrona bem perto da vidraça. Por um segundo, achou que ela olhava fixamente para ele, mas percebeu depois que os olhos fixos estavam num ponto indefinido na escuridão que o envolvia lá fora. Não conseguiu resistir, teve que chegar mais perto. Passo a passo, bem de mansinho, ele se aproximou do terraço. Três degraus na escada e ele estaria perto. Bem perto. Apenas um pedaço de vidro impedia que ele tocasse nela. Ela tinha um livro aberto no colo e ele contemplava as mãos dela cruzadas sobre ele. As mesmas mãos que o acariciaram e que o fizeram viver de novo. Tinha apenas um único desejo: poder sentir mais uma vez aquelas mãos na sua pele. Tinha que matar essa vontade, dar a ela tempo de entender. Levantou os olhos e viu o rosto dela. Estava inexpressivo, mas lágrimas caíam e escorriam pela face fazendo trilhazinhas brancas na pele.

Ah, meu amor, se eu pudesse te abraçar! Não tenha medo, eu estou aqui do seu lado, tomando conta de você. Vou mostrar para você o quanto eu te amo. E quando você entender que estou disposto a fazer tudo para ganhar o seu amor, então você vai me amar. Para sempre. E eu nunca vou te abandonar. Nunca.

Sentiu de repente que os próprios olhos se encheram d'água de tanta gratidão. Ele e ela, juntos nas lágrimas, apenas a alguns metros um do outro.

Nem sequer teve medo quando pensou na noite solitária no apartamento.

Tranquilo na sua certeza, foi andando de costas, deu a volta na casa e foi para o carro.

Quem é que, senão ele, sabia muito bem o que uma traição fazia com uma mulher e o que era necessário para salvá-la?

Dessa vez ele não ia fracassar.

Ele tinha recebido uma segunda chance.

Não conseguiu pregar os olhos a noite inteira quando, por fim, ouviu as chaves na porta. Ficou andando para lá e para cá no escuro na frente da janela, olhando o tempo todo para o jardim. Não viu nenhum movimento, nem mesmo um ruído, apenas as sombras fracas das árvores projetadas pela lua quando esta saía do meio das nuvens. E a luz velada das torres de Nacka.

Assim que ouviu que ele estava chegando, foi depressa para o quarto e se enfiou nas cobertas perto de Axel. O relógio marcava quatro horas.

Ele fez tudo devagar no banheiro. Levou mais de meia hora para ouvir que ele subia as escadas e, após alguns minutos, ele se deitava do outro lado da cama de casal. Somente então ela se virou fingindo que tinha acordado.

— Oi.

— Oi.

Ele se deitou de costas para ela.

— E aí, se divertiram?

— Hum.

— Então, como vai o Micke?

— Tá tudo bem com ele. Boa noite.

Já no domingo de manhã, ela percebeu que ele queria dizer alguma coisa. Ele continuava com as excursões inquietas pela casa, mas passava um tempo cada vez maior fora do escritório e, às vezes, até no mesmo cômodo que ela. Não iria ajudá-lo a começar a conversa, estava gostando de ver Henrik assim, lutando. Então, por fim, à mesa da cozinha, durante um almoço rápido de omeletes feitos de qualquer jeito, ele criou coragem. Axel na cadeirinha na ponta da mesa era como um escudo no caso de um conflito imprevisto.

— Fiquei pensando naquilo que você disse, que eu devia fazer uma viagem.

Ela escolheu ficar calada. Pegou a faca das mãos de Axel e ajudou o filho a juntar o resto da comida fazendo um montinho fácil de se atacar.

— Vou viajar na segunda de manhã, se você concordar. É apenas por uns dias.

— Claro. Para onde você vai?

— Ainda não sei direito. Vou pegar a estrada.

— Sozinho?

— É.

Curso nível básico, parte 1: Para mentir com sucesso, não responda uma pergunta rápido demais. Seu grandessíssimo idiota.

Ela levantou-se e começou a recolher os pratos.

— Você está sabendo da reunião na escolinha hoje à noite, não está? Eu vou pedir para a mamãe e o papai ficarem com Axel, assim nós dois poderemos ir.

Ela viu que ele engoliu em seco.

— Eu falei com Kerstin. Parece que Linda está arrasada, coitada. Ela garante que não foi ela quem enviou aqueles e-mails.

Ele bebeu um copo d'água enquanto ela continuava:

— Você sabe como essas coisas funcionam? É possível que uma outra pessoa tenha entrado no e-mail dela?

Ele levantou-se e foi colocar o copo na máquina de lavar louça.

— Pelo visto, é possível.

Parece que ele já tinha dito tudo o que queria dizer. Ela percebeu que se queria que algo mais saísse daquela boca, a hora era aquela. Antes de ele dar os doze passos.

— Mas por que alguém está querendo fazer uma coisa dessas com ela? É muito difícil de acreditar. O que eu quero dizer é que ela pode acabar perdendo o emprego por causa de uma coisa dessas. Se alguém está de gracinha, então sou obrigada a dizer que ela tem umas amizades bem estranhas.

Ele não ia se aprofundar no assunto, estava claro. Os sete primeiros passos em direção ao refúgio já tinham sido dados.

Os pais dela se ofereceram para buscar Axel em casa e ela achou interessante a ideia de Henrik se ver obrigado a beber um cafezinho com o sogro e a sogra. Fez um bolo e forrou a mesa da sala para ficar com um ar mais festivo.

Demorou um pouco para Henrik se sentar à mesa. O máximo de tempo que pôde, ele ficou de porta fechada no escritório e, quando finalmente veio para a sala, o café já tinha esfriado. Ele desapareceu na cozinha para esvaziar o copo e depois voltou para a mesa.

— Meus parabéns! — O pai dela estava com Axel no colo. — Eva disse que você vai escrever uma série de artigos num jornal.

Henrik olhou para o sogro com cara de quem não estava entendendo.

— Estou falando daquilo que vocês comemoraram um dia desses — o pai prosseguiu explicando.

Henrik olhou para Eva. Ela não ia ajudar.

— Ah, os artigos... Sim, claro...

— É para que jornal?

— Bem, é para um jornal desses. Na verdade, não lembro o nome.

E com isso, assunto encerrado. Henrik bebia o café em silêncio e os pais dela fizeram o que podiam para a conversa não morrer. Quanto a ela, estava ali, admirada com a situação. Talvez essa fosse a última vez que todos estivessem assim reunidos. A última vez.

Em breve ela teria que contar aos pais, falar com eles sobre o dinheiro. Precisava da ajuda deles para expulsar Henrik de casa.

Mas ainda não era o momento.

— Bem... então acho que já está na hora de ir para casa, não é?

Não era uma pergunta, era mais uma constatação. Ela percebeu que a mesa estava silenciosa demais e, quando levantou os olhos, viu que a mãe a estava observando. A cadeira arranhou o chão quando o pai se levantou.

— E então, Axel? O que você me diz? Você quer ir para casa com a gente enquanto a mamãe e o papai vão para a reunião?

Eva começou a juntar as xícaras.

— Axel, se você quiser levar alguma coisa para a casa do vovô e da vovó, é melhor você ir buscar agora, por favor. Você pode levar a mochila com você.

Ela recolheu a bandeja com o bolo, que somente Axel tinha comido, e foi para a cozinha.

Ouviu que Henrik aproveitava a ocasião e fugia para o escritório.

— Vocês me desculpem, mas eu tenho que trabalhar mais um pouco. Até mais, Axel, a gente se vê hoje à noite.

Ele passou pela cozinha sem ao menos olhar de relance para ela.

Tinha algumas horas sobrando até a reunião à noite. Sentou-se na cozinha com um dos montinhos de papel que estavam perto da pia. Correspondências ainda fechadas, contas a pagar, a maioria para Henrik. Fazia tempo que ele tinha parado de abrir as próprias cartas. Com medo de que elas ficassem fechadas por um tempo demasiado e que com isso perdessem a data de pagar alguma coisa, ela começou a abri-las para ele. Nenhum deles nunca havia comentado sobre esse procedimento. Assim como tantos outros. Nunca deixaria que ele assumisse o controle quando se tratava das contas, pois estava convencida de que ele não pagaria nenhuma delas em dia. Como podia confiar em Henrik se ele nem ao menos tinha forças de abrir a própria correspondência? Mesmo assim, tinha vontade de que ele assumisse uma responsabilidade maior quanto ao pagamento delas.

Assumir uma responsabilidade maior.

Esse problema, assim como tantos outros, não faria em breve mais parte do seu mundo.

Olhou à sua volta. Tinha se esforçado tanto, gastado tanta energia... Aquela mesa antiga... Em quantos antiquários ela andou antes de comprar exatamente o que queriam? O vaso no chão que ela, com dificuldade, havia trazido do Marrocos. O vaso virou algo tão importante que chegou a pagar multa por excesso de bagagem por causa dele. O quadro da casa dos pais, as cadeiras que custaram uma fortuna, os potes de vidro nas prateleiras que nunca tinham sido usados, mas que continuavam ali, dando um ar aconchegante à cozinha. Tudo de repente ficou feio. Como se os objetos tão familiares da casa tivessem passado por uma metamorfose e ela os visse pela primeira vez. Estava indiferente a tudo aquilo que via ao seu redor. Nem conseguia se lembrar de como se sentia quando eles ainda eram importantes. Tudo o que ela antes achava ser a cara da Eva, tudo de que gostou um dia, que a sensibilizou e que considerou prioridade, nada disso fazia sentido agora. Era como se uma lente que só ela usava tivesse sido colocada na sua frente e tudo tivesse ficado diferente. Apenas ela podia ver a insignificância de tudo aquilo. Estava completamente sozinha, num mundo próprio e paralelo àquele em que as coisas aconteciam.

Apesar disso, lá estava ela tratando, como sempre, de pagar as contas do mundo lá fora.

A porta do escritório se abriu. Ele foi para a sala, mas voltou logo depois, apanhou um brinquedo do chão e levou-o para a cozinha para depois sumir de novo lá dentro do escritório.

Ela examinava um folheto informativo do município. Colocou-o no montinho que ia para a reciclagem e abriu outro envelope.

Ele saiu de novo, deu uma outra volta pela casa — aparentemente sem nenhum motivo — e, quando a mesma coisa se deu pela terceira vez, apenas uns minutos mais tarde, ela não pôde mais se segurar:

— Você está preocupado com alguma coisa?

Rasgou o plástico da frente dos envelopes e separou o restante para a reciclagem de papel.

Vê-se-você-se-enfia-no-escritório-e-não-mostra-mais-a-cara-até-a-hora-da-reunião. Talvez ele tivesse ouvido o que ela pensou, pois, em todo caso, foi isso o que ele fez.

E esperar que ele respondesse à pergunta dela era querer demais.

Finalmente chegou a hora. Fazia tempo que ela não se sentia assim, tão cheia de energia, como se estivessem a caminho de uma festa muito esperada.

Ele dirigia e ela estava no banco do carona do Golf. Foi mais prático pegar o carro dele. Ele bem que podia ficar com o Golf depois, já que o Saab era dela e financiado pela firma.

— Aliás, sinto muito por ter feito você mentir para o papai. Aquilo sobre o trabalho. Não foi essa a minha intenção.

Ele não respondeu. Com os olhos sempre à frente e as mãos no volante.

Ela continuou:

— É que eu não queria contar como as coisas estavam lá em casa na quinta, quando Axel dormiu na casa deles. Eu não queria dizer que a gente estava precisando de um momento a sós.

Dessa vez ele emitiu uma espécie de som, não era nenhuma palavra ou algo parecido, era mais um grunhido.

Ela deu um sorrisinho nas suas trevas e, num gesto de intimidade, colocou uma das mãos sobre a dele em cima do câmbio.

— Não sabia que você mentia tão bem.

O corredor já estava cheio de pais com as sapatilhas plásticas em volta dos sapatos. As cadeiras estavam espalhadas pelo piso verde, mas a maioria dos pais e mães estava em pé conversando em voz baixa divididos em grupos menores. Não se via nem Kerstin nem Linda. Henrik sentou-se perto da porta, os dedos tamborilavam nervosos no braço da cadeira.

Eva foi até a mãe de Jakob e olhou à sua volta.

— Parece que a maioria achou a reunião uma boa ideia.

Annika Ekberg balançou a cabeça numa afirmativa.

— É sim. Obrigada pela ajuda.

O burburinho silenciou quando Kerstin apareceu na porta. Ninguém na sala podia dizer que ela parecia contente.

— Boa noite para todos e sejam bem-vindos, apesar de a presença de vocês hoje à noite não se dever a algo agradável. Bem, é melhor vocês se sentarem enquanto isso.

Parecendo crianças obedientes de jardim de infância, eles fizeram o que lhes foi solicitado. A sala se encheu do barulho de plástico nos sapatos dos 33 pais que iam para suas respectivas cadeiras. A de Eva estava ao lado do seu legítimo esposo.

— Bem, vocês podem entender que a professora Linda acha isso tudo extremamente constrangedor. Mais uma vez eu gostaria de comunicar que não foi ela quem mandou esses e-mails, nós não fazemos a menor ideia de como isso aconteceu. Vou pedir ao departamento responsável pela parte de informática no município que investigue essa história. Isso é a primeira coisa que eles vão fazer amanhã de manhã. Não deu para entrar em contato com ninguém desse setor durante o final de semana.

— E a Linda? Ela não veio?

Era a mãe de Simon que perguntava. O tom era cheio de desconfiança, todos na sala perceberam logo que ela definitivamente não gostou das cartas de amor enviadas para o marido.

Bem-vinda ao clube.

— Ela está aqui. Eu só queria dizer isso primeiro.

Ela deu um passo para o lado e deu lugar a Linda, que apareceu de cabeça baixa na porta. Kerstin colocou um braço protetor em volta dos ombros dela e o toque fez com que a professora começasse a soluçar. Eva viu do canto do olho que Henrik fechava os punhos.

Linda limpou a garganta, mas continuou olhando para o tapete no chão.

Vê se encara as pessoas. O tapete não vai te ajudar.

Então ela abriu a boca e deu início à defesa:

— Eu não sei o que dizer para vocês.

A sala estava totalmente quieta. O silêncio durou um bom tempo, suficiente para fazê-la cair em pranto. Linda escondeu o rosto atrás de uma das mãos e Henrik remexeu-se inquieto na cadeira.

— Existe outra pessoa além de você que tem acesso ao seu e-mail?

Eva não reconheceu a voz que perguntava atrás dela.

— Não que eu saiba. E agora nem eu mesma tenho mais acesso. Parece que a senha foi trocada.

Experimenta com *cock-teaser*.

Novamente o silêncio, mas não tão demorado dessa vez.

— O que estava escrito nos e-mails?

Uma voz de mulher dessa vez, também desconhecida.

— Não sei. Como eu já disse, não foi eu quem escreveu e também não li o conteúdo deles.

— Eu posso ler se vocês quiserem.

O pai de Simon pegou uma folha A4 dobrada no bolso do casaco. Limpou a garganta antes de começar a ler com um tom seco e objetivo, como se fosse o protocolo de uma reunião.

— "Meu amor. A cada minuto, a cada instante, estou onde você está. Simplesmente saber que você existe me faz feliz. Vivo em função dos momentos que passamos juntos. Sei muito bem que o que estamos fazendo é errado, que não deveríamos sentir o que sentimos um pelo outro. Mas como posso negar o que eu sinto por você? Não sei quantas vezes prometi a mim mesma que tentaria te esquecer, mas então você aparece na minha frente e eu não consigo. Se tudo vier à tona, provavelmente vou perder o meu emprego e você a sua família, o caos se instalaria. Apesar disso, não consigo deixar de te amar. E ao mesmo tempo que rezo para que tudo isso nunca tivesse acontecido, morro de medo de que as minhas preces sejam ouvidas. Então percebo que estou disposta a perder tudo para poder viver ao seu lado. Te amo. Da sua L."

Era como se o próprio ar dentro da sala tivesse se transformado durante a leitura em voz alta. A cada sílaba que o pai de Simon pronunciava, Linda levantava os olhos centímetro por centímetro para encontrar os de Henrik. Eva virou-se um pouco para poder vê-lo. A expressão que ele tinha no rosto era impossível de ser decifrada. "Horrorizado" foi a primeira palavra que veio à tona no cérebro dela. Em seguida, ele se virou para ela e foi a primeira vez em muito tempo que se olharam. E ela viu que ele estava com medo. Medo de que as suas suspeitas fossem confirmadas. Medo de que ela soubesse de tudo. Então ela sorriu de leve para ele e se levantou.

— Escuta aqui, pessoal. Eu gostaria de dizer uma coisa, se possível. Já que, ao que tudo indica, Linda não enviou esses e-mails, então devemos acreditar nela. Imaginem só ser exposto a uma coisa dessas e depois precisar ficar aqui na frente de todo mundo para se defender.

Ela virou-se para Linda.

— Eu entendo que isso tudo deve estar sendo horrível para você. Eu acho que você foi muito corajosa ao se colocar à disposição e vir nos encontrar aqui hoje. Mas feche a boca, sua vagabunda de uma figa, antes que você comece a babar.

Ela virou-se para o público.

— Então, o que vocês me dizem? Agora é só deixar que o setor de computação esclareça o que aconteceu e a gente tenta passar uma borracha nessa história toda. Temos que pensar nas crianças, pois elas vêm em primeiro lugar, não é mesmo?

Um pouco de burburinho e alguém que concordava com a cabeça. Henrik assumiu a mesma expressão do rosto de Linda: sentado de boca aberta, de olhos fixos na mulher.

Mais um elemento em comum que servia de base para eles construírem um futuro a dois.

A mãe de Simon era a única que parecia ter uma opinião diferente. Aquela história não podia ser esquecida assim, como se nada tivesse acontecido.

Eva virou-se para Linda e para Kerstin e deu um sorriso. Kerstiu respondeu agradecida ao sorriso dela e talvez Linda também tenha tentado fazer o mesmo, estava certa disso.

Kerstin deu um passo à frente e colocou a mão no braço dela.

— Obrigada, Eva. Obrigada mesmo.

A coordenadora olhou para o grupo de pais à sua frente.

— Linda pediu para ficar em casa os primeiros dias dessa semana, e eu acho que é uma boa ideia. Ela precisa descansar um pouco depois de toda essa história.

Eva lançou um olhar para Henrik, que agora estava sentado de olhos cravados no chão. Ela sabia que ele nunca teria coragem de perguntar a ela se as suspeitas dele tinham algum fundamento. Isso significava que ele seria obrigado a assumir o canalha covarde e mentiroso que ele era.

Ela ainda estava no comando.

E amanhã de manhã, ela vai acenar sorridente para ele da garagem e dirá o quanto ela espera que ele aproveite os dias de folga e, é claro, ela também vai pedir que ele dirija com cuidado.

Quanto a ela, estaria ocupadíssima durante a ausência dele.

Estava no meio das árvores do parque quando o Golf veio subindo para a garagem. O desânimo o invadiu quando percebeu que a casa estava vazia e que ele não sabia onde ela estava. Assim que o carro parou, a porta do motorista se abriu e o homem chamado Henrik saiu do carro e foi a passos rápidos para dentro de casa. Ela estava no banco do carona e, quando a porta do carro se abriu e a luz se acendeu, podia jurar que ela estava sorrindo. Em seguida, ela saiu do Golf, ficou um instante ao lado do carro e foi calmamente em direção à porta. No mesmo instante em que ela colocou a mão na maçaneta, Jonas digitou o número no celular e assim que ela sumiu dentro de casa, ele ouviu a voz.

— Alô.

— Estou falando com Henrik Wirenström-Berg?

— Ele mesmo.

Cutucou uma lasca do tronco da árvore à sua frente até arrancá-la. Não ia se apressar nem um pouco.

— Você está sozinho?

— O quê?

— Estou querendo saber se você pode falar sem ser incomodado.

— Com quem estou falando?

— Desculpa, meu nome é Anders e...

Fez uma pausa estratégica antes de continuar:

— Preciso falar com você sobre uma coisa.

— Hã? Sobre o quê?

— É melhor a gente se encontrar em algum lugar. Não quero falar sobre isso por telefone.

Fez-se silêncio. Pôde ouvir ao fundo o som de copos e pratos e, logo depois, o de uma porta sendo fechada. Uma lâmpada foi acendida em uma das janelas na frente da casa.

— Do que se trata?

— Eu posso amanhã, a qualquer hora e em qualquer lugar. É só você dizer a hora e o local que eu apareço.

— Amanhã estou ocupado.

Estou sabendo, seu imbecil. Mas você tem tempo antes de o navio partir.

— Então na terça?

— Também não dá. Vou estar viajando por alguns dias.

Não ia esperar tanto tempo, não suportaria. Tinha que forçar um encontro com ele de algum modo, mas o quanto ele devia dizer? Não tinha a mínima vontade de ficar suplicando ao canalha do outro lado da linha, mas ao pensar que tudo aquilo que estava fazendo era por causa dela, ele conseguiu superar a própria falta de vontade.

— Henrik, é melhor para nós dois que a gente se encontre o mais rápido possível. Somente eu e você.

E, em vista da ausência de resposta, fez uma insinuação de leve dando a última cartada para pressioná-lo:

— É que eu não aguento mais ficar te enganando.

O silêncio que se seguiu confirmou que as palavras deram resultado. Era uma frase inofensiva. Como aquele adúltero iria saber como ou com quem alguém o enganava?

Mas só o fato de que alguém estava fazendo algo por trás das costas dele, ao mesmo tempo que ele mesmo enganava uma outra pessoa, o deixaria interessado o bastante para marcar um encontro.

Em seguida, limpou a garganta.

— Podemos nos encontrar amanhã de manhã às 9 horas. Na frente da entrada principal do terminal de navios da Viking Line, no Stadsgården. Então, o que você me diz?

— Certo, eu sei de que local você está falando. Até amanhã às 9.

Desligou o telefone e olhou sorrindo para a janela iluminada na sua frente. Depois deu meia-volta e foi em direção ao carro.

Raramente tinha uma noite tranquila como aquela e, pela primeira vez em muito tempo, acordou completamente descansado. Passou um tempo considerável escolhendo as roupas no armário. Era importante que estivesse vestido corretamente para a ocasião. Esse Henrik devia entender que estava sendo manobrado por um homem superior a ele. Não queria tirar o casaquinho azul-claro com o qual tinha dormido, sabia muito bem de onde vinha a sua calma. O casaco ainda tinha o cheiro dela, mas tinha consciência de que ele era uma proteção temporária.

O telefone tocou.

Olhou para o relógio de pulso. Apenas sete da manhã. Quem ligaria a essa hora numa segunda-feira? Somente quando já estava segurando o fone é que percebeu que não tinha contado a quantidade dos toques.

— Alô.

— Jonas? Olá. Aqui quem fala é Yvonne Palmgren do hospital.

Não teve tempo de dizer nada, apenas de encher o pulmão de ar, cheio de raiva.

Tudo indicava que dessa vez ela não deixaria que fosse interrompida.

— Eu quero marcar um encontro com você, Jonas. O enterro da Anna é na sexta e é muito importante que você participe desse processo.

— De que processo? Será que vocês estão querendo que eu cave o buraco?

Ouviu que ela suspirou.

— A cerimônia será na capela do hospital e eu gostaria que você estivesse aqui para decidir como ela será feita. Que roupa Anna vai usar, que tipo de música, as flores, como o caixão deve ser decorado, pois é você quem mais sabe do que ela gostava.

— Pergunta ao Dr. Sahlstedt. Segundo ele, ela não podia sentir mais nada antes de morrer, então acho muito difícil que ela agora, assim de repente, comece a se importar tanto. Além do mais, estou muito ocupado essa semana.

Bateu o telefone e constatou, irritado, que a conversa o deixara abalado. Incomodado. A única forma de reagir era atacar de volta. Foi para o corredor, apanhou a carteira e o papelzinho que tinha recebido do Dr. Sahlstedt. Ela atendeu após o primeiro toque.

— Aqui quem fala é Jonas. Eu só queria dizer que se você ou outra pessoa me ligar por causa de Anna ou por qualquer outra coisa que tenha a ver com ela... Eu não tenho nenhum tipo de obrigação com respeito a ela, eu já fiz mais do que devia por aquela filha da puta. Será que fui bem claro?

Ela demorou a responder. Quando começou, falou calmamente, mas expressiva, como se cada palavra estivesse sublinhada com caneta vermelha. Num tom de desprezo, como se fosse superior a ele.

— Você está cometendo um grande erro, Jonas.

O nojo que ele sentia transbordou:

— Mais uma palavra sua e eu juro que vou te...

Interrompeu o que ia dizer e arrependeu-se das palavras no mesmo instante em que as pronunciou. Não devia ser ousado demais. E nem revelar — para aqueles que não deviam saber — que era ele quem detinha o comando naquele momento, pois isso poderia ser usado contra ele mesmo.

Bateu o telefone na cara da psicóloga e não se mexeu por um tempo, tentando se acalmar. Vestiu o casaquinho azul-claro novamente e deitou-se na cama para reunir as forças e retornar para o armário. Porém, levou um bom tempo até conseguir parar de pensar naquela conversa indesejada.

Chegou adiantado no ponto de encontro, meia hora antes do combinado. Queria controlar tudo, estar preparado, vê-lo chegando e escolher ele mesmo quando e como dar o primeiro passo. Ficou se perguntando se ele viria sozinho ou se também traria a putinha. Na verdade, isso não tinha importância, mas preferia que ele viesse sozinho. O navio deles partiria somente às 10h15, ele tinha ouvido o horário na conversa na pizzaria.

Era simples desaparecer no meio da multidão da cúpula do terminal. Sentou-se num banco ao lado de um grupo de finlandeses de meia-idade que estavam de ressaca e vestiam roupa esporte. Dali podia ver a entrada principal. E às 8h55 ele apareceu, sozinho. Ficou parado bem perto da porta, colocou a mala pesada no chão e lançou um olhar inquisidor ao seu redor. Jonas ficou aguardando, queria que o outro esperasse um pouco. Viu que ele olhou várias vezes para o relógio de pulso e virou-se para todos os lados, examinando minuciosamente os homens que passavam.

Jonas fechou os olhos e suspirou fundo no escuro, descansando por um momento na calma que sentia. Era a primeira vez que sabia o que estava por vir. Sabia que o futuro guardava a recompensa depois de tanto lutar e que o medo não mais tomaria conta dele. Aquela certeza era tão rara quanto bem-vinda, totalmente libertadora, uma misericórdia que abarcava tudo.

Em seguida, foi se dirigindo para o inimigo.

Parou a um metro dele, mas não disse nada e deixou que ele continuasse na dúvida. Por fim, foi o outro que quebrou o silêncio.

— É você que é Anders?

Balançou a cabeça numa afirmativa, mas escolheu ficar em silêncio. Era difícil resistir ao prazer que experimentava diante do incômodo evidente do outro.

— O que você quer comigo? Eu não tenho muito tempo.

Dessa vez, o tom foi de irritação.

— Obrigado por ter vindo, apesar da falta de tempo.

Jonas não ia se deixar estressar por causa dele. Em vez disso, deu um leve sorriso que podia ser considerado superior, embora essa não tenha sido a intenção. Olhou acanhado para o piso colorido da estação, tinha que representar bem o seu papel. Ele estava à procura de um aliado, pelo menos era isso que o outro devia pensar. Não devia despertar uma antipatia no homem à sua frente a ponto de não poder usá-lo. O homem chamado Henrik, que era adúltero, tinha definido as regras do jogo. Que acabara de virar uma peça de jogo indefesa, na missão que foi dada a Jonas. Ele nunca viria a saber.

Jonas levantou os olhos e viu o homem de Eva.

— Eu não sei bem por onde começar, mas é melhor eu falar sem rodeios. Eu amo a sua esposa e ela me ama.

Os olhos do outro ficaram vazios. Um branco total. Seja lá o que o homem chamado Henrik esperava, estava claro que era tudo, menos as palavras que acabava de ouvir. O lábio inferior, entreaberto, reforçava o olhar vazio completando a imagem de uma pessoa desorientada na vida. Ele permaneceu assim por um bom tempo sem que nenhum som saísse dos lábios, e nada no mundo podia se comparar à sensação de poder que Jonas sentia. Ah, sim. Somente uma coisa. Mas Eva, ele ia possuí-la somente quando fosse digno dela.

— Eu entendo que isso seja um choque para você. Sinto muito ter que fazer você passar por isso, mas acho que é melhor você ficar sabendo em que pé estão as coisas. Eu mesmo já fui traído uma vez e sei como isso dói, então prometi a mim mesmo que nunca faria ninguém passar por aquilo que passei. Eu sei muito bem o que uma traição pode fazer com uma pessoa.

O adúltero chamado Henrik fechou a boca naquele instante, mas era evidente que o significado da informação que ele tinha acabado de receber o deixara desequilibrado. Ele olhou ao seu redor na tentativa de achar algo adequado para dizer.

Jonas fitava os lábios dele. Os lábios que tinham tocado nos dela, que tinham sentido o gosto dela.

Escondeu o punho fechado no bolso do casaco.

— Mas não é Eva quem devia contar isso para mim?

— É, eu sei. Já tentei convencê-la, mas ela não tem coragem. Ela tem muito medo de como você vai reagir. Nenhum de nós quer fazer mal algum a você, de forma alguma, mas não podemos controlar o que sentimos um pelo outro, que nos amamos. E também, temos que pensar em Axel.

Os olhos do outro se encheram de ódio quando o nome de Axel saiu da boca de Jonas.

— Por causa de Axel, já tentamos várias vezes dar um fim nisso tudo, mas é que... Simplesmente não podemos ficar longe um do outro.

— Foi Eva quem pediu que você me contasse isso tudo?

— Não, claro que não.

Fez-se silêncio por um instante.

— Mas estou fazendo isso por causa dela, porque eu a amo. Ela é a mulher mais fantástica que já conheci em toda a minha vida. Perfeita, de todas as formas. Bem, você mesmo sabe do que estou falando.

Ele deu um sorriso confidente, um sorriso de aqui-entre-nós-que-dormimos-com-ela.

Viu o outro engolir em seco. Agora havia uma irritação evidente no olhar dele.

— Há quanto tempo vocês vêm se encontrando?

Jonas fingiu estar calculando.

— Deve ser mais ou menos um ano.

— Um ano?! Você está me dizendo que faz um ano que você e Eva vêm tendo um relacionamento?

Jonas deixou o silêncio falar por ele e viu que o significado da mensagem foi absorvido. A honra dela fora restituída. Agora aquele safado estava sabendo que traía uma mulher amada por outro homem, alguém que realmente a merecia. Agora ele sabia que estava sobrando na vida dela, que já tinha sido largado.

Então tá. Agora você pode ir. Quanto mais cedo, melhor.

— Eu sei. É terrível ser enganado do jeito como você foi. Faz tempo que eu queria que você ficasse sabendo de tudo, assim você mesmo podia decidir o que fazer. Teria sido melhor para todos nós se Eva e eu tivéssemos tido coragem de ser sinceros já no começo de tudo, mas agora não dá para mudar mais nada. Talvez isso sirva um pouco de consolo, mas se você soubesse a barra que é ficar enganando as pessoas... Eu realmente peço desculpas.

A porta atrás deles se abriu e a mulher de cabelos louro-claros veio arrastando uma mala de rodinhas. Ao vê-los, ela parou bruscamente e olhou indecisa para o outro lado. O olhar de Jonas na direção dela fez com que o outro a descobrisse. O homem chamado Henrik — e que acabava de ficar sabendo que nada era do jeito que ele achava que era — levantou a sua mala.

Jonas não pôde deixar de perguntar:

— Alguém que você conhece?

— Não, mas já está na hora de eu ir.

Ele fingiu que prosseguiria pelo terminal com medo de revelar a companheira de viagem.

Jonas deteve Henrik.

— Mais uma coisa, Henrik: isso é tanto pensando em mim quanto em você. Por favor, não diga nada a Eva sobre essa conversa. Ela disse que você estaria viajando até quarta, então nesses dias eu vou procurar convencê-la a contar tudo ela mesma quando você voltar. O que eu posso fazer além disso? Apesar de tudo, espero que você faça uma boa viagem. Até logo.

Com essas palavras, ele se virou deixando o outro entregue ao seu destino.

Já sabia o que o destino guardava para ele. E o desejo crescia a cada passo que dava.

Para suportar a espera, daria uma olhada nela imediatamente.

Quando as portas na Götgatan nº 76 se abriram para ela passar, o relógio marcava 9h15. Através do vidro que dava para a recepção, pôde ver que já havia bastante gente na Skattemyndigheten,* mas ela não tinha pressa. Tinha três dias para descobrir o que precisava saber. Somente na quarta-feira à noite eles estariam de volta.

Era a sua primeira vez ali, mas em que outro lugar seria possível obter o número do registro de pessoa física de alguém, se não na Skattemyndigheten? De posse desse número, achava que seria mais fácil verificar a revelação de Kerstin sobre algo desagradável no passado de Linda. Uma informação que podia ser interessante e útil.

Uma mensagem num papel branco colada na porta de vidro: "Favor pegar o número da fila referente ao assunto desejado."

Assunto desejado. Era melhor ela ficar de boca calada.

---

* Skattemyndigheten na Suécia é um órgão do governo que equivale mais ou menos à Secretaria da Receita Federal no Brasil. (*N. da T.*)

Havia quatro alternativas: imposto, residente no exterior, cadastro de residentes, comprovante P.F.

Devia ser no cadastro de residentes. Apertou o botão para receber o seu lugar na fila e sentou-se em uma das muitas cadeiras do local. Tinha quinze pessoas na frente. Olhou à sua volta. À esquerda havia quatro computadores para o uso público e ela foi conferir. Talvez fosse algum sistema de autoatendimento, seria melhor não precisar falar com ninguém. Um dos computadores estava livre e ela se sentou em frente a ele. À sua esquerda, um homem de meia-idade com um blazer xadrez sobre uma camisa mal abotoada. Vários papéis espalhados na frente dele. Ele parecia conhecer o procedimento.

— Com licença.

Ele interrompeu o que estava fazendo e olhou para ela.

— Com o nome e o endereço de uma pessoa, será que dá para obter o número do registro de pessoa física por aqui?

Ele balançou a cabeça numa afirmativa.

— Você tem que entrar no registro de base na opção menu inicial.

— Obrigada.

Ela seguiu as instruções e apareceu uma caixa de diálogo com as opções: Pessoa Física/sexo feminino, Pessoa Física/sexo masculino, Pessoa Jurídica.

Embora a opção Pessoa Física/sexo feminino a incomodasse, percebeu que era nessa categoria que tinha que buscar. Escreveu Linda Persson e o endereço que ela copiou da lista da escolinha: Duvnäsgatan 14, 116 34 Estocolmo.

O computador procurou e achou.

O número de Linda era 740317-2402.*

---

* O número do registro de pessoa física na Suécia, *personnummer* em sueco, equivale ao número do CPF no Brasil. O número na Suécia sempre tem dez algarismos e os seis primeiros correspondem ao ano, mês e dia do nascimento da pessoa. Por exemplo: se Maria nasceu no dia 23 de setembro de 1973, então o começo do seu número de registro será 730923-XXX. (*N. da T.*)

Ah, coitadinha...! Eles também iam comemorar o aniversário dela na viagenzinha de lua de mel.

É isso aí, aproveitem enquanto é tempo. Anotou o número, clicou para limpar os dados e voltou a esperar na cadeira.

— Eu gostaria de saber onde é que nasceu essa pessoa. O número dela é setenta e três, zero três, dezessete, vinte e quatro, zero, dois.

A mulher atrás do guichê digitava no computador.

— O nome é Linda Persson?

— Isso.

— O local é Jonköping.

A tela estava num ângulo que a impossibilitava de ler.

— O que mais você pode ver?

— O que você quer saber?

— Não dá para receber uma cópia?

— Dá sim.

Saiu uma cópia da impressora ao lado da atendente. Ela agradeceu e se levantou lendo.

740317-2402, F, DADOS PESSOA FÍSICA (6401 v3.34), Linda Ingrid Persson.

Uma série de abreviações incompreensíveis e de outros nomes com os respectivos números de registro. Mãe biológica e pai com nomes completos e respectivos números de registro e mais um nome. Stefan Richard Hellström, número 670724-3556. Tipo E.

A mulher no guichê estava à espera do visitante seguinte, mas Eva foi mais rápida:

— Com licença, queria só fazer mais uma pergunta. O que significa "tipo E"?

— Esposo ou esposa.

Uma pausa revolucionária.

— Você quer dizer que essa pessoa é casada?

A mulher esticou a mão para receber o papel.

— Não, o estado civil é D. Divorciada desde 2001.

Assimilou a informação pensando no seu significado, se tinha alguma utilidade. Estavam ligados um ao outro como numa grande família, quer os envolvidos tenham escolhido ou não, uma parte deles divorciada e uma parte ainda casada.

— Será que eu poderia receber uma folha com os dados dessa pessoa? O número é 67, 07, 24, 35, 56.

A atendente digitou e uma outra cópia foi entregue. Sem ler, ela foi rumo à saída.

Ao passar pelas portas automáticas, pensou que tinha feito um bom negócio.

Fez um café especial com leite batido antes de se sentar na escrivaninha dele. Estava tudo limpo no escritório, ele não deixou nenhum papel à vista. Inspecionou uns papeizinhos com vários números de telefone, mas como foram deixados ao alcance dela, concluiu que eram inúteis.

Aliás, não precisava mais da ajuda dele.

Desdobrou o papel com o número do registro do ex-marido de Linda. O endereço residencial era em Varberg. Nome dos pais biológicos e respectivos números do registro, o pai com um F e uma data depois do número. Ela pegou o papel em anexo com a explicação das abreviações e viu que o F significava falecido. Abaixo do nome dos pais, constava o nome de Linda e a sigla E para esposo, seguida da mesma data de divórcio que constava no papel dela. Em seguida, logo abaixo do nome dela, lia-se o nome Johanna Rebecca Hellström. 930428-0318. F 010715.

Uma criança falecida. O divórcio foi apenas alguns meses depois. O ex-marido de Linda tinha perdido uma filha não muito antes de se divorciar.

Levantou-se, estava se sentindo mal. Aquela dorzinha no peito de novo. Como sempre, era o sentimento de culpa com relação a Axel que desencadeava a dor. Os pensamentos acerca da falta de capacidade deles de dar ao filho uma infância tranquila. E se por acaso acontecesse alguma coisa com Axel... será que ela podia sobreviver? Às vezes ficava pensando se alguém teria coragem de colocar filhos no mundo se antes entendesse direitinho o significado desse ato. Viver querendo o melhor para o filho, mas tendo sempre a sensação de estar fazendo menos do que devia. Saber que a preocupação e a consciência pesada seriam companheiros fiéis do amor incondicional. Estava agradecida por não ter sabido antes. Axel era a coisa mais importante na vida dela, o nascimento dele tinha mudado tudo, tinha dado outra perspectiva à sua vida. Nunca se colocar em primeiro lugar, estar sempre disposta a se sujeitar a determinadas situações — era exatamente isso o que ele tinha ensinado a ela. E mesmo assim, ela passava a maior parte das horas do dia longe dele, apesar de ter consciência em todos esses seis anos de que o tempo passa rápido demais.

E agora Henrik estava querendo que ela perdesse a metade do tempo que restava junto de Axel, seria obrigada a revezar com ele as semanas de estar junto do filho e o marido nem dava a ela a menor possibilidade de escolha.*

Foi até a cozinha, bebeu um pouco d'água e sentou-se diante do computador. Entrou na internet e acessou o site de busca do Google. Escreveu o nome de Linda obtendo 1.390 resultados. Pulou aquelas que faziam doutorado num departamento de geologia e as outras páginas que não tinham nada a ver com a Linda que procurava, mas teve que desistir no final. Digitou +Varberg e o que apareceu foi a tabela do campeonato de futebol feminino da segunda divisão e o registro completo dos funcionários pertencentes ao sindicato dos servidores municipais. Nenhum deles servia. A opção +Jonköping fornecia dados igualmente desinteressantes. O nome do ex-marido de Linda apareceu na tela

---

* Em princípio, a guarda do(s) filho(s) em caso de separação na Suécia implica que ele(s) morem uma semana sim, uma semana não nas casas do pai e da mãe (N. da T).

ligado ao resultado de uma competição esportiva e a uma firma de aluguel de carros em Skellefteå, o que também não a encheu de entusiasmo.

Pegou a xícara de café, foi para a sala e ficou olhando para o jardim da vidraça do terraço. Como vai ser a vida morando aqui sozinha com Axel? Será que ela teria forças para cuidar de tudo sozinha? E a pergunta seguinte veio mais como um *insight*: será que faria alguma diferença, no final das contas?

Viu no canto do olho que algo se movia no terreno onde começava o parque. Mas esses animais silvestres estão cada vez mais abusados... Logo logo ela teria que trancar as portas para não tê-los dentro de casa.

Passou pela máquina de lavar louça para colocar a xícara e foi para o computador de novo. Leu mais uma vez os nomes nos papéis que recebeu da Skattemyndigheten.

Johanna Rebecca Hellström.

Oito anos e três meses, foi o que ela viveu.

Seguiu a sua intuição e digitou o nome da menina +Varberg no Google.

Um resultado.

Uma manchete no jornal *Aftonbladet*: "Pai acusa ex-mulher da morte da filha".

Levantou a cabeça e olhou na janela à sua frente.

Em seguida, voltou para a tela e deu um clique no artigo.

A foto de uma sepultura e, na frente, um homem de costas. A inscrição na lápide: À nossa filha adorada Rebecca Hellström, 1993-2001. E o texto ao lado da foto: "Ela está mentindo." O pai da menina Rebecca que morreu afogada declara triste e amargurado: "Eu sei que o acidente podia ter sido evitado."

VARBERG. A sala de audiência do Tribunal de Justiça de Varberg estava lotada. Muitos ouvintes conhecem a mulher de 27 anos no banco dos réus acusada de homicídio culposo da enteada de 8 anos. A acusada reflete bastante antes de responder em voz baixa às perguntas do advogado de acusação Torsten Vikner e várias vezes é solicitada a repetir suas respostas para poder ser ouvida. Durante todo o julgamento, ela mantém a cabeça baixa e evita olhar para o homem ao lado do advogado de acusação, ele que há cinco meses era marido dela, mas que agora acusa a ré de ter provocado a morte da filha — a adorada Rebecca. Ao lado dele, está a mãe da menina, e várias vezes durante a audiência eles se dão as mãos consolando um ao outro.

Foi em julho que o acidente ocorreu. A acusada e Rebecca, que alternava moradia na casa da mãe e do pai, foram para uma praia pequena em Apelviken. A mulher permaneceu na areia enquanto a menina de oito anos, que segundo os pais podia nadar de 5 a 10 metros, foi para a água. A acusada alega que havia instruído a menina — como sempre — a não ir "além da altura da barriga" e, já que elas estiveram naquela praia várias vezes, a menina sabia das regras. A acusada afirmou várias vezes que a menina estava o tempo todo sob sua vigilância, o que foi negado pelo ex-marido: "Ela está mentindo. Eu liguei várias vezes para o celular dela e dava ocupado o tempo todo. Além do mais, testemunhas disseram que ela, a uma certa hora, foi buscar alguma coisa no carro."

O advogado de acusação lê em voz alta os dados de um relatório da empresa de telefonia onde a acusada tem a sua assinatura, e tais dados confirmam as palavras do ex-marido. A advogada da acusada, Julia Bäckström, argumenta que a ré podia muito bem tomar conta da criança enquanto falava no celular e que as fortes correntes marítimas do dia do acidente, raras naquela região, não podiam ser previstas pela ré. A acusada descreve como a menina de repente desapareceu da superfície da água e como ela mesma correu e nadou, sentindo a força da correnteza. Todas as tentativas de ressuscitar Rebecca foram em vão.

"O que aconteceu foi um mero acidente", afirma a acusada em voz baixa.

Nem o advogado de acusação é de opinião que a mulher de 27 anos teve a intenção de colocar a criança em perigo. No entanto, para o crime de homicídio culposo não é necessária nenhuma intenção.

"A menina morreu por causa do descuido da acusada", argumenta o advogado de acusação e refere-se várias vezes à conversa telefônica da ré. "A criança encontrava-se no fundo d'água e, enquanto isso, a acusada falava no telefone", afirma o advogado.

As acusações contra a ré têm dividido os habitantes de Varberg nos últimos tempos. Uma parte deles — composta de pais e colegas de trabalho da escola onde a acusada trabalhava — dá testemunha do sentido de dever e da habilidade da ré em lidar com crianças, enquanto a outra parte promove o que se assemelha a uma campanha de difamação contra a ré. Especialmente os boatos referentes aos telefonemas dados pela acusada têm sido para ela, segundo a sua advogada, um sofrimento.

O veredicto será anunciado na quinta-feira.

Levantou a cabeça e olhou mais uma vez pela janela. Permaneceu sentada nessa posição tentando identificar o que estava sentindo. Achou o que estava procurando — não, foi mais do que isso. Mas em vez de comemorar, sentiu-se capaz de sair por um instante daquela escuridão dentro dela e de contemplar a si mesma ali em frente ao computador. Como se os restinhos da velha Eva gritassem lá do fundo para chamar a atenção dela, tentando avisá-la de alguma coisa.

Pense muito bem no que você vai fazer agora.

Olhou novamente para a tela do computador.

Quem planta colhe.

Levantou-se e foi para a cozinha, abriu a geladeira, mas fechou de novo. Não conseguia lembrar o que estava procurando.

Em seguida, pegou o telefone sem fio perto da pia e ligou para o Auxílio à Lista.

— Estou procurando o número do Tribunal de Justiça de Varberg. Gostaria de ser transferida.

O som das teclas do computador trabalhando e o sinal ao ser transferida.

— Tribunal de Justiça de Varberg, bom dia.

— Bom dia, meu nome é Eva. Eu gostaria de saber o veredicto de um dos julgamentos que vocês tiveram no mês de novembro de 2001.

— Qual o número do processo?

— Não tenho.

— Eu tenho que ter o número para poder achar o veredicto.

— Como é que eu faço para conseguir esse número?

— De que trata o processo?

— Foi uma morte acidental por afogamento. Uma menina de 8 anos que se afogou, e a acusada era casada com o pai dela.

— Ah, esse caso... Ela foi julgada inocente, posso achar esse veredicto sem o número do processo.

— Não é mais necessário. Mas então ela foi inocentada?

— Sim.

— Obrigada e um bom dia.

Colocou o telefone na bancada da pia e abriu mais uma vez a geladeira sem saber o porquê. Fechou de novo e deu de cara com o olhar de Axel na foto pendurada com um dos ímãs de massinha do filho. Lembrou que ele disse que era um dinossauro, então, ficou sendo um dinossauro.

Aqueles olhos azuis, tão inocentes que acreditavam em tudo que viam. Convencidos de que todas as pessoas eram boas e que se podia confiar plenamente no que elas diziam, como, por exemplo, na sua professora querida. Em Linda, ele confiava de olhos fechados. Ela que cuidava dele durante o dia, mas que na verdade arruinava o mundo dele fora da escolinha.

A probabilidade de que Henrik naquele momento estivesse planejando fazer dela uma mãe de meio expediente fechou com força a porta que dava para o espírito de autoquestionamento que apareceu nela por um instante. Jamais deixaria que isso acontecesse. Como se não bastasse o marido — sem que a ela fosse dada a chance de se manifestar — roubar dela metade da infância de Axel, ainda por cima, ela seria obrigada a ver o filho morando com o pai sob o mesmo teto que aquela mulher. Ah, isso não! Nunca! Se Henrik quisesse viver com a outra, então ele teria que brigar pela guarda do filho.

Além disso, será que alguma mãe deixaria uma pessoa dessas se responsabilizar pelo seu filho? O que o grupo de pais da escolinha iria pensar da competência de uma professora acusada de ter causado a morte de uma criança porque preferiu ficar falando ao telefone?

Percebeu que aquela era uma ideia interessante e que a pergunta podia ser respondida.

Com os olhos vidrados nos de Axel, ela tomou a decisão. Fez a sua escolha.

Só precisava escrever o nome de Linda como uma explicação extra lá em cima da cópia impressa do artigo. Em seguida, colocou a reportagem num envelope anônimo, consultou a lista dos pais da escolinha e escreveu o endereço da mãe, já bastante irritada, de Simon.

Um ano.

Só de pensar era como se recebesse um soco no estômago. A cada vez que pensava, era como se as consequências penetrassem mais fundo. Durante as férias do verão anterior, quando eles fizeram uma viagem de carro pela Itália. Durante todos os jantares juntos com os amigos. Quando ele a acompanhou a Londres numa viagem a trabalho e fizeram amor. Tanto antes quanto depois, aquele canalha já estava com ela, fazendo dele um idiota, um medíocre que facilmente podia ser trocado e substituído por um babaca qualquer.

Sentado no sofá, ele olhava pela janelinha da cabine de luxo. A ponte de Nyckelviken ficava para trás, e lá no horizonte erguiam-se Niqui e Noque como dois pontos de exclamação sobre aquilo que era o seu lar.

A mala de viagem ainda fechada no chão. Do banheiro, podia ouvir os movimentos dela, como as mãos várias vezes procuravam alguma coisa no meio da tralha dentro do nécessaire.

Um ano.

Eu amo a sua esposa e ela me ama.

A porta do banheiro se abriu. Ela estava em pé na soleira da porta cheia de expectativa. Registrou que ela vestia um roupão de seda amarelo-claro bem fininho e que o cabelo tinha um penteado que ele nunca tinha visto antes.

Ele voltou a olhar a paisagem pela janelinha da cabine.

Por causa de Axel, já tentamos várias vezes dar um fim nisso tudo, mas é que simplesmente não podemos ficar longe um do outro.

Viu do canto do olho que ela foi até a mala aberta em cima da cama.

— Você ligou pedindo mais toalhas?

O tom era decidido e irritado.

Ele balançou a cabeça olhando para ela.

— Não.

Não foi uma escolha consciente da parte dele. É verdade que ao chegar na cabine constataram que precisavam de mais toalhas, porém, devido ao velho hábito, esperou pela iniciativa dela. Esperou que ela ligasse e tratasse do assunto.

Como de costume.

Pela primeira vez percebeu com uma clareza inquestionável o quanto todos aqueles anos com Eva o tinham moldado. O quanto era fácil para ele se esconder atrás do poder de iniciativa dela. E de repente se deu conta da ameaça paralisante que sentia ao ter que deixar para trás tudo com que estava acostumado. Quem era ele afinal subtraindo aquilo tudo?

— Então, você vai ou não vai?

Ele voltou para a realidade acordado pela aspereza da voz dela.

— Vai o quê?

— Ligar para pedir as toalhas. Ou será que eu mesma devo ligar?

Ele apoiou as mãos nas coxas ao se levantar, foi para a escrivaninha e começou a folhear sem interesse um dos panfletos informativos da companhia de navegação.

Perfeita, de todas as formas. Bem, você mesmo sabe do que estou falando.

Mas que calhorda safado!

Largou o panfleto, não sabia mais o que estava procurando e voltou para a janelinha da cabine. Niqui e Noque já tinham desaparecido da vista do vidro preso ao casco do navio. Fechou os olhos na tentativa de superar a necessidade de ir para o convés e de, ao ar livre, verificar se as torres ainda estavam ao alcance da vista.

Ao virar as costas, viu que ela colocou a mala no chão e estava sentada com as pernas encolhidas e as costas apoiadas na cabeceira da cama de madeira folheada. Os bicos dos seios podiam claramente ser vistos através do roupão de seda, revelando que ela estava sem a roupa de baixo. Ela tinha nas mãos um catálogo de produtos *tax free*, mas ele pôde ver que ela não lia, folheava o catálogo apenas com o objetivo de mostrar a decepção que sentia com a falta de atenção dele.

Ele percebeu logo o que se esperava dele, mas também constatou que não era possível. Todo o desejo que somente algumas horas antes o fazia subir pelas paredes tinha escorrido dele como querosene saindo de um galão furado. O que ainda dava para incendiar tinha ficado no chão perto das portas de entrada do terminal da Viking Line.

Mas como ele iria aguentar um dia inteiro fechado em pleno alto-mar? Para não falar da estadia no hotel da pitoresca Nådendal incluído no preço do Cruzeiro Romântico deles. Assim que eles entraram na cabine, ela já foi mostrando, num gesto gaiato, dois pacotes de camisinhas novinhos em folha. Mais direta, impossível.

Ela que estava disposta a tomar todas as decisões importantes, a planejar o futuro dos dois, a finalmente acabar com aquilo tudo.

Ele que de repente ficou sabendo que não sabia de mais nada. Nem mesmo das alternativas que tinha.

Com um movimento brusco, ela largou o catálogo e cruzou os braços no peito num gesto de insatisfação.

— Tudo bem com você?

O tom da voz mostrava claramente que a pergunta não era produto de preocupação, mas de acusação.

— Sim, acho que sim.

— Acha?

Ela deu uma paulada e ainda tinha fôlego.

— O que há com você? Eu pensei que a gente fosse aproveitar o tempo juntos e nos divertir um pouco durante a viagem.

Colocou irritada a mecha que caiu do penteado atrás da orelha e cruzou os braços na frente do peito novamente. A seda deslizou com os movimentos e o vão entre os seios ficou à mostra. Ele constatou que nem mesmo isso servia de ajuda, mas de repente não poder contar para ela o que estava sentindo era algo insuportável. Para ela, ele revelou tudo o que pensava. Nela, ele se refugiou da melancolia. Ela que era sinônimo de momentos especiais, de aventura. Eram apenas os dois, ao longo de conversas intermináveis e secretas que sempre enveredavam por novos caminhos ainda não explorados. Ela sempre conseguia deixá-lo de bem com a vida, fazia ele achar que valia a pena. O riso dela, sempre surgindo fácil; as mãos que, de repente e sem ele esperar, tocavam nos lugares onde ele menos esperava; mãos que *queriam* tocar nele.

Do jeito que Eva nunca quis.

Tantas vontades que ele tinha esquecido e que ela tinha satisfeito ao entrar assim de supetão na vida dele. Como uma esponja ressecada, ele absorveu toda a atenção dela.

Onde e como ele e Eva começaram a esquecer? Deixaram de se esforçar e de cuidar do que tinham? Em algum momento, Eva deve ter sido tudo aquilo que ele achava que encontrava em Linda. Ou será que não? Será que alguma vez ele sentiu o mesmo por Eva? Nesse caso, quando foi que ocorreu essa reviravolta, quando foi que começaram a viagem de volta? Talvez não de volta, mas rumo à indiferença de um em relação ao outro. E será que já era o fim da viagem para ele? Se fosse, como explicar que era tão insuportável imaginar Eva com outro homem? Será que tudo isso foi uma fuga para ele? Fugir da decepção, do fato de que ela talvez nunca o tenha amado de verdade, de que ela nunca tenha se desesperado diante da possibilidade de perdê-lo, de que ela tenha continuado a viver com ele somente por dever e consideração. Não aguentava nem pensar nisso. Tentou desesperadamente encher-se de um ódio atrás do qual pudesse se proteger, mas o que encontrou foi pânico diante de tudo o que estava caindo ao seu redor. Olhou para Linda e quis de repente que ela o abraçasse, que Linda entendesse a dor que a traição causava nele, que ele estava com medo. Mais do que qualquer outra coisa, ele precisava da compaixão dela.

Suspirando fundo, ele se afundou mais uma vez no sofá.

— Eva tem outro.

Os braços dela rígidos e cruzados no peito caíram no joelho como se de repente estivessem livres de uma terrível camisa de força.

— Mas Henrik, isso é mais do que perfeito. Isso resolve os nossos problemas!

Primeiro ele não ouviu o que ela disse. Na verdade, as palavras ele ouviu, mas não fazia a mínima ideia do que podiam significar.

O rosto dela irradiava uma alegria sincera. Era como se tivesse acabado de abrir um presente e encontrado o que sempre quis, mas que nunca achou que iria receber.

— Mas então a gente não precisa mais ficar se escondendo. Se ela já tem outro, então todos ficamos satisfeitos.

— Mas parece que já faz um ano.

Era bom demais para ser verdade. Ela transbordava felicidade ao resolver a situação em apenas algumas frases.

— Mas isso é incrível! E você que todo esse tempo se sentiu culpado por causa do Axel, por ser responsável pelo desmantelamento da família. Será que você não percebe o que isso significa? Será ela e não você quem causou a separação. Ela já te traía antes de nós ficarmos juntos...

E, como encerramento, uma homenagem à maravilha que era a vida.

— Henrik, você finalmente é um homem livre!

E ele percebeu imediatamente que ela nunca iria entender. Havia um outro homem que tinha roubado o lugar dele. Um homem que acabou sendo o escolhido por Eva, que ela achava ser mais atraente, mais interessante, mais inteligente. Que servia para ela.

Simplesmente melhor.

Um homem que durante um ano inteiro estava sabendo que era superior a ele, que sabia coisas dele, coisas contra ele — coitadinho do Henrik que não dava conta do recado, que não acrescentava nada... Ele foi passado para trás. Aquele canalha covarde entrou de mansinho atrás do palco da vida dele e, mesmo sem ter coragem para se mostrar, estava o tempo todo ali, controlando sua vida. O canalha puxava lá e cá nos fios das marionetes, enquanto ele corria para todo lado como um bobo da corte se humilhando diante da plateia.

O ódio súbito fez com que ele se levantasse.

— Mas será que você não entende o que estou dizendo? Não se trata de nenhuma merda de sentimento de culpa. Ela vem me enganando há um ano. Um ano inteiro! Comendo escondido um merdinha de 25 anos.

A explosão inesperada fez com que ela se calasse surpresa, e a pausa foi suficientemente longa para que ele se arrependesse do que havia dito. A última coisa que ele queria era um conflito.

Pelo menos, que ele tinha coragem de ter.

Num gesto cheio de raiva, ela fechou o roupão até o pescoço.

— E você? O que você andou fazendo nesses últimos sete meses?

Bem, o que responder? Para ser sincero, ele já não sabia mais.

— Mas claro que tem uma pequena diferença, pois, pelo menos, eu sou uma merdinha de 29 anos.

Ele afundou novamente no sofá.

— Para com isso.

— O que você quer que eu diga?

Não fazia a mínima ideia, por isso ficou calado. Deixou o ruído abafado e contínuo do motor na sala de máquinas se fundir com a sua mente confusa.

— Será que você quer que eu te console?

Eu amo a sua esposa e ela me ama.

— Você vai me desculpar, mas eu não estou a fim. E para falar a verdade, não vejo o porquê de você precisar de consolo, a não ser que tenha mentido para mim esse tempo todo.

Ela desceu da cama e vestiu uma camisa da mala. Os movimentos eram rápidos e afetados como se ela quisesse sair dali tão rápido quanto ele. Quando ela foi para o banheiro, viu que passava a mão na face esquerda. Ela acreditou tanto... E ele prometeu tanto... Uma onda de carinho tomou conta dele. A última coisa que queria era magoá-la. Ela, que merecia ser feliz depois de tudo pelo que passou. Mas, para sua surpresa, descobriu que não estava preparado para os sonhos dela.

Ela estava na frente da porta do banheiro, mas não olhava para ele.

— Vou pegar o navio de volta em Åbo hoje à noite.

Depois, ela foi para a saída, fechou a porta e a trancou com cuidado.

No jardim de infância, nada lembrava a reunião de domingo. Kerstin cuidou para que, na medida do possível, tudo fosse feito como de costume. Ela parou Eva na saída para mais uma vez agradecer pela ajuda, por ela ter conseguido acalmar os ânimos exaltados impedindo que a reunião degenerasse. E Eva sorriu acanhada, assegurando que só tinha feito o que considerava correto.

Axel estava no banco de trás do carro. Ela não disse aos pais o motivo da sua visita. Não disse que não era apenas para tomar um cafezinho. Não revelou que o assunto verdadeiro era que precisava de dinheiro emprestado. Muito dinheiro. E só de pensar que ela teria que esclarecer a situação em casa, que Henrik estava a ponto de largá-la por causa de uma outra mulher, enchia-se de vergonha.

— Mãe, olha o que eu ganhei hoje.

Ela olhou no espelho retrovisor e viu de relance algo marrom e vermelho nas mãos do filho.

— Ah, que bonito! Quem te deu?

— Não sei o nome dele.

Como ela ia admitir para os pais que Henrik não queria mais ficar com ela sem destruir todas as ilusões que eles tinham da filha? Ela sabia que isso seria uma ofensa para eles, da mesma forma que estava sendo para ela. Talvez ainda mais para eles. A última coisa que ela queria era decepcioná-los. Não depois de tudo o que fizeram por ela, do que conseguiram dar a ela.

Aquilo que ela mesma não conseguiria dar ao seu filho.

— Você não sabe o nome dele? Ele é de outra turma?

— Não, ele é gente grande. Assim que nem você.

Era estranho o substituto de Linda dar presentes às crianças.

— Ele trabalhou hoje na escolinha?

— Não. Ele tava do lado de fora da cerca perto da floresta. Então ele me chamou quando eu tava no balanço e disse que ia me dar uma coisa bonita.

O carro foi parando sem que ela estivesse consciente de que tinha os pés no freio. Ela parou no meio-fio, puxou o freio de mão e se virou para poder vê-lo.

— Deixa a mãe ver!

Ele mostrou um ursinho de pelúcia marrom com um coração vermelho na barriga.

— O que mais ele disse?

— Nada de especial. Ele disse que sou bom no balanço e que ele conhece um parquinho com um monte de balanços e um escorrega que é muito, muito grande, e que a gente podia ir lá algum dia se eu quisesse e se você deixar.

Sentiu algo apertando fortemente o peito. Tentou se controlar para não levantar a voz e assustá-lo.

— Axel, a mãe já disse que você não deve, de jeito nenhum, falar com adultos que você não conhece. E você não deve aceitar nada que um estranho te dê.

— Mas ele sabia o meu nome... Então não vale, não é?

Ela foi obrigada a engolir em seco e respirar fundo.

— Qual era a idade dele? Ele era assim igual ao papai ou mais como o vovô?

— Que nem o pai, mas ele não era tão velho.

— Então quantos anos ele tem?

— Acho que 75.

— Alguma das tias viu você falando com ele?

— Não sei.

— Como ele era?

— Não sei direito. Por que você tá tão zangada?

Como explicar para ele? Só de pensar que algo de mau pudesse acontecer com o filho, já não conseguia respirar direito.

— A mãe não está zangada. Eu só fico preocupada.

— Mas ele era bonzinho. Por que eu não posso falar com ele?

— Você conhece esse homem? Você já viu esse homem alguma outra vez?

— Acho que não. Mas ele disse que ia passar por lá de novo.

— Agora você vai escutar direitinho o que a mamãe vai dizer, Axel. Se ele aparecer mais uma vez, eu quero que você busque uma das tias, assim ela vai falar com ele. Promete que vai fazer isso? Você não deve, de jeito nenhum, ficar sozinho com esse homem de novo.

Ele estava calado cutucando o coração vermelho na barriga do urso.

— Promete para a mãe, Axel!

— Tá!

Ela suspirou fundo e esticou o braço para pegar o celular. Todos os outros pensamentos ficaram em segundo plano, foi tomada pelo impulso usual de ligar para Henrik e contar o que tinha acontecido. Mas no instante seguinte, a realidade despontou dizendo que Henrik estava numa viagem secreta de lua de mel junto com a professora do Axel e que ele tinha coisas mais importantes a fazer do que ficar se preocupando com o próprio filho. A partir de agora ela estava só, tinha somente que se acostumar com a ideia. Largou o celular e decidiu que ligaria para Kerstin

214

logo mais à noite, quando Axel já estivesse dormindo, para pedir que tomassem mais conta dele dali por diante. Ela poderia deixar Axel ir para a escola dali para a frente antes que colocassem as mãos naquele estranho que sabia o nome do seu filho.

O problema foi resolvido assim que ela contou o incidente aos pais. Eles se ofereceram imediatamente para ficar com Axel durante alguns dias, até que tivessem certeza de que o homem não voltaria mais.

Estavam sentados na cozinha, cada um com a sua xícara de café e um bolo que tinha acabado de sair do forno, e tudo poderia ser exatamente desse jeito — atemporal e acolhedor —, como costumava ser quando estava na casa dos pais. Naquele momento, ela estava ali com o coração na mão, cheia de culpa e vergonha da sua imperfeição.

Axel estava sentado no piano velho e desafinado da sala e eles podiam ouvir o menino batendo nas teclas, como ele, obstinado, tentava achar as notas certas de *Gubben Noa,** que ela tinha insistido em ensiná-lo.

Ela falava cada vez menos à medida que *Gubben Noa* se completava, e o tempo que ela tinha se acabava.

— Como você está, minha filha?

Encontrou o olhar da mãe e percebeu que a mãe pressentia algo de errado.

— Bem, está tudo bem.

Fez-se um instante de silêncio quando os pais se entreolharam com aquele olhar de compreensão mútua que faz as palavras ficarem supérfluas, um olhar que ela, a vida toda, desejou trocar com alguém.

— Bem, nós não queremos nos intrometer na sua vida, mas se você quiser falar...

---

* *Gubben Noa*, "O velho Noé" em português, é uma canção para crianças muito popular na Suécia e faz referência à figura bíblica do Noé da arca. (*N. da T.*)

O pai deixou a frase morrer inacabada, abrindo espaço para que ela tomasse a iniciativa. As mãos estavam tremendo e ela se perguntou se dava para perceber. Nunca em toda a sua vida pensou que seria tão difícil pedir a ajuda deles, que seria tão difícil contar a verdade.

Ela engoliu em seco.

— Bem, nem tudo vai tão bem assim.

— É, já deu para perceber..

O silêncio de novo. Daqui a pouco *Gubben Noa* seria um homem de bem* e cada segundo era precioso.

— Eu e Henrik vamos nos separar.

Os pais permaneceram absolutamente calmos, o semblante deles não esboçava reação alguma. Quanto a ela, era difícil permanecer sentada na cadeira. Era a primeira vez que dava som àquelas palavras, deixando que viessem de fora para dentro dela. Foram lançadas em linha direta para o universo como um fato irrevogável. Era a primeira vez que o significado delas se tornava real. Ela era um dos que tinham fracassado, que transformaram seus filhos em crianças de pais separados.

— Então as coisas chegaram a esse ponto?

Uma ruga de preocupação na testa do pai.

As palavras dele a deixaram confusa. Por que não ficaram surpresos? O que eles viram que ela não pôde ver?

A mãe decifrou como sempre a reação dela, mas foi com uma voz triste que começou a explicar:

— É melhor a gente ser sincero. Desde o início, a gente achou que você e Henrik eram, como é que eu posso dizer... diferentes demais um do outro. Mas você tinha tanta certeza e queria tanto... Então, o que a gente podia fazer? E com que direito a gente ia se intrometer na escolha da pessoa com quem você ia se casar? Você sempre fez as coisas do seu jeito.

---

* Parte final da canção, cuja tradução seria: "O velho Noé, O velho Noé é um homem de bem/ quando ele saiu da arca, ele plantou no solo/ O velho Noé, O velho Noé é um homem de bem." (*N. da T.*)

A mãe segurou carinhosamente a mão da filha e deu um sorriso.

— A gente vem observando a vida de vocês e temia que você se cansasse disso tudo algum dia. Que ele não correspondesse às expectativas que a gente sabia que você tinha. Com isso, não estou dizendo que a gente está contente de ter tido razão.

Puxou a mão com medo de a mãe perceber o quanto ela tremia. Tudo em pleno caos. Olhou a cozinha ao seu redor e pousou o olhar no prato antigo na parede, que vinha da casa da tataravó. Eram gerações de casais trabalhadores que por meio da sua luta tinham dado a ela a chance de estar aqui. Filho de peixe, peixinho é, até ela aparecer e quebrar a corrente, com o seu fracasso. A Grande Fracassada que o marido não queria mais e que deixava as marcas no filho e no resto da corrente, transmitindo aos elos seguintes outras referências sobre o significado do amor e do casamento. Um significado que dizia que são algo enganador, em que não se pode confiar, não vale a pena lutar por eles e nem mesmo acreditar neles.

O pai colocou a xícara de café na mesa fazendo um tilintar familiar.

— Como é que Henrik está encarando isso tudo? Ele não deve estar nada bem...

Ela olhou para a mãe, estava muda. E em seguida para o pai, que ainda tinha tanto orgulho da filha que com independência comandava a própria vida, que não se contentava com aquilo que não fosse o melhor e que merecia muito mais.

E uma cortina de ferro caiu na frente da verdade.

— Não, ele até que está bem.

— Como é que vocês vão fazer com a casa?

Pense direitinho no que você vai fazer.

Fraca e sem forças, a voz lá dentro das trevas tentava se fazer ouvir pela última vez.

Quem planta, colhe.

Virou a cabeça e olhou para o pai, e a voz da Eva que existira algum dia desistiu e se calou para nunca mais avisá-la.

E em silêncio, ela rezava para que alguma vez na vida tivesse alguém do seu lado que a amasse, alguém que a apoiasse quando ela mesma não tivesse mais forças para lutar.

— Eu quero comprar a parte do Henrik e ficar com a casa. Eu preciso de dinheiro emprestado.

Asqueroso era a palavra que descrevia melhor o restante da viagem. Mesmo assim, asqueroso era apelido. O mar Báltico estava tão calmo que parecia um espelho, mas a tranquilidade exterior era em boa parte compensada pelo furacão dentro dele. Um furacão que arrancou todo o sentimento que ele achava estar bem alicerçado, tudo o que ele sentia, queria e sonhava. De repente, tudo virou um emaranhado.

A meia hora mais longa da sua vida foi quando ela se trancou no banheiro. Ao sair dali, arremessou-se possessa para fazer as malas no mais absoluto silêncio, para depois bater a porta num estrondo na saída.

Quanto a ele, continuou sentado onde estava, olhando pela janelinha como as ilhas ficavam cada vez mais esparsas e como Estocolmo e a sua casa sumiam cada vez mais de vista. Depois de algumas horas, ele desceu para a recepção e mudou a data da viagem de volta para logo mais à noite. Ficou sabendo que ela fez o mesmo. Onde ela se encontrava durante o resto da viagem, ele não tinha a mínima ideia.

Em Åbo, teve que mudar de navio e, como castigo terrível, lhe deram uma cabine sem janela abaixo do nível do mar, e ele permaneceu lá dentro no isolamento. Logo após a meia-noite, ouviu umas batidas intimidantes na porta. Ela entrou embriagada e furiosa. Gritou no seu ouvido tudo o que queria, usou todos os palavrões que ele conhecia e, quando ele não se defendeu, ela perdeu as forças. Chorando, ela se jogou no chão da cabine. Não foi capaz de consolá-la e nem mesmo de achar palavras adequadas para aquele momento. E quando ela percebeu a incapacidade dele de lidar com a situação, o ódio ressuscitou nela e, após uma enxurrada de palavras altamente ofensivas, ela saiu da cabine e o deixou entre as paredes estreitas com aquelas palavras pairando no ar. E ele percebeu que merecia cada uma daquelas palavras. Continuou ali, sentado no meio delas. Passou as horas seguintes se questionando, até que não aguentou mais, pois ele também fora abandonado. Algum juiz devia se colocar do seu lado e pesar o castigo que ele merecia pelo que tinha feito com Linda contra a compaixão de que tinha direito depois da traição de Eva.

A vida seria bem mais fácil se tudo fosse apenas uma questão de sim ou não. Se o talvez não existisse, seria mais fácil se equilibrar naquela corda bamba. Tinha uma vontade louca de acusá-la sem levar em conta a própria culpa, fazer ela se calar de tanta consciência pesada e tirar dela todo o direito de se defender. Obrigá-la a admitir a própria perversidade, tirando assim todo o poder das mãos dela. Ser superior a ela.

Em vez disso, ele se via obrigado a tentar recuperar humildemente o amor de Eva, comovê-la e agradá-la de todas as formas, a fim de convencê-la a continuar com ele. Tinha que escolher muito bem as palavras que usaria e não dar a ela a menor chance de diminuir o seu crime, deixando que transferisse uma parte da culpa para ele. Ela ia dizer que ele não agiu muito melhor do que ela.

* * *

Tudo seria muito mais fácil se ele tivesse colocado as cartas na mesa desde o começo. Se ele tivesse confessado o seu amor secreto, a sua paixão, ou seja lá que nome tinha aquilo que sentiu ou sentia. Então eles poderiam prosseguir a partir daquele ponto para onde quer que fosse, mas jogando aberto. Agora era tarde demais. Confessar agora que mentiu o empurraria para debaixo da terra, e dali ele nunca conseguiria subir e ficar à altura de Eva. Embora ela tivesse feito o mesmo, a habilidade verbal dela iria rapidamente colocar toda a verdade do lado dela.

Havia algo em Eva que o fazia se sentir supérfluo. Ela era tão forte. Era como se as dificuldades da vida tivessem um efeito contrário nela do que aquele que exercia nas outras pessoas. A reação dela não era normal. As dificuldades eram para ela um motivo para ficar ainda mais forte. De uma forma enigmática, ela sempre conseguia transformar uma crise numa possibilidade. E ele ali, calado ao lado dela, percebia que ela não precisava dele, que ela resolvia tudo sozinha sem precisar do apoio dele. Aos poucos, ela foi tirando dele a responsabilidade pelas coisas e, no final, ele nem mesmo sabia do que era capaz de fazer. Meu Deus, ela nem mesmo deixava que ele abrisse as próprias contas!

Com Linda era tudo diferente. Ela admitiu abertamente que precisava dele. Foi uma sensação fantástica sentir-se indispensável. Sentir-se homem. Ela foi logo confessando que havia coisas que não sabia ou que não dominava e, diferentemente de Eva, isso não era motivo de vergonha. Pelo contrário, ela usava isso para chegar mais perto dele, para torná-los dependentes um do outro, para criar um mundo a dois. E ele adorava o espírito de companheirismo deles. Ficava imaginando a vida que teriam juntos e como tudo seria diferente. Como *ele* seria diferente. Agora percebia o quão ingênuo tinha sido, como tudo era tão simples enquanto apenas existia no mundo da imaginação. Achou que podia tirar Eva da sua vida como uma verruga antiga que ele finalmente tinha forças de arrancar. Achou que faria uma faxina, tudo ficaria limpo e repleto de possibilidades. Um recomeço sem manchas, livre de tudo o que já tinha acontecido, de todas as escolhas que ele já tinha feito. Percebeu com uma clareza aterrorizante que nunca seria desse jeito, eles sempre estariam ligados um ao outro, quisessem ou não. As escolhas dele iam acompanhá-lo para o resto da vida, e Axel era uma delas. Ele viu apenas as vantagens, esqueceu-se de imaginar Axel e Eva com um outro homem, um homem que além disso ia passar tanto tempo com o seu filho quanto ele mesmo, marcando o adulto que Axel seria algum dia. Além do mais, depois de ter visto o safado, sentia que tal possibilidade era insuportável.

Mas perder Linda também era insuportável.

Ou ser rejeitado por Eva.

Ou pensar que ela talvez nunca o tivesse amado.

Mas que merda!

Precisava ter tempo. Tempo para entender o que realmente estava sentindo.

Levantou-se e pegou a chave da cabine. Tinha que procurar Linda. Se era por consideração ou porque as paredes da cabine ameaçavam sufocá-lo, não sabia. Obteve o número da cabine dela pela recepção e, ao bater na porta, não recebeu resposta alguma. Ela também não atendia o celular. Procurou metodicamente pelos bares e restaurantes do navio. Mas o que ele queria dela? Não sabia. Sabia apenas que precisava falar com ela, fazer com que ela entendesse. Ela não estava em nenhuma das discotecas com suas luzes pisca-pisca nem nos karaokês barulhentos do navio. Ficou em frente a uma janela panorâmica, não conseguia mais se orientar e, com a escuridão lá fora, não era possível detectar a direção do barco, se estava perto da proa ou da popa. Encontrou um mapa na parede e voltou para a cabine dela. Dessa vez, ela abriu a porta e apertou os olhos devido à luz forte que vinha do corredor. Não disse nada. Apenas deixou a porta aberta e voltou para a escuridão dentro da cabine. Ele suspirou fundo antes de segui-la, ainda não sabia o que dizer. Então ele fechou a porta e permaneceu em pé no escuro.

— Não acende a luz.

Ouviu a voz dela a alguns metros de distância e tirou a mão que automaticamente já estava no interruptor.

— Não consigo ver nada.

Ela não respondeu. Ele ouviu o som de um copo sendo posto em cima da mesa. Uma luz fraca da janelinha da cabine começava a se delinear e, em seguida, ele pôde ver os contornos de uma cadeira na penumbra. Permaneceu de pé tentando acostumar os olhos um pouco mais com a escuridão. Não queria correr o risco de tropeçar em algo no chão. Mas ele tinha que falar alguma coisa.

— Como você se sente?

Ela também não respondeu dessa vez. Somente um risinho sarcástico interrompeu o som abafado do motor.

Ele permaneceu calado por um bom tempo. Tinha tomado a iniciativa, mas não sabia o que dizer. Não sabia que palavras usar para fazê-la entender.

— Você tem algo para beber?

— Não.

Ouviu que ela levantou novamente o copo para tomar alguns goles.

Aquilo não seria nada fácil.

— Linda, eu...

Estava com taquicardia. Sentia tantas coisas, mas não podia explicar. Ela, que foi a melhor amiga, que o tinha compreendido tanto, que fez com que ele se sentisse tão bem... Quem lhe deu coragem.

Ouviu que ela se mexeu. Talvez tivesse se levantado.

— O que você quer?

Quatro palavras.

Separadas ou em outro contexto, elas eram totalmente inofensivas. Não tinham peso algum sozinhas. Apenas uma pergunta sobre o que ele queria. E de que jeito ele queria.

Naquele exato momento elas eram, naquela boca, uma ameaça à existência dele. Era naquele momento que ele se via obrigado a fazer a escolha com que viveria o resto da sua vida, que o levaria a um futuro que ele — de livre e espontânea vontade, aqui e agora — ia determinar. Era agora que tinha a chance. Ou será que ele tinha alguma chance? Mas era isso o que não sabia mais, se na verdade tinha alguma escolha. E era isso o que dificultava tudo: o fato de não saber de mais nada. Será que essa era a única alternativa? Talvez a decisão já tivesse sido tomada.

Por Eva.

De novo.

Merda.

Linda devia entender que tudo tinha mudado, não é mesmo? Que aquilo tudo não era mais tão fácil assim. Ela não podia exigir que ele tomasse uma decisão tão importante como aquela sem que ele tivesse a oportunidade de refletir e saber mais sobre a situação.

— Se apesar de tudo você não tem nada a dizer, é melhor que você vá embora.

A frieza na voz o deixou com medo. Estava a ponto de perder tudo. Ambas. Acabaria sem o que já tinha e sem o que sonhava ter. O que ia fazer depois, se ficasse sozinho?

— Linda, deixa eu acender a luz para poder te enxergar.

— Por que você quer olhar para mim? Em todo caso, aqui não há nada que você queira.

Sentiu o ódio chegando. Mas coitadinha dela! A pobrezinha ficava ali parada de braços cruzados e não se esforçava nem um pouco para entender.

Foi ela quem prosseguiu:

— Eu só quero que você responda a uma pergunta. Isso é tudo o que eu peço e é melhor ser no escuro. Afinal de contas, o que você quer de mim?

Viu naquele instante a silhueta dela. Estava sentada na cama. Era uma cabine simples igual à dele.

— Pô, não é tão fácil assim!

— O que não é fácil?

— Mas será que você não vê que tudo mudou?

— O que mudou?

Agora podia enxergar o chão. Foi até a cadeira, tirou o casaco que estava ali e o colocou nos joelhos ao se sentar. Suspirou profundamente.

— Não sei como explicar para você.

— Tenta.

Merda!

Merda, merda, merda.

— Eu não disse que o que sinto por você mudou. Não é isso.

Ficou calada. Era mais difícil enxergar a silhueta dela daquele ângulo. Talvez fosse mais fácil dizer o que precisava sem poder vê-la.

— O que sinto é que... Bem, eu sei que pode parecer estranho, mas é que eu e Eva estamos juntos há quase 15 anos. Apesar de eu não amar Eva tanto assim... não dá para entender que faz um ano que ela tem outro homem. Assim, sem dizer nada. Poxa, eu me sinto passado para trás...

O escuro estava a seu favor. Não precisava ver a mulher nem mostrar o quanto se envergonhava. E não queria enfrentar as perguntas e as acusações dela. Queria o seu apoio, a sua compreensão.

— Tem uma coisa que eu não contei para você. Para falar a verdade, acho que não contei para ninguém, nem para Eva. Já faz muito tempo. Eu tinha apenas 20 anos e ainda morava em Katrineholm, antes de me mudar para Estocolmo.

Como ele amou! Entregou-se de corpo e alma, louco de paixão. Pelo menos era o que achava. Tinha 20 anos e nenhuma outra referência. Tudo era novo, esperando para ser experimentado. Tudo sem limites.

— É sobre uma namorada, o nome dela é Maria. Ela era um ano mais nova que eu. A gente decidiu morar juntos, e fomos morar num apartamentinho no centro da cidade, logo depois de terminar o segundo grau. Eu estava muito apaixonado...

Pagou caro. Investiu tudo, mas nem por um segundo ele se sentia seguro. A balança já pendia mais para um dos lados desde o começo. Ele amava mais do que ela, a cada instante era uma luta para que ficassem no mesmo nível. Todo dia ficava paralisado de medo só de pensar em perdê-la, um medo que no fim dominava toda a sua vida. E ele tinha todos os motivos do mundo. Nunca conseguiu confiar nela, embora ela vivesse dizendo que tudo estava bem. Ela deixou que ele alimentasse falsas esperanças, nas quais ele acabou acreditando por pura falta de opção. Mas testemunhas confirmaram as suspeitas dele.

— Ela me passava para trás. Bem lá no fundo, eu já sabia, mas ela sempre me garantiu que não era nada do que eu estava pensando. Mas no final ela confessou que estava com outro cara.

Nunca mais ninguém vai me machucar desse jeito. Nunca mais vou ser enganado desse jeito. Nunca vou me entregar desse jeito para alguém.

Fazia vinte anos, e a ferida ainda estava aberta. Tinha mantido a sua promessa. Até encontrar Linda. Ela fez com que ele tomasse coragem.

Agora Eva estragou tudo cutucando a ferida.

Ouviu que ela bebia do copo. Imaginou os movimentos dela como sombras no escuro.

— Eu só tenho uma pergunta simples: o que você quer comigo?

Ele fechou os olhos. Respondeu com sinceridade:

— Não sei.

— Então quero que você vá embora.

— Linda, por favor...

— Eu sei muito bem o que quero e já faz tempo. Já deixei tudo bem claro para você. Você também me disse o que queria, mas agora eu percebi que nada do que você disse é verdade.

— Mas claro que é.

— Mas é claro que não!

— Eu disse a verdade, mas é que agora as coisas mudaram.

— Pois é. Então foi só isso. Você fica sabendo que a sua mulher está com outro cara e, de repente, o que existe entre nós não significa mais droga nenhuma. Mas que sacanagem!

Ela se deitou de novo na cama.

— Linda, não é bem assim.

— Então o que é que mudou tanto se não é o que você sente por mim? Faz apenas uns dias que nós dois fomos olhar um apartamento para morar!

Dê para mim um ano numa ilha deserta.

Ainda com todas as alternativas à disposição.

— Será que você não pode me esperar?

— Esperar o quê? Para você ver se reconquista ou não a sua mulher?

— Não é nada disso!

— O que eu vou esperar então? Que você decida se eu estou ou não à altura de ser a substituta?

— Para com isso, Linda. É que eu sinto que as coisas estão acontecendo rápido demais. Eu percebi depois da minha reação que... que...

Ele interrompeu a si mesmo dessa vez. O que foi mesmo que ele percebeu?

— Que você ainda ama a sua esposa?

— Não, não é isso. Não é nada disso.

Ou será que...?

— Não é isso. Eu apenas percebi que... que eu ainda não estou preparado... não seria direito com você ...

Socorro! Me tirem daqui!

— É só isso, eu não estou preparado. Não seria justo com você começar uma vida juntos desse jeito.

— Então você está querendo que eu fique aqui sentada esperando por você. Esperando que, algum dia, você por acaso se sinta pronto.

— Tudo é muito mais fácil para você! Você não está colocando nada em risco.

Ela sentou-se de novo.

— Não estou colocando nada em risco?! Eu sou uma professora que está tendo um caso com um dos pais dos meus alunos! O que você acha que vai acontecer comigo caso isso venha à tona, hein? E aqueles e-mails? Como você acha que eu me sinto sabendo que alguém entrou no meu e-mail e leu as minhas cartas particulares e depois enviou como se fosse eu? Será que você não percebe que alguém já sabe? Alguém nos viu. E esse alguém está querendo me punir!

— Não foi a Eva. Eu sei que você acha que foi a Eva, mas ela não faria uma coisa dessas. E por que ela ia fazer isso? Ela ia ficar mais do que satisfeita. Isso daria a ela carta branca.

Linda se calou e ele viu que ela balançava a cabeça. Devagar, ela movia a cabeça para lá e para cá exprimindo nojo.

Dele.

— Olha bem como você fala! Escuta o que você mesmo acabou de dizer. Coitadinho do Henrik! Ele foi largado! Oh, estou morrendo de pena de você!

Ele permaneceu em silêncio.

Ele a tinha perdido.

Ela deu alguns passos e abriu a porta da cabine. A luz forte que vinha de fora no corredor o deixou cego por um instante. Tudo o que restava dela era uma silhueta negra.

— Você nunca vai estar pronto, Henrik. Se eu fosse você eu me dedicaria no futuro a descobrir quem sou de verdade e o que quero fazer da vida. Depois, você pode abrir a porta e começar a envolver outras pessoas na sua vida.

Ele engoliu em seco. O nó na garganta doía e não queria desaparecer.

— Fora daqui.

Não conseguia se lembrar da última vez em que havia ficado tão nervoso. O enorme buquê de rosas no assento do carona parecia de repente algo grotesco, como um acessório ridículo num filme ainda mais ridículo. Eram um pouco mais das dez da manhã e ele estava aliviado por poder ficar sozinho em casa o dia inteiro e ter tempo de se recompor antes que ela chegasse do trabalho. Não ligou dizendo que chegaria um dia antes.

Estava perto agora. Perto de casa. E nunca se sentiu tão longe. Xingou um velho Mazda mal estacionado que bloqueava um pouco a rua antes da curva à direita para a rua de casa. Com uma das mãos no volante, fez uma manobra para passar pelo carro e em seguida pôde ver a casa.

O carro dela estava na garagem.

Por que ela não estava no trabalho?

E em seguida veio o pensamento.

Talvez ela não estivesse sozinha lá dentro. Ela podia ter aproveitado para levar o amante para casa agora que o marido estava fora por uns dias, aproveitou para mostrar a casa deles, o que ela tinha a oferecer em termos de bens materiais. A ideia lhe dava tanto nojo quanto medo. Ele estava sozinho ali fora, enquanto lá dentro eles eram em dois. E era ele quem seria obrigado a deixar a casa. Era ela quem tinha condições financeiras de comprar a parte dele, de se apropriar de todo o trabalho e o esforço que ele fez para colocar tudo em ordem. Sacanagem. E ela que foi tão compreensiva... que achava que ele tinha que viajar por alguns dias para poder refletir. "Eu posso cuidar de tudo aqui em casa, da minha parte, sem problemas. O mais importante é que você se recupere e fique de bem com a vida novamente. Estou do seu lado para o que der e vier, sempre estive, apesar de eu nem sempre conseguir mostrar muito bem. Mas vou tentar melhorar esse meu lado."

Como é que ela podia ser tão fria e calculista, tudo isso para se livrar dele e para poder ficar comendo em paz o amante. Quem era ela afinal? A mulher com que ele viveu durante quase 15 anos? Será que ele sabia quem ela era de verdade?

E a viagem que ela comprou... O champanhe... Será que tudo isso era para aliviar a consciência pesada?

Abriu a porta, pegou o buquê e saiu do carro. Se foi visto pelo outro por uma das janelas, já não podia mais virar as costas e ir embora. Mas o que ele ia fazer se o outro estivesse na casa? Esperou um bom tempo antes de enfiar a chave na porta. Fez o máximo de barulho que pôde para dar tempo de os dois interromperem o que por acaso estivessem fazendo. A última coisa que queria naquele instante era um drama de última categoria. Colocou a bolsa de viagem no chão, olhou ao seu redor no corredor à procura de sapatos e casacos desconhecidos e não encontrou nada.

A voz dela veio lá de cima.

— Oláá!

Escondeu instintivamente o buquê atrás das costas.

— Sou eu.

Os passos dela no andar de cima, em seguida os pés, as pernas, e ela todinha ficou visível descendo pela escada. Ela parou no meio do caminho e a expressão no rosto era difícil de ser decifrada: talvez estivesse surpresa, talvez irritada.

— Pensei que você fosse chegar somente amanhã de noite.

— É, eu sei. É que mudei de ideia.

Engoliu a vontade de perguntar se ela estava sozinha em casa. A necessidade de saber.

Permaneceram assim, olhando um para o outro, nenhum deles disposto a dar o próximo passo. O buquê queimava na mão dele. De repente, achou tudo tão ridículo que quis dar meia-volta e jogar fora as flores antes que fosse descoberto.

Era impossível definir o que sentiu ao olhar para ela. Teve apenas vontade de subir as escadas com toda a tranquilidade e se afundar no sofá, agindo como se nada tivesse acontecido. Iam decidir quem buscaria Axel na escolinha, e ia para lá sem aquela dor de estômago e depois se sentavam juntos à mesa num típico jantar de terça-feira. Perguntava se tudo estava bem com Axel, se alguém ligou e onde ela colocou a correspondência dele, e alugavam um filme para logo mais à noite. Mas havia uma montanha entre eles. E não fazia a menor ideia de como cruzaria essa montanha e, muito menos, do que o esperava do outro lado.

— Por que você não foi trabalhar?

Não foi intenção dele soar como se estivesse se intrometendo na vida dela, mas ele mesmo ouviu que a pergunta parecia uma acusação. Estava na cara que ela procurava dar uma resposta convincente, já que não tinha nenhuma para dar.

— Estou com um pouco de dor de garganta.

Disse isso subindo as escadas novamente sem olhar para ele. E ele sabia que ela estava mentindo. Quando ela desapareceu da sua vista, largou o buquê, tirou o casaco, olhou-se no espelho do corredor e passou os dedos no cabelo. Não se lembrava da última vez que tinha comprado flores para ela, ou se alguma vez na vida tinha feito isso. No entanto, para atingir os seus objetivos, ele tinha que passar por cima daquela sensação de desconforto. Queria apenas uma coisa, mas lá dentro os sentimentos estavam brigando por espaço. Raiva, medo, confusão, determinação.

Pegou o buquê e subiu as escadas.

Ela estava na mesa da cozinha organizando uma série de papéis. Uma máquina de calcular, uma caneta e a pasta que tinham recebido do corretor do imóvel onde ela arquivava todas as contas e papéis relativos ao empréstimo da casa.

O medo novamente. Mais forte que a raiva.

— O que você está fazendo?

Ela não teve tempo de responder. Olhou para ele e avistou o buquê vermelho cor de sangue. Ficou calada e o fitou como se quisesse descobrir o que aquilo tudo significava. E, por fim, depois de uma pausa sofrida durante a qual o que ele sentia eram apenas as batidas do coração, ela finalmente conseguiu entender a situação.

— Você recebeu flores?

— Não, elas são para você.

Ele esticou o braço para dar as flores, mas ela permaneceu onde estava. Não esboçou reação alguma. Apenas um vazio. Nem pensou em levantar para recebê-las. Aquela indiferença o deixou tão envergonhado que quase não pôde se conter e estava a ponto de jogar as acusações na cara dela. Rasgar aquela máscara de frieza por detrás da qual ela se escondia e fazê-la ficar de joelhos. Arrancar dela a confissão. Mas tinha que ser mais esperto do que isso para lidar com a situação.

Engoliu em seco.

— Será que devo colocar as flores na água?

As palavras dele a despertaram e ela foi até o armário acima da geladeira onde guardava os vasos, hesitou ao perceber que não alcançava e foi pegar uma cadeira. Não disse obrigada ao receber as flores. Nem olhou para ele. Apenas pegou o buquê, virou-se e foi para a pia. Ficou olhando para as costas da mulher enquanto ela, durante um bom tempo e minuciosamente, cortava o caule das rosas para arrumá-las no vaso.

Talvez ela já tivesse tomado a decisão e estava ali reunindo forças. Talvez ela estivesse prestes a contar tudo, a comunicar que se decidiu enquanto ele viajava. Confessar que tinha outro e que não queria mais viver com ele. Tinha que ser mais rápido do que ela, fazê-la entender que ele estava disposto a lutar pelo que era dele, que ele iria mudar se ela lhe desse uma chance. Ela tinha que entender que a decisão dela se baseava em circunstâncias errôneas.

De repente queria chorar, aproximar-se e envolvê-la nos seus braços. Ficar bem perto dela e contar tudo. Queria se livrar das mentiras de uma vez por todas e, sem elas entre os dois, deixar ela se aproximar dele de novo. Quando é que deixaram de conversar um com o outro? Será que eles alguma vez puderam conversar do mesmo jeito que ele e Linda faziam? Por que foi tão fácil com ela e não com Eva, já que ele e Eva se conheciam havia 15 anos? Ela era a pessoa que mais sabia dele. Não aguentava mais estar brigado com ela. Eles tinham feito muitas coisas juntos. E tinham Axel.

Por favor, Eva. Perdão. Me perdoa.

Não dava. Era uma tarefa desumana dar som às palavras, confessar a infidelidade e as mentiras, embora ela mesma não tivesse agido muito diferente. Recusava-se a se expor dessa maneira, pelo menos ele não faria isso antes de ter noção de como ela iria reagir, se ela iria ou não rejeitá-lo. Mas ele tinha que se aproximar, não tinha muito mais tempo agora, tinha que chegar perto dela antes que fosse tarde demais. Antes que ela se virasse e anunciasse a sua decisão.

— Senti falta de você.

Ela não se virou, mas as mãos pararam no meio do caminho, entre a pia e o vaso de flores. Ele pôde ouvir como a frase soou estranha, foi como se até mesmo a cozinha tivesse reagido. Fazia muito tempo que algo desse tipo havia sido dito entre aquelas paredes, e ele mesmo se perguntava se era verdade o que acabava de dizer. Será que o que sentia era mesmo saudade? Considerando-se o primeiro significado da palavra, sim, era isso mesmo. Tinha saudades da lealdade dela.

— Enquanto estive fora, fiquei pensando em tudo o que você disse que eu devia fazer. Eu queria te pedir desculpas por ter sido tão rude nos últimos tempos. E também fiquei pensando naquela viagem que você comprou para a Islândia. Eu queria muito que a gente fizesse essa viagem.

A mão dela voltou a alternar entre a pia e o vaso.

— Eu já devolvi as passagens.

— A gente pode comprar outras. *Eu* tomo conta disso.

Impaciente. Beirando o desespero. Uma tentativa louca de quebrar o gelo, de ter uma resposta que apontasse para que lado eles estavam indo. E odiava estar mais uma vez entregue à vontade dela, à decisão dela. Em apenas um segundo, ele se readaptou, deixou que tirassem dele todo o poder de iniciativa que descobriu que tinha nos últimos seis meses.

O telefone tocou. Ela alcançou primeiro, embora ele estivesse mais perto. Ele hesitou, pois achou que deixariam de atender.

— Alô.

Ela olhou rapidamente para ele ao identificar quem estava falando. Como se estivesse a ponto de ser descoberta.

— Eu ainda não tive tempo. Posso te ligar um pouco mais tarde?

Posso te ligar um pouco mais tarde?

Não teve tempo de fazer o quê?

— Tá, vou fazer. Até mais.

Largou o fone.

— Quem era?

— Era o papai.

Mentiu sem olhar para ele mais uma vez. Era ele. O outro.

De alguma forma, tinha que sair daquela posição desvantajosa. Era ele quem andava sendo rude ultimamente, ela continuaria se escondendo atrás dos seus direitos de pessoa magoada, fazendo-se de difícil e obrigando ele a fazer de um tudo para agradá-la. Tinha que dar um jeito, ela tinha que confessar. Mas ele não podia acusá-la, então ela ficaria na defensiva e teria uma razão legítima de revidar. Não, ele tinha que fazer com que ela mesma admitisse.

Ela voltou a se ocupar das rosas, embora elas já estivessem em posição de sentido no vaso. Ele decidiu arriscar. Ela devia reagir de alguma forma.

— Aliás, Janne mandou lembranças.

— Ah... Como é que eles estão?

— Estão bem. Ele disse que viu você almoçando num restaurante faz um tempo.

— Hum.

— Tudo indica que você não viu o Janne. Ele perguntou brincando quem era o frangote que te fazia companhia naquele almoço romântico.

— Frangote?

— É, ele falou que você estava almoçando com um cara jovem.

— Eu não me recordo. Quando foi isso?

Ela foi para a sala com o vaso e ele foi atrás.

— Acho que faz uma semana. Não sei direito.

— Então não fui eu. Ele deve ter me confundido com outra pessoa.

Mais calma que aquilo só morta. Ele não a conhecia. Será que ela sempre mentiu tão bem? Talvez não fosse a primeira vez que ela tinha um caso, ela teve todas as chances do mundo em todos esses anos. As viagens de negócios e as horas extras no trabalho. Mesmo se ela não tivesse almoçado com ele, a palavra frangote devia ter incomodado. Devia ter mexido com ela, dizer assim que o amante era dez anos mais novo.

Sentiu que a raiva tomava conta dele e que, logo logo, já não conseguiria mais se segurar e acabaria transbordando. Ela colocou o vaso na mesa e ficou arrumando as rosas como se elas fossem participar de uma exposição com o tema simetria.

Ele deu meia-volta e foi direto para o banheiro, sentia uma necessidade forte de lavar tudo o que tinha se grudado nele nas últimas 24 horas.

Inspecionou o armário do banheiro. Nenhuma escova de dentes esquecida. A lata de lixo recentemente esvaziada e abastecida com um saco plástico novo. Viu que a máquina de lavar estava cheia de roupa limpa, e foi pendurá-las. A roupa de ginástica azul-escura do Axel e uma blusa preta de Eva. E uma calcinha fio dental de renda que ele nunca tinha visto antes. Ele segurou a peça íntima com a ponta dos dedos que faziam uma pinça com o polegar e o indicador, teve nojo só de pensar que... Safadeza. Então era assim que ela se vestia quando saía com o seu caso. Ela nunca se vestiu desse jeito para ele.

Pegou dois pregadores e pendurou a calcinha no secador de forma que fosse a primeira coisa que ela avistasse ao entrar no banheiro, que entendesse que ele já sabia de tudo. E aflita, ela ia ficar se perguntando o porquê de ele não comentar nada.

Subiu as escadas e foi para o quarto. A cama estava arrumada com a colcha no seu devido lugar. Como ele ia dormir naquela cama de novo?

Puxou a gaveta de cima da cômoda onde ela guardava as roupas íntimas, procurava em meio às calcinhas anatômicas com as quais ela costumava aterrorizá-lo. À esquerda dos sutiãs, mais um apetrecho desconhecido: um sutiã preto de renda com enchimento que ele também desconhecia. Ouviu um remexer de coisas na cozinha, levantou o sutiã e foi inundado pela imagem dela e do outro juntos na cama de casal bem atrás dele. Via como as mãos impacientes do outro afrouxavam o ganchinho do sutiã na sua frente e deixavam à vista os seios dela. Controlou o impulso de voar para a cozinha e jogar o sutiã na cara de coitadinha dela. Obrigou-se a respirar fundo. Estava a ponto de fechar a gaveta quando avistou uma outra coisa. A ponta de algo vermelho. Um diário com um cadeadozinho no formato de coração e uma chave pendurada num fio prateado. Um diário? Desde quando ela escrevia diário? O som de movimento na cozinha assegurava que ela ainda estava lá fora. Cutucou o cadeado com a chavezinha e começou a folhear. Estava novinho em folha. Nenhuma palavra nas páginas brancas. Estava prestes a fechar o cadeado quando alguma coisa caiu lá de dentro e, no mesmo instante, viu as palavras escritas à mão pelo outro:

"Para você, meu Amor! Estou do seu lado. Tudo vai se resolver. Um diário a ser preenchido com as lembranças dos momentos maravilhosos que a vida nos reserva."

Em seguida, olhou para a palma da mão e não conseguiu acreditar nos seus olhos.

Lá estava — asqueroso e retorcido, amarrado com uma linha azul-clara — um cacho louro do cabelo daquele sacana.

Quase 13 mil coroas por mês apenas de despesas com a moradia. Os papéis estavam espalhados em montinhos diferentes à frente dela na mesa da cozinha: parcelas do empréstimo, contas de luz e apólices de seguros. Daria para pagar as despesas da casa e as parcelas do empréstimo, mas isso exigiria uma mudança radical de hábitos. Um carro mais barato. Fazer compras do mês em lugares mais em conta. Fazer listas de compras detalhadas e comprar embalagens tamanho família.

Olhou para a pasta que receberam do corretor quando compraram a casa. O desenho colorido de uma casa sorridente na capa. Uma mancha escura bem em cima da chaminé. Foi Henrik quem espirrou um pouco de vinho quando festejaram o negócio na varanda do Café Ópera.

Fazia oito anos.

O pai pediu para ela entrar em contato com um avalista para determinar o valor da casa e para ela fazer as contas do quanto precisava pegar emprestado. Ela faria tudo para garantir que todos os papéis estivessem prontos no dia em que o marido finalmente tivesse a coragem de admitir a traição. Apenas precisava de uma hora para arranjar o dinheiro e mandá-lo à merda.

De repente, achou que tinha escutado um barulho de chave na porta. Ele voltaria de viagem apenas no dia seguinte, ela devia estar imaginando coisas. Aliás, nos últimos dias andava escutando uns ruídos estranhos. Na noite anterior mesmo, quando estava tomando banho, podia jurar que ouviu passos de alguém no andar de cima. A porta do terraço estava aberta, e por um instante ela ficou com medo. Vestiu o roupão e subiu as escadas. Examinou todos os cômodos, até mesmo dentro dos armários, para se certificar de que a casa estava vazia. Axel estava na casa dos avós, então ela não podia dizer que o barulho vinha dele. Pela primeira vez pôde imaginar como seria no futuro. Sozinha na casa. O medo do escuro acabaria com ela. E numa noite dessas, teve certeza de que alguém estava no terraço olhando para ela pela vidraça escura. Tinha que superar o medo que se entrelaçava nela, tinha que ser forte.

Logo depois, o som da porta que se abria. Alguém estava no corredor.

— Oláá!

— Sou eu.

Henrik. Mas por que ele chegara em casa tão cedo? Só podia ter uma explicação. Ele tinha decidido contar tudo e não aguentou esperar mais nem um minuto para aliviar a consciência pesada. Agora ele vinha correndo para casa um dia antes do esperado e ela ainda não estava com tudo pronto. Colocara no dia anterior o artigo de jornal sobre Linda na caixa de correio da mãe de Simon. A essa altura ela já devia ter lido, mas ainda ninguém da escolinha tinha se manifestado. Nenhum telefonema anunciando uma nova reunião de emergência. E tinha que esperar no mínimo dois dias para receber o dinheiro da casa que ia esfregar no focinho dele.

Ele ainda não podia contar nada!

Levantou-se e foi para as escadas. Tinha que se recompor e agir normalmente, como a esposa compreensiva que era. Perguntar como foi a viagem, se estava tudo bem com ele, e ficar feliz por ele ter chegado mais cedo. Não dar motivos para ele colocar para fora o que queria contar.

Já no meio da escada, ela conseguiu vê-las, embora estivessem escondidas atrás dele e as intenções dela caíram no chão como pinos de boliche. Como ele podia ter tanto mau gosto? Naqueles anos todos, ele nunca lhe deu flores e, justamente naquele momento, ele tinha a audácia de aparecer com aquelas rosas vermelhas na hora de contar que tinha outra e que queria se separar. Mas afinal, o que ele tinha naquela cabeça? Será que ele esperava que ela ficasse feliz? Que a merda de um buquê de rosas fosse justificar a traição dele e fazê-la perdoar tudo? OK, então você tem um caso com a professora do nosso filho e está querendo se separar. Mas então era só isso... que gentileza sua ter finalmente se lembrado de me dar flores!

Suspirou fundo.

— Pensei que você só fosse chegar amanhã de noite.

— É, eu sei. É que mudei de ideia.

Percebeu o quanto ele estava nervoso. Um sorriso sem graça lutava para ficar na cara dele.

Você pode pelo menos tirar a bosta do casaco.

— Por que você não foi trabalhar?

Porque eu inventei que estava doente e agora passo os dias destruindo o seu futuro. Da mesma forma como você destruiu o meu.

— Estou com um pouco de dor de garganta.

Subiu as escadas novamente. Foi para a mesa da cozinha e começou a juntar os papéis. Não teve tempo de tirar tudo da mesa antes de ele ir atrás dela.

— O que você está fazendo?

Havia medo na voz dele. A raiva com que ela se acostumou a conviver nos últimos dias tinha sumido. Confusa, percebeu que o Henrik que ela conhecia, aquele com quem tinha vivido durante quinze anos, mas que estava inacessível nos últimos tempos, estava de volta. Ele estava ali na cozinha tentando se aproximar dela.

Olhou para ele. Um garotinho medroso com um buquê de flores grande demais para o seu tamanho. Tão digno de pena, completamente desamparado.

E uma coisa ela sabia muito bem: que definitivamente não queria as flores dele.

— Você recebeu flores?

— Não, elas são para você.

Ele estendeu o braço com o buquê na direção dela. Aceitá-lo seria se render, abrir uma brecha para uma aproximação, e ela não tinha vontade alguma de dar o que ele queria. Viu que a sua hesitação o deixou irritado. Por algum motivo, ele fazia de tudo para ser agradável. Queria saber qual era o plano dele. Fazer as pazes como bons amigos para depois ele detonar a bomba?

Ela não facilitaria as coisas desse jeito para ele.

— Será que devo colocar as flores na água?

Percebeu que não tinha escolha. Ela seria rude demais se recusasse as flores, e ela não daria uma mãozinha a ele criando um conflito, pois não dá para se viver com uma mulher que nem sequer aceita um buquê de flores.

Tirou um vaso do alto e foi até o marido, mas dizer obrigada era pedir demais. Pegou o buquê e foi para a pia. Cortou com cuidado as pontas do caule, rosa por rosa, e as colocou no vaso. Ele permaneceu de pé atrás dela, talvez estivesse juntando forças para fazer a confissão. Tinha que fazê-lo esperar, só mais um dia, só até o passado de Linda ser revelado no jardim de infância e ela arranjar o dinheiro. Se o rejeitasse, o comportamento dela iria naturalmente reforçar a decisão dele, confirmar que ele fazia a coisa certa ao deixá-la, mas tudo isso não tinha mais nenhuma importância. Tantas vezes ela andou atrás dele pela casa nos últimos seis meses tentando iniciar uma conversa. Agora era a vez dele de andar atrás dela. E depois ninguém andaria mais um atrás do outro. Jamais. Nem nesta casa nem em lugar nenhum. Muito pelo contrário.

— Senti falta de você.

A mão parou no meio do caminho entre a pia e o vaso de flores. Sem que ela controlasse. Era como se o restante do corpo ainda não tivesse compreendido o que significavam as palavras que ela acabava de ouvir.

E então, de repente, ela entendeu tudo. O medo na voz dele. As rosas vermelhas. As tentativas imbecis mas corajosas de reconciliação.

Alguma coisa aconteceu na viagem dos dois.

Linda o abandonou e agora ele estava ali amedrontado, querendo a sua mulher de volta. Não porque a amasse, mas porque ele não tinha nenhuma outra opção. Foi por isso que ele chegou mais cedo. Eles acabaram com o relacionamento. Era por isso que ela de repente podia reconhecê-lo, agora que a força vinda da paixão de Linda não estava mais com ele.

— Enquanto estive fora, fiquei pensando em tudo o que você disse que eu devia fazer. Eu queria pedir desculpas por ter sido tão rude nos últimos tempos. E também fiquei pensando naquela viagem que você comprou para a Islândia. Eu queria muito que a gente fizesse essa viagem.

As novas circunstâncias faziam o chão tremer sob os pés dela. Precisava de tempo para entender o que aquilo tudo significava, como iria lidar com a situação.

— Eu já devolvi as passagens.

— A gente pode comprar outras. *Eu* tomo conta disso.

Aquilo soava como uma tentativa quase desesperada, ele estava quase implorando. Fazia qualquer coisa, era só ela deixar que ele se aproximasse. E, de repente, ela se via obrigada a confessar para si mesma algo que, por causa da raiva, conseguira deixar de lado. Havia algo de atraente na tentativa dele de se libertar dela. Não na traição e nas mentiras, por causa delas tinha perdido todo o respeito por ele, mas o que a fascinava era o fato de ser a primeira vez que ele tomou a iniciativa de fazer algo, algo que questionava ela mesma e a influência que ela tinha sobre ele. Ele virou um homem, mesmo que fosse um homem sacana e covarde, e não era mais um segundo filho de que ela precisava tomar conta. E, enquanto ela colocava outra rosa no vaso, percebeu que o ódio e o desejo de vingança que a infidelidade de Henrik tinham despertado nela eram uma reação por ela finalmente ter visto algo nele que pudesse admirar.

Uma vontade própria.

E agora ela podia recebê-lo de volta.

Mas quem estava ali na sua frente era o velho Henrik, o Henrik com que ela estava acostumada. Naqueles anos todos, ela não tinha se permitido questionar a relação deles, um dever era um dever, achava que era obrigada a ficar. Não tinha se permitido admitir o desprezo que sentia pela fraqueza dele, por ele ter deixado que ela ficasse acima dele. Com a traição, ele abriu os olhos dela e não havia mais volta. Ele a tinha enganado e humilhado, e agora mudava de repente de ideia e queria voltar para ela.

Seria obrigada a tomar a decisão sozinha.

E para sempre carregar a culpa.

O telefone tocou. Deu os passos necessários e respondeu, aliviada por poder ganhar tempo.

— Alô.

— Oi, sou eu. Eu só queria saber se você já conseguiu falar com o avalista.

Lançou um olhar rápido para o marido se perguntando se ele podia ouvir o que o pai dizia.

Ele estava de braços cruzados e a observava atentamente. Não dava para saber se ele ouvia alguma coisa.

— Eu ainda não tive tempo. Posso te ligar um pouco mais tarde?

— Claro.

— Tá, vou fazer. Até mais.

Desligou o telefone e largou o aparelho.

— Quem era?

— Era o papai.

Ele se contentou com a informação. Não perguntou o que ele queria.

Voltou para as rosas. Embora elas já estivessem arrumadas no vaso, precisava se ocupar de algo para manter a distância entre os dois.

— Aliás, Janne mandou lembranças.

Ficou agradecida pelo assunto neutro.

— Ah... Como é que eles estão?

— Estão bem. Ele disse que viu você almoçando num restaurante faz um tempo.

— Hum.

— Tudo indica que você não viu o Janne. Ele perguntou brincando quem era o frangote que te fazia companhia no almoço romântico.

Ela segurou o vaso e foi para a sala.

— Frangote?

— É, ele falou que você estava almoçando com um cara jovem.

— Eu não me recordo. Quando foi isso?

Até onde ela sabia, fazia muito tempo que tinha almoçado com outras pessoas que não fossem os colegas de trabalho. E eles não tinham nada de frangotes.

— Acho que faz uma semana. Não sei direito.

Ele foi atrás dela até a sala.

— Então não fui eu. Ele deve ter me confundido com outra pessoa.

Ele permaneceu calado um instante e ela fingia endireitar a merda das rosas mais uma vez. Então, finalmente ele foi embora, e ela pôde ouvir os passos descendo a escada.

O olhar dela parou num dos carros de brinquedo de Axel e de repente ela lembrou que esqueceu de contar a história do homem na escolinha e que o Axel passou o dia na casa dos avós. E percebeu que ela é quem tinha que buscar o filho, pois Henrik não podia se encontrar com os pais dela. Não antes de tudo estar pronto. E então não haveria mais motivo.

Estava quente e a sala cheirava a local fechado, o sol batia bem em cima da sala e ela deixou a porta do terraço entreaberta antes de voltar para a cozinha e abrir a máquina de lavar louça. Mais uma atividade atrás da qual ela podia se esconder por um tempo. Ouviu que ele subia as escadas, viu pelo canto do olho que ele passou pela cozinha e constatou aliviada que ele prosseguiu para o quarto.

O estado de confusão em que se encontrava era tão grande que não conseguia lembrar onde colocara a louça que tinha acabado de tirar da máquina. Achava que tinha o controle dos acontecimentos, mas agora as regras do jogo tinham mudado, as peças do quebra-cabeça foram jogadas para o alto e acabaram ficando fora de ordem. Ela precisava frear o desenrolar da situação para recuperar o controle. Que consequências teria o artigo que ela havia deixado na caixa de correio da mãe de Simon? Já não sabia mais. Estava se lixando para o que ia acontecer com Linda, mas podia ser que os seus próprios atos atrapalhassem os planos dela. Tinha que pensar em paz.

Viu Henrik passar pela porta da cozinha mais uma vez a caminho do quarto. Se ela fosse se deitar e fingisse que estava dormindo, podia ficar em paz para pensar. Ela bem que ficou em casa porque estava com dor de garganta.

Entrou no quarto e fechou a porta. Havia um caderno vermelho em cima da colcha com um cadeadozinho ao lado e o sutiã preto de rendinha que ela comprou se humilhando numa outra vida. Jogou-se na cama. O que ele estava querendo com aquilo? Será que agora ele não estava passando dos limites? Guardou com rapidez o sutiã na gaveta de cima, não aguentava ficar olhando para ele. Em seguida, sentou-se na cama, pegou o caderno e levantou-o no ar para calcular o peso. Ele sabia muito bem que ela não escrevia diário. Por que tinha comprado justamente aquilo? Cutucou o cadeado minúsculo até abrir o caderno na primeira página. Alguma coisa caiu, aterrissando no colo dela. Primeiro ela não viu direito o que era. Quando entendeu o que era aquilo, não pôde acreditar nos seus olhos. E mais uma vez ficou claro para ela que não conhecia o homem com quem viveu durante quinze anos. O Henrik que ela achava que conhecia — nunca, de jeito nenhum — teria a ideia de cortar uma mecha do cabelo e colocá-la com todo amor e carinho dentro de um diário que ele achava que ela deveria começar a fazer. Leu as palavras na primeira página e nem sequer conseguia reconhecer aquela letra:

"Para você, meu Amor! Estou do seu lado. Tudo vai se resolver. Um diário a ser preenchido com as lembranças dos momentos maravilhosos que a vida nos reserva."

Chocada, leu mais uma vez aquelas linhas. Mas quem era ele afinal? Que outro lado misterioso ele ia revelar que ela ainda não tinha descoberto durante todos esse anos juntos? A única coisa que sabia é que aquilo nas suas mãos era uma tentativa sincera da parte dele de mostrar que a amava. De que estava disposto a fazer de tudo. Podia ser que ele tivesse chegado a essa conclusão durante a viagem. Que realmente queria tentar mais uma vez.

Sentiu de repente que as lágrimas queriam descer e como o ódio que a impulsionava nos últimos dias deu lugar a uma tristeza enorme. Ao relaxar, o cansaço que veio sobre ela era inimaginável. Arrasada, foi engatinhando para debaixo das cobertas. Talvez ainda houvesse esperanças. Mas será que algum dia ela iria conseguir perdoar? Será que algum dia ela iria confiar nele de novo? Mas que mãe ela seria se, pelo menos por causa do Axel, não desse a ele uma chance? O que era imperdoável não era ele ter se apaixonado por outra, considerando-se o estado do casamento deles, isso era até compreensível. É que a traição e as mentiras deixaram uma ferida que nunca iria cicatrizar. Imperdoável era o ultraje de ele não ter contado, explicado, de não ter dado a ela a chance de reagir e de se posicionar diante da conjuntura real. Era o fato de que aquele que ela achava estar mais próximo dela era a mesma pessoa que a feriu tanto, tudo isso para garantir os próprios ganhos. Será que ela algum dia teria respeito por ele depois de tudo, depois de ele ter sido tão covarde?

Colocou a cabeça no travesseiro e fechou os olhos. Só queria dormir. Dormir e esquecer tudo para depois despertar do pesadelo e ver que tudo voltou ao normal.

Talvez apenas uma palavra dele fosse suficiente. Uma única palavra dita com sinceridade. Talvez isso fosse o que ela precisava para tentar de novo. Para poder respeitá-lo como homem.

Um sincero e confesso.

Perdão.

Acordou com a porta do quarto que se abria. A violência fez com que a maçaneta deixasse um arranhão profundo na parede de gesso e o barulho a fez se sentar na cama, de tão assustada que ficou. Ele estava na soleira da porta e a expressão no rosto dele a deixou com medo.

— Mas que canalhice! Como é que você pôde ser tão sacana?!

Ela olhou para o rádio-relógio. Eram 5h15 da manhã. Tinha dormido mais que seis horas.

— O que foi?

Cuidado.

Ele deu um risinho sarcástico.

— O que foi?! O que você acha? Será que você não pensou que eu devia ser a primeira pessoa a saber que a gente vai se separar e que você vai me expulsar de casa?

A respiração dela ficou presa.

— Como você acha que eu estou me sentindo após ficar sabendo de tudo pela boca dos seus pais? Fiquei com a maior cara de idiota, não entendendo nada.

O coração explodia no peito. O controle escorria gota por gota das mãos dela.

— Mas por que você foi falar com eles?

A pergunta dela era imbecil e ela mesma pôde ouvir que era. Ele também achou o mesmo e balançou a cabeça numa expressão de legítimo nojo.

— Porque eles me perguntaram quando a gente ia buscar o Axel.

Merda. Tudo estava indo parar na merda.

— Que tal se você cortasse o cordão umbilical, hein? Viver com você é como se eu também fosse casado com os seus pais. Eles são um... uma meleca que fica ali grudada, se metendo em tudo. Puxa, eles foram tão compreensivos!

Ele impostou a voz e imitou.

— *Coitadiiiinho do Henrik, como você vai indo, meu filho?*

O corpo inteiro dele exprimia a repulsa.

— Mas que porra é essa? Como é que você procura os seus pais e conta tudo para eles antes de falar comigo? Mas é claro, você sempre agiu dessa maneira, por que seria diferente em se tratando de um divorciozinho? A culpa é deles se tudo acabou desse jeito.

A raiva dela foi instantânea:

— Os meus pais sempre ajudaram a gente. Sempre fizeram muito mais do que os seus!

— Pelo menos eles deixam a gente em paz.

— Ah, isso é o mínimo que se pode dizer deles!

— Melhor assim do que fazer o que os seus fazem. Você sempre deu prioridade aos seus pais. Como se eles ainda fossem a sua família.

— Mas eles também fazem parte dela.

— Viu só? Você mesma acabou de dizer. Então por que você não tem um filho com eles? E não vai morar com eles? Já que para ir para a cama, você vai continuar usando o seu amante, como sempre.

Ele deu um soco no batente da porta e sumiu para a cozinha.

Ela foi atrás. Ele estava debruçado sobre a pia e a parte de cima do corpo estava tensa com a respiração forte.

Como ele tinha a coragem?

— Que besteira é essa que você está falando?

Ele se virou e olhou para ela.

— Para de representar, Eva. Ele me contou tudo.

— Ele quem?

Um sorriso de superioridade delineou-se no rosto dele.

— Não dá para ser menos ridícula? Eu te conheço, mas não fazia a mínima ideia de que você fosse tão covarde.

— Olha quem fala!

Ele ficou em silêncio. Ela percebeu que a conversa se encaminhava para onde devia e ela estava mais uma vez na dianteira. Mas por quanto tempo? O que ela sabia e o que não ficara sabendo? Ela não sabia de Linda, ao mesmo tempo que a outra era a única desculpa para o que tinha feito. Mas agora refizeram o esquema detalhado que ela tinha feito e tudo ficou na ordem errada. Tudo podia se virar contra ela.

— Quem é esse "ele" que contou coisas para você e, nesse caso, o quê?

— Ah, dá um tempo, Eva. Eu sei muito bem o que você anda fazendo, para de fazer teatro. Você está querendo que ele venha morar aqui, agora que você me expulsou, não é?

— Mas que papo é esse? De quem você está falando?

Com um movimento rápido, ele atirou a tigela de frutas no chão, maçãs e laranjas rolando no piso de madeira envernizada, fugindo dos cacos afiados da cerâmica.

Ele foi para o quarto.

Ela foi atrás.

— Será que você não pode me responder em vez de ficar colocando a culpa em mim? A tigela não tem culpa de você não ter nenhuma resposta.

Ele puxou uma gaveta da cômoda e ficou remexendo as roupas íntimas dela.

— O que você está fazendo?

— Onde ele está?

— O quê?

— O diário lindo que você recebeu.

— Você já quer pegar de volta?

Ele parou e ficou olhando fixamente para ela.

— Ah, não! Para de fingimento! Eu coloquei o diário em cima da cama para você mesma ver. Eu já vi os dois: o diário e aquele cacho nojento. Qual é a idade dele mesmo? Vocês também trocaram fotos para pendurar num cordãozinho? Você ia ficar uma gracinha andando por aí com um cordãozinho desses no pescoço.

Ele pegou o sutiã preto de rendinha e quase esfregou a peça na cara dela.

— Imagino que ele se rasgue de tesão quando você coloca isto aqui, apesar de ser difícil de entender...

Ficou calada. Será que ele tinha perdido o juízo?

Ele bateu a gaveta da cômoda e foi até a porta. Ela foi atrás dele na sala, onde ele, de repente, se deteve.

— Essa sua cabeça é mesmo doente.

Parecia que era isso mesmo que ele queria dizer e ela seguiu o olhar do marido. Na mesinha da sala, o vaso apenas com os cabos verdes. As rosas propriamente ditas desapareceram sem deixar rastro. Cortadas e sequestradas.

Agora era a vez de ela dar um risinho irônico.

— Você não precisava ter se incomodado. Podia ter se poupado, pois de qualquer jeito eu não queria essas flores.

Ele se virou, e agora olhava para ela com uma expressão no rosto como se fosse um louco varrido.

O telefone tocou. Nenhum deles mostrou que ia atender. Toque após toque, e eles petrificados.

— Deixa tocar.

Ele se virou logo em seguida e foi para a cozinha. Como se as palavras dela tivessem sido uma ordem direta para que ele atendesse.

— Alô.

Fez-se silêncio. O silêncio foi tão longo que ela foi atrás para olhar o que estava acontecendo. Ele estava imóvel, de boca aberta, os olhos fixos no nada, o fone colado no ouvido.

— Qual o estado dela? Onde ela está internada?

Uma aflição grande. A mãe dele tinha feito uma operação para colocar um marca-passo fazia alguns meses. Talvez ela tivesse passado mal.

Em seguida, ele virou a cabeça em câmera lenta. Cravou nela uns olhos tão cheios de asco e ódio que ela ficou com medo. Sem tirar os olhos dela, ele prosseguiu:

— Você mesmo pode comunicar a ela.

Ele estendeu o telefone.

— Quem é?

Ele não respondeu. Continuou odiando-a com o fone na direção dela.

Ela foi devagar até ele com uma sensação forte de perigo iminente. Ele não desgrudava os olhos dela e ela colocou o fone no ouvido.

— Alô?

— Aqui quem fala é Kerstin Evertsson, do Jardim de Infância Kortbacken.

Formal e impessoal. Alguém que ela não conhecia. Ou alguém que não tinha vontade de conhecê-la.

— Ah... oi.

— É melhor eu ir falando tudo de uma vez. Eu acabei de contar para o seu marido que estou a par de que ele e Linda tinham um relacionamento que acabou ontem. Eu contei também para ele que Åsa Sandström recebeu uma carta anônima com um artigo de jornal sobre Linda e que foi você quem enviou essa carta. Åsa viu você colocando a carta na caixa de correio dela.

Ah, meu Deus! Deixa eu sumir. Não me deixa passar por isso.

— Claro que eu tive que ligar para Linda e contar o que estava se passando, embora eu já soubesse da história do julgamento e de tudo pelo que ela tinha passado. Mas tudo isso foi demais para ela. Ela não aguentou mais e agora está internada na unidade intensiva do hospital Söder depois de ter cortado os pulsos.

Por um segundo, encontrou o olhar transbordando de ódio de Henrik antes que pudesse se desviar.

— Acho que você deve ficar sabendo que os pais da escola fizeram uma vaquinha para comprar flores para Linda e que eles vão pedir a ela que continue na escola, se ela se recuperar, é claro.

Nunca mais ela poderia se mostrar em público.

— Mas eu tenho que admitir que ainda não sei como resolver o restante do problema. É claro que, por consideração a Axel, ele continua ocupando a vaga aqui na escola, mas no que se refere a vocês, eu acho muito difícil continuar trabalhando para vocês dois. Mas essa é uma decisão que vocês mesmos têm que tomar.

Socorro! Meu Deus, me ajuda.

— Você está me ouvindo?

— Estou.

— Seria bom você entrar em contato com a Åsa, pois ela quer muito falar com você e saber o porquê de justamente ela ter sido envolvida nessa história toda, já que agora todos entenderam que foi você quem enviou aqueles e-mails usando o nome da Linda. Você pode imaginar que a Åsa está se sentindo usada e, por esse motivo, ela está no mínimo muito chateada com você.

Não dava para respirar.

Nem para suportar.

— Como você pode perceber, eu estou, para falar a verdade, furiosíssima com você. Eu estaria mentindo se dissesse outra coisa. Imagino que você deve ter ficado "louca da vida", para usar um termo mais exato, quando descobriu que Henrik e Linda estavam juntos, mas isso não justifica o que você fez. Aqui nós trabalhamos duro para que as crianças aprendam a distinguir o certo do errado e que devemos nos responsabilizar pelos nossos atos. Eu achava que conhecia você, mas tudo indica que eu estava errada.

A vergonha era uma corda no pescoço que ficava mais curta a cada sílaba. Estava aniquilada, com a honra manchada. Tinha que sair dali. Sair das redondezas de Nacka. Sair da Suécia. Não correr o risco de se encontrar com alguém que pudesse reconhecê-la, que soubesse o que ela tinha feito.

— Ela vai se recuperar?

— Os médicos ainda não sabem.

Largou o fone e esqueceu de desligar o telefone. Henrik de braços cruzados. Irado, hostil e para sempre com a razão do seu lado.

Descer as escadas.

Sapatos. Ela lembrou que precisava estar calçada antes de sair.

Não pela Värmdövägen. Tinha que se limitar a ruas menores.

As casas ao seu redor, as luzes acesas na janela, famílias que acabavam de se reunir depois de um dia de trabalho. Toda aquela decoração ali era apenas para castigá-la. Não estava à venda. Inacessível. Daqui em diante você só poderá ficar olhando; participar, nunca. Você foi expulsa da nossa comunidade. Para sempre uma renegada, porém lembrada pelo que fez.

Como se houvesse um vidro embaçado na sua frente, viu que um carro se aproximava e colocou a mão atrás da cabeça para puxar o capuz do casaco. Não queria ser vista. O capuz não estava ali onde costumava estar. Olhou para baixo e viu que estava sem casaco. O carro passou. Tinha que continuar, sumir dali.

Num primeiro momento, não percebeu que o carro se movia devagar bem ao lado dela. Apenas viu uma mancha branca bem no canto do olho. Em seguida, o carro passou por ela e parou na sua frente.

— Oi.

Uma voz surpresa e alegre.

Ninguém poderia ficar feliz ao vê-la.

Ela parou de andar. Havia algo de conhecido no rosto na penumbra que recebia a luz fraca do poste da rua.

— Que surpresa encontrar você aqui! Você mora por aqui ou está só passeando?

Quadros coloridos. A voz aparecia conectada a padrões abstratos.

— Então, está tudo bem com você? Será que eu posso te dar uma carona?

Não via nada na sua frente. E ele que parecia preocupado de verdade com ela, que ainda se rebaixava se dirigindo a ela. Em seguida, viu os pais de Daniel lá embaixo na rua vindo a pé na direção dela. Cada um deles com a sua pasta. Saltaram do ônibus e estavam indo para casa. Logo logo passariam por ela. Flores para Linda. Eles sabiam do que ela tinha feito e participaram hoje da vaquinha para as flores. Não havia nenhuma ruela lateral por onde ela pudesse se meter.

Ela foi para o lado do carona e entrou no carro.

Me leva para longe daqui, só isso.

Não deixa eu esbarrar com os pais do Daniel.

Será que havia alguma coisa pior do que aquilo?

E se não...

Eram tantos "e se não". Tantos que não podia mais ver qual foi o primeiro que passou.

Os dois em silêncio no carro. Ele não perguntou aonde ela queria ir e ela não queria saber para onde ele estava indo. Apenas recostou a cabeça no assento e fechou os olhos. Um refúgio silencioso onde ela podia ficar livre das acusações.

Abriu os olhos somente quando o carro parou e o motor foi desligado. Uma rua sem saída. Alguns carros estacionados. Um edifício residencial. Lembrou-se da última vez que esteve ali.

Com grande esforço, ela virou a cabeça e olhou para ele. Registrou o sorriso carinhoso dele e olhou para baixo, pousando os olhos nas mãos que descansavam sobre o volante. Lembrou-se da falta de habilidade delas e dos dedos torpes passeando pelo seu corpo e surpreendeu-se por ela ter permitido aquilo.

Mais um "e se não".

— Obrigada pela carona.

Ela esboçou um movimento de abrir a porta. Mas a falta de energia se expressou na dor das articulações, um pedido do corpo para ela não se mover.

— Você não quer subir um instante?

Deixou a mão parada na maçaneta da porta enquanto procurava uma resposta. Havia uma certa expectativa na voz dele, e isso era muito mais do que ela podia suportar num momento como aquele.

Abriu a porta do carro e o frio que sentiu lembrou-lhe que ela estava sem casaco. Também estava sem dinheiro.

Não tinha nada com ela.

— Eu tenho uma garrafa de sidra lá em casa. Por que você não sobe e me acompanha num copo? Para ser sincero, parece que você realmente está precisando beber algo. Depois eu te levo de carro para onde você quiser.

Para onde você quiser. Onde ficava isso? Será que esse lugar existia?

E se não.

Toda a cadeia de acontecimentos estava interligada por uma série de "e se não". Mas o primeiro elo da cadeia era Henrik. A traição, a covardia dele. A raiva que ele descarregou em cima dela. A falta de consideração.

O veredicto de Kerstin ecoava na cabeça. As pessoas sempre devem se responsabilizar pelos seus atos. O que Kerstin sabe sobre como ela foi tratada por Henrik? Sobre o que ele fez que provocou o crime dela, sobre como ela se sentiu impotente? Mas ela nunca teria a chance de se defender. Não diante daqueles que se acharam no direito de condená-la. O veredicto foi anunciado e a pena determinada.

Pária.

Mas e quanto a Henrik? Será que ele não seria obrigado a assumir nenhuma parcela da culpa? Pois foi ele quem tornou possível toda a cadeia de "e se não".

Ele saiu do carro e ela viu através do vidro que ele estava a caminho da porta aberta do lado dela. Já na sua frente, ele estendeu a mão na direção dela.

— Vamos... É apenas uma sidra, nada mais que isso.

Estava tão cansada... Morta de cansaço. Apenas queria seguir os outros, não ter que tomar decisões.

— Então só uma sidra, está bem?

Ele sorriu e balançou a cabeça numa afirmativa.

— Só uma sidra.

Ela não aceitou a mão estendida dele e saiu do carro deixando-o para trás. O braço dele permaneceu assim, levantado por um tempo um pouco longo demais, até que, aos poucos, ele o deixou cair. Em seguida, bateu a porta do carro e tirou um saco plástico do bagageiro.

— Vem.

Ele foi rumo à portaria. Talvez tenha ficado chateado quando ela se negou a segurar a mão dele, mas não foi para ser desagradável. Ela só não queria encorajá-lo, não queria dar falsas esperanças de que fosse acontecer algo mais do que o combinado. Uma sidra. E nada mais. Foi ele mesmo quem disse e ela aceitou.

Ele acendeu a luz das escadas e mostrou com um gesto cavalheiro que ela podia ir na frente. Sentiu-se um pouco incomodada por ele estar ali atrás dela, sabia muito bem que tinha o traseiro no campo de visão dele. Estava exposta, abandonada aos olhos dele, que podiam olhar para onde bem entendessem. Encostou-se na parede enquanto ele abria a porta. Quatro fechaduras.

Lembrou-se da última vez. Do nervoso e de como ela se imprensava nele para disfarçar o que estava sentindo. Lembrou-se de como a imagem de Henrik e Linda juntos fez com que ela superasse o desconforto.

Fazia cinco dias.

Ela estava na frente da porta e ouvia como ele enfiava a chave em uma das fechaduras, girando em seguida. E o tilintar do chaveiro na hora de abrir as outras fechaduras e o som de plástico do saco que ele trouxe do carro.

Lembrou de repente que, para ele, ela se chamava Linda, que a camuflagem naquela hora ajudou a concretizar as suas intenções.

E se não.

Mas não tinha motivos de revelar o seu nome verdadeiro naquele momento. Somente daria origem a perguntas que ela não queria responder.

— Bem-vinda. Bem, mais uma vez, para ser mais exato.

Ela não estava de volta. Era a primeira vez ali para a mulher que estava na frente dele.

Olhou para os sapatos, como se tirá-los dos pés fosse um projeto impraticável.* Ele seguiu o olhar dela, ficou de cócoras e abriu delicadamente o fecho lateral do calçado. Colocou a mão dela no ombro dele para que ela pudesse se apoiar. Segurou o pé direito dela um segundo a mais do que o necessário, e de repente ela pôde ouvir a respiração dele. Não tinha forças para se opor, apenas permaneceu com a mão no ombro dele e deixou que ele segurasse o seu pé. Ela não devia estar ali. Devia ir embora. Mas para onde? E com que forças?

Ele se levantou e a segurou com cuidado pelo braço, conduzindo-a para a cozinha minúscula, e ofereceu uma das cadeiras para ela se sentar. Ela ficou observando os dois passos que ele deu até a geladeira e viu rapidamente o seu conteúdo. As três prateleiras estavam cheias de garrafas de sidra. Ele pegou duas, tirou o chaveiro do bolso e abriu as garrafas com um abridor vermelho que estava imprensado ali no meio das chaves. Em pé, segurando as garrafas e com a cabeça um pouco de lado, ele ficou olhando para ela.

— Tem certeza de que está tudo bem com você?

Ela não teve forças de responder.

— Eu não tenho nenhum sofá, mas você pode se sentar na cama lá dentro. É que a cama é mais confortável para você, não é nada além disso.Você está com uma cara de quem precisa relaxar, eu posso me sentar no chão.

— Estou bem assim.

---

* Na Suécia, é comum tirar os sapatos antes de entrar em casa. (N. da T.)

Ele foi para a cadeira do outro lado da mesinha e deu a ela uma garrafa de sidra.

— Saúde! Mais uma vez, pode-se dizer.

Ele deu um sorriso e ela bebeu direto da garrafa.

— Não é esse o sabor que você gosta?

Ela olhou para a etiqueta na garrafa. O sabor não era pior nem melhor do que as outras que bebeu antes.

— É.

— Nunca pensei que a gente fosse se esbarrar de novo, e ainda por cima desse jeito. Acho um pouco improvável demais ser apenas uma coincidência, parece até que significa algo mais, como se fosse obra do destino.

Ela não encontrou nada para dizer. Sorriu um pouco para não parecer rude.

Por um breve instante, ele ficou calado. Em seguida, levantou-se e foi para a pia, pegou um paninho e limpou alguma coisa na bancada de alumínio. Esfregou intensamente, e controlava de tempos em tempos se a sujeira tinha desaparecido.

— Então, você não quer contar o que aconteceu?

Ele enxaguou e retorceu o paninho, enxaguou de novo e fez o mesmo procedimento mais uma vez e, por fim, dobrou o paninho três vezes e pendurou-o em cima da torneira da pia.

— Por que você estava sem casaco num frio desses, por exemplo? E aonde você estava indo?

Ele endireitou o paninho com o dedo indicador, puxando-o 1 centímetro a mais para a frente da torneira.

Ela tomou mais um gole.

— Você me desculpe, mas eu não quero falar sobre isso.

Não tinha nenhuma obrigação com relação a ele. Não tinha de mantê-lo informado sobre a sua vida. Muito pelo contrário. Se ela contasse alguma coisa, seria o fim do refúgio que encontrou, ele se juntaria no júri e iria condená-la.

Linda na UTI. Se ela se recuperar, vamos pedir que ela continue na escolinha.

Se ela se recuperar.

Mais um gole. Procurava descanso numa embriaguez desejada.

Ele estava totalmente imóvel de costas para ela. De repente, virou-se.

— Você pode tomar um banho de banheira, se quiser.

Ela não respondeu, sentiu imediatamente uma pontada de desconfiança.

Ele colocou a garrafa em cima da mesa.

— Você não precisa ter medo. Eu encho a banheira e você fica sentada aqui enquanto isso e tenta relaxar. Acho que um banho de banheira ia te fazer bem. Você, mais do que ninguém, merece um descanso.

Então ele desapareceu e logo em seguida ela ouviu o som de água caindo da torneira. Não tinha vontade de se despir naquele apartamento, mas no banheiro ela podia se trancar e deixar de responder às perguntas dele. Podia simplesmente ficar calada. E podia pensar. Ela podia ligar para Sara ou para Gerd no trabalho e pedir para dormir na casa deles, mas primeiro teria que inventar uma explicação convincente.

A voz dele veio do banheiro e, de repente, uma fragrância bem familiar.

— Eu comprei uma nova espuma de banho. Tem cheiro de eucalipto.

A mesma que ela tinha em casa, que era um presente de Axel. Encarou o fato como um bom sinal. Não aguentava mais lutar e resolveu relaxar.

Ele só queria o bem dela.

E ela estava precisando de alguém assim naquele momento. Tomou o último gole e ouviu que a água parou de escorrer. Em seguida, ele apareceu na cozinha.

— Tudo pronto, é só entrar.

Ele sorriu apontando na direção do banheiro, mas ao descobrir que a garrafa dela estava vazia, imediatamente pôs-se na frente da geladeira e pegou mais uma. Ela levantou-se e ele fez um gesto como se quisesse levá-la pelo braço, mas se conteve e se afastou logo em seguida. Talvez por consideração, talvez porque quisesse mostrar que ela estava em segurança, que ele não tinha segundas intenções.

Ela pegou a garrafa e foi para o corredor em direção ao banheiro. A banheira estava cheia até a borda e a espuma branca estalava acolhedora. Já se sentia melhor. Teria um momento de paz.

— Aqui, uma toalha para você.

Ele entregou a ela uma toalha azul-clara felpuda. Estava minuciosamente dobrada, cada canto da dobra simetricamente encostado um no outro, nenhum centímetro sobrando. Colocou-a em cima da tampa da privada. A toalha saiu involuntariamente do seu estado de ordem absoluta e ainda se viam marcas profundas das dobras no tecido. Ela virou-se para ele, que ainda estava na porta. Ela não ensaiou nenhum movimento de se despir e ele entendeu a exigência tácita dela.

— Espero que isso ajude você a relaxar. Não precisa ter pressa, fique o tempo que precisar.

— Obrigada.

Ele saiu e ela trancou bem a porta. Em seguida, tirou a roupa devagar e deslizou para dentro d'água. A garrafa ficou apoiada no canto da banheira. Começou a ficar mais calma. A sidra cumpriu a sua missão.

Era Nacka que era o problema. É de lá que ela tinha que sair. Já se sentia aliviada só por ter deixado as fronteiras do município. Aqui ela conseguia respirar e pensar direito, de forma que entendeu que, embora ela tivesse agido errado, a culpa não era somente dela. Ela teve motivos de agir assim. Se eles vendessem a casa e se mudassem para um lugar mais perto do centro da cidade, Axel começaria numa outra escola onde não conheciam ninguém.

Bebeu mais um gole.

Podia dar certo. Apesar de tudo, ainda havia um futuro pela frente.

— Está gostando?

— Estou sim. Obrigada.

Quando ela achou que ele tinha ido embora, ele continuou. A voz parecia ainda mais perto agora, como se a boca estivesse colada no vão da porta.

— Eu não quero fazer mal algum a você, muito pelo contrário. Você pode perceber, não pode?

Uma pitada de desconforto em meio à espuma familiar de efeito terapêutico.

— Posso.

— Então está bem.

Acabou de se ajeitar na banheira novamente e de fechar os olhos quando ouviu aquele ruído. Ela virou a cabeça e viu que giravam a fechadura e, no instante seguinte, ele estava ali bem na porta. Ela afundou-se ainda mais na banheira, tentando se cobrir com a espuma.

— Eu gostaria de ficar em paz aqui dentro, se possível.

Ele sorriu para ela.

— Mas você está em paz aqui dentro.

Ele colocou a toalha no colo e sentou-se na tampa da privada.

— Eu quero dizer sozinha.

Ele sorriu de novo, triste dessa vez, como se ela não soubesse o que era melhor para si mesma.

— Será que você já não ficou sozinha o bastante?

Ela teve medo. Queria se levantar e sair do apartamento, mas não na frente dele, pois não queria que ele a visse nua.

— Mas por que essa cara de medo? Eu já sei o quanto você é bonita. Você mesma já me mostrou uma vez. E como é que eu ia me esquecer?

— Mas eu deixei bem claro para você que a gente só ia tomar uma sidra.

— Pois é. Mas agora já tomamos duas. E você pode tomar quantas quiser. Foi para você que eu comprei a sidra.

Ele não tinha nada de ameaçador, o que irradiava era apenas uma boa vontade sincera. No entanto, alguma coisa lhe dizia que ela devia sair dali, se mandar o mais rápido possível.

— Espera aí que eu vou trazer uma coisa bonita para você vestir depois do banho.

Ele levantou-se.

— Não precisa, eu visto as minhas roupas mesmo.

— Você merece uma roupa mais bonita.

Com um movimento rápido, ele recolheu as roupas dela e a toalha para depois sumir no corredor. O mais rápido que pôde, ela saiu da banheira e pegou uma toalhinha de mão. Tinha que sair dali. A espuma escorria pela pele debaixo da toalha como se ela fosse impermeável. Em seguida, ele apareceu na porta.

Ela tentava se cobrir como podia.

Ele deteve-se no meio de um passo e permaneceu assim, sem se mexer. Parecia que tinha se esquecido de que ela estava lá dentro e que se deparou com ela apenas naquele instante. Envergonhado, baixou os olhos quando viu a nudez dela.

— Desculpa.

— Me dá a toalha.

Com uma lentidão insuportável, o olhar dele foi se direcionando aos poucos para ela. Primeiro olhou em volta do piso e para o tapete do banheiro, depois para a banheira, em seguida olhou ladrilho por ladrilho para, por fim, chegar nela. Quando os olhos pousaram naquele corpo nu — que ela tão desajeitadamente tentava cobrir com aquela toalha minúscula —, ela viu uma admiração sincera neles. Ele suspirou rápido quando os olhos atingiram as coxas, para depois passar rapidamente pela região encoberta pela toalha e subir para o colo.

— Meu Deus, você é tão linda...

A voz dele estremeceu.

— Passa a toalha!

A ordem brusca arrancou o olhar dele e o fez voltar a fitar o chão. Em seguida, ele colocou alguma coisa em cima da privada, foi saindo de costas e fechou a porta.

Com rapidez, ela saiu da banheira e tentou se secar do jeito que pôde.

— Me dá as minhas roupas!

— Estão em cima da tampa da privada.

Ela estremeceu com a proximidade da voz dele; ele falava com a boca encostada no vão da porta.

Pegou de qualquer jeito o que ele colocou em cima da privada. Nem morta! Tinha um forro, era lustroso por fora e estava corroído nos cantos.

Um roupão velho e florido.

— Eu quero as minhas roupas.

— Será que você precisa ficar tão zangada desse jeito? Elas estão de molho na pia. Veste o roupão e sai logo daí para a gente poder conversar sobre essa história toda.

A voz ainda perto demais dela.

Havia alguma coisa de errado com ele, sem sombra de dúvida. Mas será que ele era perigoso? Será que ela precisava ficar com medo? A única coisa de que tinha certeza é que queria sair dali, e agora não tinha roupa alguma. E ninguém na face da Terra iria procurá-la. E mesmo que — ao contrário do que acreditava — alguém quisesse ir atrás dela, ninguém sabia onde ela estava. Tinha que criar coragem para sair daquele banheiro e falar com ele. Mas "conversar sobre essa história toda" era algo que ela se recusaria a fazer. Eles não tinham absolutamente nada a ver um com outro e era isso o que ele tinha que entender.

Enojada, ficou olhando para o roupão. Uma listra marrom de encardido em volta da gola, na parte de dentro. Conseguiu passar por cima da repulsa e vestiu o roupão, tentando se defender do cheiro desagradável que era um misto de sujeira acumulada com muito tempo de guardado.

Colocou a mão na maçaneta e suspirou fundo.

— Estou saindo.

Não ouviu som algum vindo de fora.

Devagar, ela abriu uma brecha na porta. Estava escuro lá fora e a lâmpada do corredor, apagada. Num mero impulso, apagou a luz do banheiro para desaparecer no escuro. Abriu mais um pouco a porta e, ao olhar para fora, pôde ver uma luz fraca que vinha de velas acesas na sala. Olhou de relance para a porta do apartamento, mas sabia muito bem que tinha ouvido o barulho de chaves trancando as fechaduras. Chaves que agora estavam no bolso dele.

Ela deu um passo em direção à luminosidade. Tudo em silêncio. Então, ela se deteve. Mais um passo e ele poderia vê-la através da abertura da porta. O som repentino da voz dele a fez estremecer sobressaltada.

— Vem.

Ela não se mexeu nem um milímetro.

— Vem, por favor... Eu não queria te assustar.

— Mas o que você quer? Por que você não me dá a minha roupa?

— Mas é lógico que você vai receber de volta a sua roupa, mas é que agora ela está molhada. Vem para cá, assim a gente pode ficar conversando enquanto elas secam.

Será que ela tinha alguma opção? Ela deu o último passo e olhou para a sala. Ele estava na beira da cama. De onde ela estava na beirada da porta até a cama onde ele estava sentado havia uma avenida de velas acesas. Uma trilha planejada no piso do apartamento que de uma forma mais do que evidente deixava visualizar as intenções dele. Justamente quando ela estava a ponto de abrir a boca para se opor à ideia e explicar que — fosse lá o que tivesse acontecido na última vez entre os dois — isso jamais iria acontecer de novo, naquele instante ela viu o rosto dele e teve que se calar. Não era para ela que ele estava olhando. O que ele olhava era o roupão florido. E de repente, sem avisar, o rosto dele se contorceu numa careta e o corpo se contraiu para depois relaxar. Ele virou o rosto para o outro lado e ela percebeu que ele tentava esconder que estava chorando. Ela ficou totalmente confusa. Mas afinal de contas, o que ele queria dela?

Ela não disse nada. Apenas permaneceu ali na soleira da porta olhando para ele, e o corpo dele tentava sem sucesso se esconder do olhar indesejado dela. Ele soluçou algumas vezes e continuou de olhos fixos no chão, passou a mão pela face e olhou novamente para ela, envergonhado.

— Desculpa.

Ela não respondeu. No meio daquilo tudo, percebeu que a sala estava diferente. As paredes estavam nuas, apenas os pontinhos pretos deixados pelos pregos onde estavam pendurados aqueles quadros singulares.

Ele olhou para o chão e para as velas.

— Faz muitos anos que eu não tenho coragem de acender velas, mas comprei algumas para quando você viesse, caso eu criasse coragem de acender algumas.

Ele pronunciou essas palavras como se fossem uma confissão embaraçosa, estava tão nu na frente dela como ela havia pouco tinha estado diante dele no banheiro. Era como se ele estivesse se expondo para compensar a invasão de privacidade que ela havia sofrido. O medo dela diminuiu. Ele apenas interpretou mal o fato de ela ter aceitado subir ao apartamento. E será que ela tinha o direito de criticá-lo? Naturalmente ele achou que ela ia entrar em contato com ele, que a noite dos dois era o começo de alguma coisa. Ele viu nela uma possibilidade. Ela só ia ficar um pouco mais ali e explicar para ele que ela não era o que ele estava pensando, que aquilo que acontecera entre os dois havia sido um erro e que ela não tivera a intenção de magoá-lo. Ele não era perigoso, apenas se apaixonou e esqueceu de verificar se ela sentia o mesmo por ele.

— Por que você parou de acender velas?

Estava tentando conversar, aproximar-se dele com cuidado para, aos poucos, fazê-lo entender.

Ele olhou para ela e deu um sorriso de lado.

— São muitas coisas que você não sabe sobre mim, que eu ainda não tive tempo de contar.

Pegou o caminho errado. Ela tinha que ser mais clara logo no começo.

Ele falou antes que ela tivesse tempo de recomeçar:

— Eu queria que você me fizesse um favor.

— Que tipo de favor?

Ele engoliu em seco.

— Eu gostaria que você se sentasse aqui do meu lado, só um pouco enquanto você está com ele.

Ela olhou para o roupão asqueroso.

— Mas por quê?

Ele demorou para responder. Ela viu que as palavras estavam presas na garganta, que ele teve que passar por cima dele mesmo para ter coragem de expressar o desejo.

— Eu só queria colocar a cabeça no seu colo um instante.

Quase não conseguiu ouvir o que ele disse. Estava envergonhado, de cabeça baixa, olhando para as mãos sobre os joelhos.

Não dava para ter medo de alguém que era tão digno de pena. Era melhor esclarecer de uma vez a situação, assim ela poderia sair logo dali.

— Eu entendo que você tenha achado que eu, ou que nós, quando nós... Bem, não é que foi ruim, mas o que aconteceu naquela noite foi um erro, eu estava bêbada e agi sem pensar. Você deve ter achado que nós fôssemos nos encontrar de novo, mas é melhor eu dizer a verdade de uma vez. Eu sou casada.

O rosto dele estava inexpressivo. A falta de reação do outro a encorajou. Por que é que ela não disse a verdade logo no começo? Ela que sabia muito bem que a sinceridade não tem preço.

— Você podia me emprestar algumas roupas e eu devolvo depois pelo correio para você. O meu marido vai ficar muito preocupado se eu não voltar logo para casa.

— E por que ele ficaria?

A voz ficou de repente áspera e fria. A boa vontade dele desapareceu.

— É claro que ele vai ficar preocupado se eu não voltar para casa.

Ela pôde ouvir que a própria voz tinha um outro tom. Estava mais cautelosa agora.

Ele levantou os ombros num gesto de dúvida.

— Depende de que tipo de casamento estamos falando. Se existe amor entre os dois ou se a infidelidade já virou uma rotina.

Estava magoado. Orgulhoso e magoado. Uma combinação perigosa. Ela tinha que prosseguir com mais cautela, deixara-se enganar pelo momento de fragilidade dele.

— Eu não vivo enganando o meu marido. Foi a primeira vez com você.

Ele deu um risinho irônico.

— Me sinto honrado.

Merda. Outra vez uma mancada. Ela tinha que escolher melhor as palavras. Ele era um campo minado.

— Eu não queria de jeito nenhum magoar você. Nós somos pessoas adultas e cuidamos um do outro naquele momento.

— Você quer dizer que eu tomei conta de você naquele momento? Será que você não me usou como um consolo já que o outro não estava dando o que você queria? Ou será que não foi para fazer ciúmes nele ou porque você queria se vingar de alguma coisa?

Ela permaneceu calada.

— O que você pensou que ia ser de mim depois que você me usou?

Ela não respondeu. Não conseguia achar nenhuma outra explicação que não fosse a que cada um é responsável pela sua própria vida, mas naquele momento ela não achou que tinha o direito de dizer o que pensava. Deu tudo errado. Tinha que sair logo dali.

— Mas eu já te disse que errei. O que mais eu posso fazer além de te pedir perdão?

— E ele? Você ama o seu marido?

Não.

— Sim.

— E se ele traísse você? O que você ia fazer?

Ela engoliu em seco.

— Bem, não sei direito. Eu acho que ia tentar perdoá-lo. As pessoas erram, como eu já disse.

Ele apertou os olhos.

— Ninguém que trai merece ser perdoado. Uma traição jamais pode ser perdoada, não dá para esquecer. Ela fica lá dentro, é como se fosse uma ferida aberta. Algo se quebra lá dentro e nunca mais fica inteiro de novo.

Uma coisa era certa: havia mais de uma pessoa ali na sala que sabia muito bem do que ele estava falando. Mas ela não tinha a menor vontade de compartilhar a sua experiência com ele.

Ele continuou:

— Se houvesse um homem que amasse você mais do que tudo, que estivesse disposto a fazer tudo por você, que jurasse por tudo que há de mais sagrado que nunca iria te abandonar, que sempre estaria do seu lado, será que você também ia amar esse homem?

Ela engoliu em seco, olhou para o chão e fitou uma das velas.

— Mas o coração não funciona desse jeito.

— Então como ele funciona?

— O coração vai para onde ele quer ir. Não dá para mandar nele. A gente se apaixona e pronto, não tem explicação.

— É mesmo tão simples assim? Será que não existe nada que se possa fazer para o amor nascer ou para que ele não desapareça?

Ela não respondeu. Não tinha mais forças.

— Será que é tão impossível assim?

— Eu não sei. Não sou nenhuma especialista no assunto.

— Mas então o que é uma traição? E por que dói tanto saber que aquele que traiu nem sequer podia evitar? Já que é apenas o coração que foi dar uma voltinha aonde queria.

O cérebro cansado dela fez uma tentativa admirável de acompanhar o raciocínio dele.

— Trair é mentir. É quando a pessoa em quem se confia mente bem na nossa cara.

— Mas então se ele se deita com outra e depois conta tudo para você, então fica tudo certo?

— Claro que não.

— Mas devia ficar tudo certo, nesse caso. Se ele não pode mandar no coração, se ele não tem como controlar se vai ou não vai se apaixonar... Foi você mesma quem acabou de dizer. Então, se ele confessa, não tem nenhum problema, não é?

Ela suspirou.

— Uma coisa é se apaixonar, a outra é o que se faz com isso.

— Se ele ama outra pessoa, então nesse caso não se trata de uma traição?

Ela começou a ficar bastante irritada com aquelas perguntas. Escuta aqui, vai viver a sua vida e vê se as coisas são mais fáceis para você.

— Não sei. Será que você pode me emprestar umas peças de roupa?

— Então você quer dizer que se a gente não ama mais quem a gente devia amar, então é melhor não dizer nada, é só fingir que nada aconteceu e continuar vivendo normalmente?

Ela permaneceu calada.

— Mas será que isso também não é uma espécie de traição? Quando aquele que a gente acha que ama a gente na verdade permanece conosco somente por dever e por consideração?

Ela olhou para o chão de novo e ele continuou:

— E aqueles que vivem uma vida inteira juntos e que realmente são felizes? Se é como você diz, então será que essas pessoas só tiveram sorte? Então não tem nada a ver com a forma como elas agiram?

Quando ela não respondeu, ele se levantou e foi para a janela. Ficou de costas para ela, depois suspirou fundo e voltou a se sentar novamente.

— Então você acha que não é possível aprender a amar alguém, que não dá para escolher a pessoa que a gente ama e depois se esforçar ao máximo para que tudo dê certo com essa pessoa?

— Não. Eu acho que não dá.

Agora ele teve a resposta que estava esperando. Agora ela queria ir embora.

Estava sentado de cabeça baixa com as mãos nos joelhos. Era tão ingênuo... Ele pensava que a amava, mas ele nem sabia quem ela era, nem sabia o nome dela.

— Será que você não pode me emprestar umas roupas? Por favor...

Devagar, ele levantou a cabeça e olhou para ela. A decepção no seu rosto era visível.

— Você tem tanta pressa assim de sair daqui?

Os olhos deles se encontraram no silêncio. Ela desistiu, deu meia-volta e foi para a cozinha. Ele não mentiu: as roupas estavam realmente de molho na pia.

Mas que idiota.

No caminho de volta, eles se cruzaram no corredor. Nas mãos, ele tinha uma calça jeans dobrada e um blusa de malha vermelha. Aliviada, recebeu a roupa.

— Bacana. Eu mando de volta para você.

Ele não comentou o esclarecimento dela, apenas moveu a cabeça em direção ao banheiro.

— Você pode se trocar lá dentro.

— Obrigada.

— Só mais uma coisa.

Ela estava a ponto de ir.

— Eu posso te dar uma carona, se você quiser, mas eu gostaria muito de te mostrar uma coisa antes de você ir embora. Você bem que podia fazer isso por mim, seria como uma espécie de despedida. Vai levar apenas uns minutos.

Qualquer coisa, contanto que ele destrancasse a porta.

— Claro. O que você quer me mostrar?

— É lá fora.

Melhor ainda.

Ela foi para o banheiro e trocou de roupa. Ouviu o tilintar das chaves na porta e se apressou o máximo que pôde. Ele já estava de casaco e de sapatos nos pés quando ela saiu do banheiro, e ela se calçou bem rápido. Ele estava imóvel na frente da porta. Em uma das mãos, o saco plástico que ele havia pego no carro.

— Pronta?

Ela balançou a cabeça que sim.

— E promete que você deixa eu mostrar aquilo?

Ela balançou a cabeça de novo.

— Pela sua honra, por tudo o que há de mais sagrado?

— Prometo.

Mas que merda! Vê se abre logo essa porta!

Ele foi para o corredor do prédio e acendeu a luz. Apertou o interruptor quatro vezes, embora a luz já tivesse acendido na primeira, e em seguida trancou a fechadura de cima. Depois, apertou mais uma vez o interruptor antes de trancar o restante das fechaduras. Ela observava admirada todo aquele procedimento esquisito, aproveitando o tempo para pensar para onde ela queria ser levada. Tudo seria muito mais simples se ela pelo menos estivesse com a sua carteira de dinheiro.

Desceram a escada em silêncio. Ela na frente e ele atrás. No andar térreo, ele tomou a frente dela e ela viu como ele esticou a manga do casaco para proteger a mão antes de tocar na maçaneta da porta.

Em seguida, estavam na rua.

— É lá embaixo, bem perto da descida, depois do parque.

Ela hesitou. Havia uma trilha no meio do mato.

— Você prometeu.

Alguma coisa no tom de voz dele a fez entender que ela devia manter a promessa.

— Mas o que é?

— Você vai ver. É uma coisa muito bonita.

Começaram a andar. A trilha era uma descida e logo ela pôde ver por entre as árvores a água lá embaixo. Ele andava sem dizer nada. Bem perto da descida depois do parque, foi o que ele disse, mas o passeio era muito mais longo que isso. Ela estava a ponto de se negar a continuar e colocar a culpa no frio, mas não teve tempo.

— É por aqui. Um pouco mais adiante.

Uma casa e uma placa, mas estava escuro demais para ver o que estava escrito nela. Um portão de ferro rodeado por uma cerca. Ele saiu da trilha e levantou a cerca, e fez-se um vão de meio metro entre o chão e as pontas da cerca. Ele fez um sinal com a cabeça para ela passar por baixo.

— É permitido entrar aqui?

— Não acontece nada, eu já estive aqui um montão de vezes. Não liga se você sujar a calça.

Ela não queria continuar, mas tinha prometido. Se ela se recusasse agora, teria que ir a pé até o centro da cidade. Respirou fundou, ficou de quatro e engatinhou para o outro lado, levantou-se e limpou os joelhos.

Ele veio em seguida.

Ela olhou à sua volta. Barcos cobertos de lona. "Proibida a entrada." Agora a placa podia ser lida: Marina de Årsta.

— Para onde estamos indo?

— Para o píer lá na frente. O da direita.

Estava frio para ficar andando sem casaco e ela já estava tremendo quando eles passaram pelos barcos e chegaram ao píer. Então, subiram no cais e ela fez o que ele disse, pegou o píer da direita e ele estava bem atrás dela. Quando chegaram ao final, ela parou e ficou olhando ao redor. A floresta estava à direita, Södermalm à esquerda dela, do outro lado da água.

Ela virou-se.

— O que você queria me mostrar?

Ele ficou olhando para a água negra, como se quisesse protelar a resposta ao máximo.

— É algo que você nunca viu nem experimentou antes.

— Onde está?

Ela estava impaciente agora. Impaciente e morta de frio. Ele estava imóvel. Em seguida, ele levou a mão ao coração.

— Aqui.

— Ah, não! Para com isso! Eu quero ir embora. Se você não quiser me dar carona, então eu vou andando.

Uma ruga no meio das sobrancelhas dele.

— Por que você está sempre com pressa?

— Eu estou com frio.

Ela arrependeu-se imediatamente do que disse, podia ser interpretado como um convite para ser aquecida.

Ele olhou para a água de novo.

— Eu vou mostrar para você o que é o amor verdadeiro.

E em seguida, olhou para ela.

— Se você ainda tiver um pouco de tempo sobrando.

Estava começando a ficar receosa, mas a irritação dela era maior que o medo.

— Mas eu já expliquei para você. Eu sou casada. Pensei que tínhamos colocado um ponto final nesse assunto.

— Você sabe que o amor verdadeiro é quando alguém ama tanto uma pessoa que esse alguém é capaz de fazer qualquer coisa por ela.

— Ah não... Chega, por favor...

Ele a interrompeu:

— É desse jeito que eu amo você.

— Mas você nem me conhece direito. Você não tem a mínima ideia de quem eu sou. E independentemente do que você me diga, você não pode me obrigar a te amar, não é assim que as coisas funcionam. Eu amo o meu marido.

De repente ele pareceu triste.

— Tudo o que eu peço é que você seja feliz. Por que você não me deixa te fazer feliz?

— Agora eu quero ir embora.

Ele deu um passo para o lado e bloqueou o caminho. Ela tentou sair pelo outro lado, mas ele se moveu impedindo que ela passasse.

O desconforto aumentou ainda mais e ela achou que era melhor confessar de uma vez.

— Você está me dando medo.

Ele deu um sorriso triste e balançou a cabeça.

— Como você pode ter medo de mim? Mas se eu já disse que eu te amo... Ele, por outro lado, este homem para quem você tem tanta pressa de ir para casa, por que você não deixa ele ir embora? Ou, melhor do que isso, por que você não manda ele ir embora?

Ela esfregava os braços para se aquecer.

— Porque é ele quem eu amo, por exemplo.

Ele suspirou.

— Como uma pessoa como você pode amar um homem desse? Você merece alguém muito melhor. Além disso, Eva, se você for sincera com você mesma, lá no fundo você bem sabe que ele não te ama mais.

Um choque repentino percorreu o corpo dela.

Eva? Mas o que é isso? Como Eva?

— Como é que...

Não encontrou palavras para elaborar a pergunta. As circunstâncias tinham de repente mudado.

— É muito triste ver uma mulher como você achar que precisa ficar como Linda para poder ser amada. Você até mesmo chega ao ponto de usar o nome dela. Linda é uma puta, ela é um nada em comparação a você.

Ela ficou muda. Muda e sem referências. Quem era aquele homem na sua frente? Como ele sabia de tudo aquilo? Agora estava com medo, com muito medo. O controle foi retirado das mãos dela. Cada célula do seu corpo sinalizava que ela tinha que se defender, que ele era mais perigoso do que ela tinha imaginado.

— Como você pode ter sido tão ingênua em acreditar que ele mudou por causa de umas rosas? Eu sei muito bem como um canalha desses funciona.

Ele levantou o saco plástico que estava com ele e o esvaziou na cabeça dela. Instintivamente ela pôs as mãos na frente do rosto para se proteger. Sentiu como o conteúdo se espalhou em cima e ao redor dela. E o aroma. Olhou para os pés. Vinte rosas vermelhas. Cortadas e retiradas da sala dela.

Olhava aterrorizada para ele.

— Mas agora, essas rosas vêm para você de alguém com um amor verdadeiro. Mas eu, eu que amo você de verdade, amo você pelo que você é, eu não posso nem recostar a minha cabeça no seu colo um instante.

Olhou ao redor. Estava cercada de água por todos os lados. Nenhuma alma viva. Um trem passou pela ponte lá longe atrás dele. O som da cidade. Tão próxima, mas ao mesmo tempo fora de alcance.

— Eu queria que você tivesse tido tempo de entender que podia confiar em mim, que eu sempre estarei do seu lado. Quanto ao Axel, eu já estabeleci contato com ele, nesse ponto não íamos ter problema algum, era só ir com calma no começo. Mas você não quer. Você me obriga a provar o quanto eu te amo.

Ela deu um passo para trás, tateou com os pés atrás dela e sentiu que estava perto demais da beira do píer. Em seguida, ele deu um passo na mesma direção, colocou as mãos nos ombros dela e olhou-a bem dentro dos olhos.

— Eu te amo.

Não teve tempo de perceber a queda. Apenas sentiu o frio gelado que a envolvia e que sugava o ar dos pulmões. O corpo procurou a superfície e, ao chegar à tona, puxou o ar com toda força, uma vontade desesperada de sobreviver. Procurava às cegas o píer no escuro, mas não conseguiu achá-lo. No instante seguinte, algo se agarrou no corpo dela e a empurrou para o fundo da água. Usando toda a força que tinha, ela lutava para manter a cabeça na superfície, os braços se debatiam tentando se defender daquele peso contra o seu corpo. Então, de repente, ela sentiu os lábios dele se encostando nos dela, a língua que lhe invadia a boca. As pernas dele se prenderam com uma força brutal em volta dela e a pressionavam para baixo d'água, para o escuro, para o frio congelante. O tempo parou de existir. Apenas o medo diante da incompletude de tudo, de que para sempre era tarde demais. Em seguida, ela sentiu que a própria resistência batia em retirada, que se submetia paulatinamente à vontade dele e, por fim, desistiu.

Silêncio. E no silêncio, ela ouviu muito mais do que tinha ouvido em toda a sua vida.

Uma calma enorme. Atrás, na frente, ao redor dela.

De boa vontade, ela se entregou à paz que a abraçou.

Finalmente.

Não precisava mais lutar.

Estava tudo bem.

— Você deve estar achando ridículo eu ficar falando assim com você, mas, não sei como, eu tenho certeza de que pode me ouvir. Eu não sei se me entende, mas é que eu sinto que você sempre será uma parte de mim. Talvez seja desse jeito para todas as mães, é que o elo entre mãe e filho nunca é realmente cortado, e isso fica ainda mais claro quando... Ah, Eva... minha querida, minha filhinha querida, como é que as coisas chegaram a esse ponto?

"Perdoe a sua mãe. Isso não ajuda ninguém, eu ficar chorando, mas é que... é que está tudo tão vazio e tão solitário sem você. O Erik, ele... bem, não sei. Tentamos apoiar um ao outro da forma que podemos, mas o seu pai, ele nem aguenta vir para cá, embora eu viva dizendo que isso ia fazer bem a ele.

"Ah, se você pelo menos me desse um sinal, qualquer um, apenas mostrasse de alguma forma que pode me ouvir...

"Axel pergunta toda hora por você. É muito difícil saber o que dizer para ele. Ele também trocou de escola, mas eu ainda não entendi muito bem por que foi necessário fazer essa mudança justamente agora que... Mas Henrik se recusou a escutar o que tínhamos a dizer. Ele ficou muito zangado quando eu tentei convencê-lo a deixar Axel ficar na mesma escolinha. Eu só achei que seria melhor para ele não mudar tudo assim de uma vez. E também vocês se davam com os pais das outras crianças. E com os vizinhos... Vocês gostavam de morar lá. No outro dia, vimos aquele menino com quem Axel costumava brincar, aquele de cabelo escuro. Como é mesmo o nome dele? David ou Daniel? Não lembro. Bem, em todo caso, ele e os pais passaram por nós quando estávamos lá fora no jardim da sua casa. Erik também estava junto, pois estávamos ajudando Henrik a podar umas plantas, mas Axel estava dentro de casa. Em todo caso, achei um pouco estranho, pois eles passaram por nós como se não tivessem nos visto. Para falar a verdade, como se não quisessem nos ver. E Henrik só ficou ali parado e nem tentou falar com eles. Não sei, eu só achei tudo aquilo muito estranho, pois eu pensava que vocês tinham bastante contato com eles antes. Mas vai ver que eles não sabem o que dizer para nós agora que... As pessoas agem de uma forma muito estranha. Mas o que eu mais quero é que as pessoas falem sobre você para mim!

"Coitadinho do Axel. Ele anda muito calado ultimamente. Eu já tentei fazer ele se abrir para mim, mas... ele não diz muita coisa, só fica esperando você chegar em casa. Mas a cada dia que passa, ele gosta mais e mais da nova escolinha, apesar de querer que eu fique com ele lá. É que agora sou eu quem leva Axel para a escolinha, já que Henrik, ele... bem, é melhor eu contar logo para você, estamos muito preocupados com ele, eu acho que ele anda bebendo demais da conta. Várias vezes eu liguei para ele no meio do dia e tive a impressão de que ele estava bastante embriagado, para ser sincera. Parece que ele está se isolando cada vez mais, acho que ele nem está trabalhando.

É muito difícil saber o que vamos fazer, é claro que estamos preocupados com Axel, não sabemos como ele vai reagir no futuro depois disso tudo. Já dissemos para Henrik que Axel pode ficar conosco o tempo que for necessário ou que nós podemos ir até ele caso seja melhor ele ficar em casa, mas... eu acho que ele quer vender a casa e se mudar dali, estamos tentando convencer Henrik a esperar mais um pouco, até sabermos com certeza que... eu sei que você gostaria de continuar morando ali.

"Ah, Eva... eu fico com tanta raiva quando penso em tudo o que você tinha pela frente agora que finalmente tinha se decidido pela separação.

"Eu queria tanto perguntar para você se fui eu ou se foi Erik quem errou, se nós erramos de algum jeito para você ficar assim, com tanto sentimento de culpa, se foi alguma coisa com a educação que você recebeu de nós. Nós estávamos do seu lado, nós íamos sempre estar do seu lado. Será que você não percebeu isso? Por que você achou que nós íamos condená-la por finalmente ter encontrado o amor da sua vida? Às vezes fico com muita raiva por você ter sido tão burra em querer fugir assim de tudo. Eu só não entendo como você pôde fazer uma coisa dessas com Axel. E por que você não disse que estava deprimida? E por que você não deixou que ajudássemos?

"Perdão, Eva. Mas é que são tantas perguntas...

"Você não pode deixar de lutar. Me prometa, Eva. Pelo menos pense no Axel. Eles disseram que as chances são de cinquenta por cento no exame que vão fazer amanhã e você não pode deixar de acreditar. Eu tenho certeza de que aquele médico tem razão, aquele que acha que você pode nos ouvir. Erik andou se informando e tudo indica que existe um médico no hospital Karolinska que é especialista nesse tipo de lesão, acho que o nome dele é Sahlstedt ou Sahlgren.

Tentamos entrar em contato, mas parece que ele está de férias durante duas semanas. Eles mandaram a gente telefonar de novo quando ele já estiver de volta.

"Eva, minha filha, eu te peço, você tem que continuar lutando, você ainda tem muita coisa pela frente. Se soubesse o quanto sou agradecida porque ele estava com você, porque ele apesar de tudo conseguiu tirar você da água... Eu acho que nunca vi alguém amar tanto desse jeito como esse rapaz. Em meio a tudo isso, sou agradecida por você ter esse homem, porque vocês, independentemente do que aconteça amanhã, tiveram um tempo juntos.

"Apesar de tudo, fica um pouco mais fácil para nós quando sabemos que você teve tempo de viver isso, embora tenha feito o que fez. E saber que ele está aqui do seu lado. O tempo todo.

— Você precisa de mais alguma coisa para passar a noite?

Era a enfermeira do turno da noite de pé na soleira da porta. Com uma das mãos segurava uma bandeja com frascos de remédio, com a outra agarrava firme a maçaneta. Parecia estressada.

— Não, obrigado. Agora a gente se arranja. Não é, Eva?

As últimas gotas da papa deslizavam na sonda caindo diretamente no estômago dela. Ele a acariciou suavemente na testa.

— Então, boa noite. E se essa for a última vez que a gente se fala antes de o meu plantão acabar, já vou desejando boa sorte amanhã.

— Obrigado.

A enfermeira sorriu e fechou a porta. Ele preferia os funcionários daqui aos do hospital de Huddinge. Aqui tinham o bom senso de valorizar os esforços dele e admiravam abertamente o quanto ele se dedicava.

Fazia 43 dias.

E no dia seguinte seria feito o exame definitivo. Eles iam colocar eletrodos pequenos para medir pela última vez se a atividade do cérebro dela tinha aumentado.

Em alguns dias eles receberiam a resposta.

Segurou a mão dela para encarar a angústia que estava se aproximando.

— Tudo vai se resolver, meu amor. A gente está num lugar muito bom.

Em seguida, ele levantou a coberta e tirou o camisolão azul-claro do hospital, pegou o pote de creme na gaveta da cama e desenhou uma linha branca ao longo da perna esquerda dela. Com movimentos compassados, massageou a panturrilha de baixo para cima, passando pelo joelho e indo até a virilha.

— A sua mãe é mesmo uma mulher fantástica. Estou muito feliz que eu e ela nos damos tão bem.

Com cuidado, levantou a perna dela, colocou uma das mãos atrás do joelho, dobrando-o lentamente algumas vezes.

— Muito bem, Eva.

Deu a volta na cama e desenhou uma linha branca na outra perna.

— Você ouviu o que a gente falou sobre deixar Axel vir aqui um dia desses? Mas eu acho que ela tem razão, primeiro a gente deve esperar o resultado do eletroencefalograma, assim a gente vai saber o que dizer para ele. Seria melhor a gente se encontrar num outro lugar antes de se ver aqui no hospital. Eu podia levar Axel para o Gröna Lund. Será que ele ia gostar? Ou será que seria melhor para o Skansen?*

Endireitou a perna, colocou-a em cima da cama e passou o dedo indicador no rosto dela. Esticou-se para pegar a escova e começou a penteá-la.

---

* Gröna Lund é um parque de diversões e Skansen é um museu ao ar livre, ambos situados em Estocolmo. (N. da T.)

— Então, coração. Agora você está arrumada. Será que você quer que eu faça mais alguma coisa antes de a gente dormir?

Ele tirou a camisa e a calça comprida, dobrou as roupas e colocou tudo em cima da cadeira de visitantes. Em seguida, esticou-se para apagar o abajur, mas se deteve. Ficou em pé olhando para ela, os olhos seguiam a silhueta debaixo do camisolão.

— Santo Deus, você é tão bonita!

A calma tão desejada se espalhou nele. Mais uma noite inteirinha de sono sem que a obsessão pudesse chegar perto dele.

Estava muito agradecido.

Deitou-se cuidadosamente ao lado dela, estendeu o lençol sobre os dois e colocou a mão em cima de um dos seios da mulher.

— Boa noite, meu amor.

Devagarinho pressionava seu sexo contra a coxa esquerda dela e sentiu aquela excitação crescendo, lembrou-se das mãos que uma vez tão decididas foram investigar os segredos dele.

Ele só queria uma coisa.

Somente uma coisa.

Que ela lhe desse um abraço e dissesse que ele nunca mais precisava ter medo.

Que ele nunca mais ficaria sozinho.

— Não tenha medo, meu amor, eu sempre estarei aqui do seu lado. Para sempre.

Ele nunca iria abandoná-la.

Jamais em toda a sua vida.

— Eu te amo.

Este livro foi composto na tipologia Sabon,
em corpo 11/14, impresso em papel offwhite 80g/m²,
no Sistema Cameron da Divisão Gráfica
da Distribuidora Record.